종이로 만든 사람들

종이로 만든 사람들

살바도르 플라센시아 장편소설 | 송은주 옮김

Para mi papa, mama y bermana

아빠, 엄마와 여동생에게

그리고 우리는 모두 종이로 만들어졌다고 내게 가르쳐준 리즈에게

TABLE OF CONTENTS

서문

●

　그녀는 갈비뼈와 진흙의 시대가 지나가고 난 뒤에 만들어졌다. 교황령에 따라 인간은 더 이상 흙이나 골수에서 태어나지 않게 되었다. 모든 인간은 침대 시트 밑에서 이루어지는 등정登頂과 방사房事 행위로 창조되었다. 무염시태*만 극히 드문 예외로 인정되었다. 진흙 반죽용 통은 치워졌고, 돼지와 염소의 갈비뼈를 뽑아내던 절단대는 톱질로 두 동강이 났다. 수도사들은 로마에서 울려오는 사자후에 경건한 자세로 복종했지만, 그들의 승복 자락은 땀방울뿐 아니라 눈물까지 말라붙어 소금기로 절었다. 수도사들은 접어 올렸던 무거운 소맷자락을 내리고 삼베로 된 필사본 속에 도축용 칼을 숨기고 괭이를 깨끗이 닦았다. 공장을 폐쇄하고 바티칸의 문장이 달린 자물쇠로 문을 잠근 다음, 그들은 성스러운 대형을 이루어 행진했다. 세 줄로

---

* immaculate conception, 성모마리아의 '원죄 없는 잉태'를 가리킨다.

서서 얼굴은 겸허하게 바닥을 향하고, 웅덩이를 건널 때는 물에 비친 자신의 면도하지 않은 얼굴을 피해 눈을 꾹 감으면서.

행진은 수도사들이 공장의 위치를 잊어버릴 때까지 계속될 예정이었다. 경전은 말할 것도 없고 길가다 마주친 모든 성당 아치의 정교한 굴곡까지도 죄다 기억하도록 훈련된 족속들에게는 불가능한 임무였다. 그래서 그들은 새들과 그것의 날개폭을 적은 목록을 만들면서 타는 듯이 더운 아르헨티나까지 남쪽으로 걸어갔다가 다시 북으로 알래스카의 빙벽까지 올라갔다. 수도사들은 펭귄의 날개를 들추고 줄자로 길이를 잰 다음, 나지막이 자료를 음송하며 버리고 온 공장의 좌표를 머릿속에서 몰아내려 애썼다. 그들은 두루마리 양피지에 숫자를 휘갈겨 쓰고, 행진 대열에 다시 합류하여 쉰세 번째 수도사가 있어야 할 빈 자리를 건너뛰고 자기 순서를 확인했다. 쉰세 번째 수도사는 일찌감치 사막의 웅덩이에서 길을 잃고 사라졌다.

그녀는 공장 안에서 태어났지만, 수도사의 딸이 아니었다. 종이에 베어 손이 엉망이 된 한 남자가 바티칸의 허가를 받지 않고 그녀를 만들었다. 그의 이름은 안토니오. 죽은 것들로부터 생명을 가져온 모든 창조자들의 이야기가 그렇듯이, 그의 이야기도 회색 고양이 한 마리를 쫓아가 잡아서 징 박힌 목걸이를 벗겨내고 목을 딴 푸주한에서 시작되었다. 푸주한은 고양이 털과 내장을 도마에서 긁어내 쓰레기통에 던져 넣고, 따뜻한 고기는 꼬챙이에 꿰어 '고양이, 3.15파운드'라고 꼬리표를 붙여 냉장 진열장에 놓았다.

자기 고양이 피가로가 껍질을 홀딱 벗고 배 속을 벌린 채 매달린 모습을 목격했을 때, 안토니오는 겨우 교복을 입은 초등학생이었다.

그는 울지도 않고 판매대로 가서 주머니에서 지폐 여섯 장을 꺼내 고양이 고기 3파운드를 달라고 했다.

안토니오는 하얀 정육점 종이에 싼 피가로를 받아 들었다. 교복을 상복으로 갈아입고 싶을 만큼 슬픈 심정이었으나, 꾹 참고 문방구로 걸어가 일요판 신문과 종이공작용 색판지를 샀다.

그는 꼬박 사흘 동안 방문을 걸어 잠근 채 종이를 접고 찢었다. 둘째 날 손바닥을 한 번 깊이 베인 것 외에도 서른세 번이나 종이에 베인 후, 종이를 접어 만든 완벽한 장기 열세 개를 비롯해 이리저리 꼬인 모세혈관 다발과 박엽지로 만든 혈관들을 완성했다.

정육점 포장지에 싼 피가로를 꺼내어 보니, 내장을 다 긁어내고 냉장고에 여러 시간을 넣어두었는데도 여전히 온기가 느껴졌다. 배 속에 맨 먼저 종이 심장을 넣고, 그다음 주요 혈관들을 넣고, 더 작은 모세혈관들을 넣었다. 간과 폐, 위와 신문지로 만든 소화관을 이은 다음 대학 노트 종이로 배를 기웠다. 구겨진 종이의 겉면을 판판하게 펴기도 전에 벌써 피가로는 자기 꼬리로 장난을 치고 있었다.

안토니오는 종이와 고양이로 일으킨 기적 같은 경험을 통해 자신의 소명을 발견했다. 안토니오는 오 년간 의대에서 공부하고 방사형 주름과 뒤집어 접은 주름들을 실험한 후, 최초의 오리가미* 외과의가 되었다. 의학 저널들은 종이의 장점을 깎아내리려고 기를 썼다. 그들은 순환하는 피의 속도 때문에 압축한 펄프에 구멍이 뚫릴 것이라고 말하면서 자기들의 주장을 뒷받침할 근거로 심장폭발 병력病歷

---

* 종이를 접어 여러 가지 모양을 만드는 예술.

을 기록한 차트들까지 손수 그려서 실었다. 그러나 안토니오가 만든 심장은 절대 새거나 터지는 일이 없었다. 그는 자신을 의심하는 자들에게 경의를 표하는 뜻에서 저널의 목차를 이용해 심장 혈관벽을 만들었다. 그가 겪은 실패라곤 간刊이 섬유소 섬유로 분해된 것뿐이었다. 그 일이 있은 후 산이시드로 출신 여성의 혈류에서 현미경으로 보아야 할 만큼 미세한 종잇조각들이 발견되었다. 그러나 그녀는 아일랜드산 위스키를 물처럼 퍼마시고도 놀랍게도 폐경기가 지나서까지 살았다.

그러나 오리가미 외과의로서의 그의 경력을 끝장낸 것은 중상꾼들이 아니었다. 안토니오의 의술은 스웨덴인들이 이룬 혁신에 밀려 퇴물이 되었다. 생체공학이 종이를 대치하는 바람에, 안토니오의 흉터투성이 손마디와 손은 은퇴하지 않을 수 없게 되었다. 그는 접이식 탁자를 사서 길거리를 전전하며 종이 심장과 신장, 모세혈관을 늘어놓고 앉아 있는 신세가 되었다. 명성을 누리던 외과의에서 한갓 길거리 행상으로 전락한 안토니오는 이제는 아무도 종이 기관을 원하지 않는다는 사실을 알았다. 그래서 그는 심장은 펴서 거북이로, 신장은 백조로 접었다. 꼰 모세혈관은 묶어서 작은 종이 동물들의 목에 가죽 끈처럼 둘러주었다. 그러자 옥수수와 빵 고리버들 바구니 주변에 사람들이 모이듯 인파가 안토니오의 탁자를 에워싸기 시작했다.

사람들이 동물 이름을 외치면 안토니오가 그에 따라 종이를 접었다. 사람들은 그가 만들어낸 것에 홀딱 반했다. 손과 영혼이 다 지쳐 빠져 너덜너덜해진 낯을 든 사람들, 실크의 감촉을 느끼기는 고사하

고 땅에 붙어 일만 하느라 아름다운 경치엔 무감각해진 사람들마저
도 낫을 허리띠 고리에 꿰차고 종이 백조의 꼬리를 당겨보고 퍼덕이
는 날개를 구경하느라 넋을 잃었다.

평생 은제 샐러드 포크며 스테이크 나이프나 써봤지 괭이나 낫은
한 번도 잡아본 적 없는 참을성 없는 변호사들과 도시의 사무원들도
안토니오가 접은 것을 보려고 여자들과 증손자들 뒤에서 기다렸다.
이 사람들은 정교한 종이 부리와 페가수스의 훌륭한 날개 구조에 감
탄하면서도 정작 자기들도 한때는 안토니오의 수술대에 올라 심장
을 종이로 교체했던 사실은 잊고 있었다.

안토니오의 명성이 밧줄 짜는 세니요나, 이미 오래전부터 사용을
중지하고 이제는 과달라하라 대성당 내부를 장식하고 있는 사다리
를 만든 고故 세뇨르 카시케 등 다른 훌륭한 장인들에 필적하게 된
것도 이맘때쯤이었다. 그러나 오리가미 동물들로 존경과 명성을 얻
게 되었는데도 안토니오는 갑자기 모두가 탐내는 목 좋은 자리를 버
리고 접이식 탁자와 두 줄로 세운 동물들을 뒤로하고 떠났다. 그는
종이 동물들을 구경시키는 일을 그만두고 공장을 찾는다는 더 고귀
한 목적을 향해 길을 나섰다.

안토니오가 자기 자리로 돌아오지 않을 것이 확실해지자 목사들
이 그의 오리가미를 칭송하기 시작했다. 양심의 가책을 느낀 사람들
이 오리가미 작품을 속죄의 뜻으로 바쳤다. 백조와 유니콘은 제단
선반에 성체와 나란히 놓이기 시작했다.

훨씬 나중에 안토니오가 교황청의 권위에 도전하고 바티칸의 소
유로 분류된 영역조차 불법으로 침해하게 되자, 교회는 그의 오리가

미 생물이 신의 뜻에 따라 만들어진 것이며, 제2바티칸의 논평에 서술된 신성한 기술에 관한 지침에도 꼭 들어맞는다고 주장했다. 안토니오의 파문 서류가 제출되었어도, 작은 입상들은 제단 위에 그대로 두도록 했다.

안토니오는 추기경들한테서 신부들로, 그다음에는 사제관의 복사들한테까지 옮겨가며 교회 전체에 퍼져 있는 소문을 추적했다. 그는 그들이 입에 올린 도시들을 하나하나 찾아가 공장의 행방을 물었다.

사람들은 그를 아예 무시하든가, 그러지 않으면 그저 어깨를 으쓱하거나 굴뚝들이 늘어선 지평선만 가리켰다. 쉬지 않고 걸으면서 새를 관찰하는 삶에 멸시를 퍼붓는 불평분자 수도사만 아니었더라면, 안토니오는 결코 공장 문을 발견하지 못했을 것이다. 그 수도사는 안토니오에게 양피지 자투리를 건네주었다. 그 양피지에는 날개 치수와 깃털을 자세히 그린 도해가 있었다. 여느 휴대용 도감에서 흔하게 볼 수 있는 내용이었다. 그러나 그 종이 아래쪽에 그 전까지는 한 번도 발견된 바 없는 공장의 좌표가 적혀 있었다. 맨 아래에는 똑같은 서체로 수도사가 자신의 세례명이 아니라 대열의 자기 위치인 오십삼 번을 필기체로 서명해놓았다.

안토니오는 휘갈겨 쓴 방향을 따라갔다. 그는 늙은 푸주한의 가축 우리에서 손수레를 훔쳐다가 마분지, 책, 식탁 깔개, 냅킨, 그 밖에 광택이 있건 없건 가리지 않고 찾아낼 수 있는 인쇄물은 닥치는 대로 다 실었다. 그는 외바퀴의 베어링에 기름칠을 하고, 머리에는 플라스틱 판초를 뒤집어쓰고 종이더미에는 방수포를 씌웠다.

바람 부는 세상이 잿빛 구름에 덮인 화요일에 안토니오는 공장을 찾아냈다. 주름진 팔과 검버섯이 핀 손으로 바티칸의 문장을 새긴 강화 백금 자물쇠를 톱질하는 데 네 시간이 걸렸다. 일단 안으로 들어가자, 안토니오는 부서진 절단대를 수리하여 작업대로 바꾼 다음, 종이와 마분지를 그 위에 펼쳐놓았다.

안토니오는 책등을 쪼개서 오스틴과 세르반테스를 낱장으로 뜯어내고 레위기와 사사기에서 책장을 들어내어 모두 『백열광의 서 *The Book of Incandescent Light*』의 책장과 뒤섞었다. 그런 다음 포장지와 종이공작용 색판지를 풀어서 마분지를 칼로 오리고 접기 시작했다.

그녀가 맨 처음 만들어졌다. 마분지 다리, 셀로판지로 만든 충수, 종이 가슴을 지녔다. 남자의 갈비뼈가 아니라 종잇조각으로 만들어진 인간. 그곳에는 비손 강과 기혼 강*을 가를 수 있는 전능한 신이 아니라, 손가락 여기저기 벤 흉터투성이에 두 번 은퇴한 노인이 있었다.

안토니오는 땀범벅이 된 얼굴과 팔에 종이 부스러기들을 덕지덕지 붙인 채 마룻바닥에 정신을 잃고 쓰러졌다. 그녀가 일어나면서 종이가 펴지는 소리도 그의 귀에는 들리지 않았다. 그의 손은 피투성이였다. 그의 몸에서 흘러나온 피가 마룻바닥에 웅덩이를 이루고 그의 바지를 더럽혔다. 그녀는 광이 나는 마루에 누워 피를 흘리고 있는 자신의 창조주를 넘어 공장 밖으로 걸어 나가 폭풍우 속으로 들어갔다. 그녀의 팔에 찍힌 활자는 뭉개져 희미해졌다. 푹 젖은 발은 젖은 보도에 쓸려 너덜너덜해졌고, 발가락은 펄프로 변해갔다.

---

*에덴 동산에 있었다는 전설의 강들.

PART ONE

엘 몬 테 플 로 레 스

CHAPTER ONE

페데리코 데 라 페는 회한에 대한 치유법을 발견했다. 라스토르투 가스 강가에서 시작된 회한.

매주 화요일마다 페데리코 데 라 페와 메르세드는 부부가 쓰는 매트리스를 끌어다가 감귤 과수원을 지나 강가에 내려놓았다. 페데리코 데 라 페가 낫을 꺼내 매트리스 솔기를 뜯는 동안, 메르세드는 과수원에서 따온 라임을 빨아먹었다.

메르세드는 새 짚과 민트 잎을 베어오라며 페데리코 데 라 페를 강 건너편으로 보내고, 뜯어놓은 매트리스에서 오줌으로 젖은 짚을 꺼냈다.

그들이 결혼하고 첫 오 년간 메르세드는 남편이 침대를 적셔도 전혀 부끄러운 일로 여기지 않았다. 그녀는 아침마다 오줌과 민트 냄새를 맡는 데 익숙해졌다. 자신의 몸 아래에서 젖은 짚이 썩어가며 풍기는 악취를 맡지 않고서 사랑을 나눈다는 것은 상상조차 할 수 없게 되었다.

꼬마 메르세드가 태어나자, 메르세드는 페데리코 데 라 페에게 농담 삼아 면 속옷을 버리고 딸아이처럼 천기저귀를 쓰라고 했다. 그러나 그러는 대신 아이와 남편 둘 다 아무것도 입지 않은 채 메르세드 옆에서 몸을 웅크린 채 잠을 잤다. 짚에 민트 잎을 점점 더 많이 섞게 되었다. 메르세드는 따끔거릴까 봐 걱정하면서도 습기를 빨아들이도록 흰 모래를 침대에 깔았다.

하지만 꼬마 메르세드가 요강 쓰는 법을 익혔는데도 페데리코 데 라 페의 페니스는 여전히 시트에 오줌방울을 흘리자 메르세드는 더 이상 참기 힘들어졌다. "이제 매트리스에 짚을 넣는 건 이번이 마지막이에요." 그녀는 강가에서 페데리코 데 라 페에게 말했다. "마누라가 아니고는 누가 그렇게 오랜 세월 동안 이런 꼴을 참아줄 수 있겠어요."

페데리코 데 라 페는 치료법을 찾으러 약초 가게에 갔다. 메르세드를 잃는 것보다 더 슬픈 일은 생각할 수도 없었기 때문이다. 계산대 뒤에서 큐란데로*는 그에게 요실금을 치료할 처방으로 서혜부에 바를 초록색 연고를 주고 삶은 거북 알 두 개를 씹으라며 주었다.

페데리코 데 라 페는 알을 껍질째 씹고 연고를 바르면서, 멀리에서 자신을 내려다보는 어떤 힘의 무게를 느꼈다.

---

*마술과 민중신앙, 체험으로 병을 치료하는 라틴아메리카의 민간 치료사이자 주술사.

꼬마 메르세드

그 처방은 실패로 돌아갔다. 엄마는 침대에서 일어나 등에서 젖은 모래를 털어냈다. 엄마는 잠자는 아빠를 두고 떠났다. 나는 엄마의 헝클어진 긴 머리카락을 바라보았다.

아빠는 잠에서 깨어 엄마가 집에 없고 강에 몸을 씻으러 가지도 않았다는 사실을 알게 되자 슬퍼했다.

"메르세드, 너하고 나뿐이구나." 아빠는 슬픔에 가득 찬 목소리로 말했다.

엄마는 가버렸고 아빠는 나한테 우유를 가져다 주려고 염소와 양을 잡으러 갔다. 밤이 되자, 나는 엄마의 젖가슴 사이에 파고들어 잠을 청하는 대신, 엄마를 쫓가버린 따스한 습기를 느끼면서 아빠 옆에서 잠을 잤다.

내가 열한 살이 되어서야 비로소 아빠는 십 년간의 슬픔을 치료할 방책, 나에게는 결코 알려주지 않은 방책을 찾아냈다. 그 치료책 덕분에 아빠의 슬픔이 사라진 것은 물론이고 시트를 빨고 새 짚과 민트 잎을 채울 필요도 없어졌다.

"네가 아직 어리고 네 엄마가 여기 있을 때 이 습관을 고치기만 했더라면…" 아빠는 말은 이렇게 했지만, 목소리에 깃들어 있던 비탄은 사라진 뒤였다.

슬픔을 거둔 지 이 주가 지난 후, 아빠는 내게 엄마가 바느질해준 베갯잇에 내 물건들을 넣으라고 말했다. 로스앤젤레스로 가자고 했다. 그곳에 가면 아빠는 드레스 공장에서 일하고, 나는 학교에 다니며 진흙이 아니라 시멘트 위에 지어진 세계에 대해 배우게 될 거라고 했다.

산토스

과달라하라 프로레슬링 2인조 타이틀매치가 시작되기 반시간 전, 나는 우리의 전략을 검토하러 사토루 '타이거마스크' 사야마의 탈의실로 들어갔다. 그는 마스크를 거울 쪽에 걸어놓고 긴 의자에 앉아 플래시 카드를 섞고 있었다.

"당나귀." 그는 플래시 카드 한쪽 면을 읽은 다음 뒤집어서 히라가나로 쓰인 글자를 읽었다. 사토루 사야마는 브라질 유술, 합기도, 검도에 정통했으며, 지금은 스페인의 고대 낭만주의 예술을 연구하는 중이었다.

나는 플라잉 크로스 촙과 다이빙 플란차 어택* 자세를 취했다.

"하이, 하이." 사토루는 고개를 끄덕이고 플래시 카드를 계속 보았다.

타이거마스크의 탈의실을 나오는데, 구멍 크기까지 넓어진 복도 벽돌담의 금 사이로 목소리가 들려왔다.

"세뇨르 산토스?"

구멍을 들여다보니 한 남자가 뒤에 꼬마 소녀를 데리고 베갯잇 두 개를 들고 서 있었다.

"우리는 로스앤젤레스로 가는 중입니다만, 가기 전에 제 딸애한테 멕시코의 마지막 영웅을 보여주고 싶어서요." 그는 내가 볼 수 있도록 딸을 번쩍 쳐들었다. 그런 다음 아이를 내려놓고 걸어 나갔다.

탑 로프에서 타이거마스크가 아베하-네그라를 찍어누르고 있을 때—그래서 내가 다이빙 플란차를 할 수 있었다—그 소녀와 아버지가 볶은 땅콩을 먹는 모습이 보였다. 나는 플란차를 한 다음 타이거마스크를 터치하여 그를 링 안으로 들어오게 했다. 타이거마스크는 일본식 트위스트 서브미션 홀드를 실행했다. 땅콩 껍질이 소녀의 무릎에서 베갯잇을 놓아둔 어도비 바닥으로 떨어졌다.

어쩌면 경기가 끝난 후 그 소녀를 따라갈 수 있을지도 몰랐다. 그러나 소녀는 내 삶에 너무 늦게 왔다. 나는 노인이고 그 애는 꽃무늬 속옷을 입은 꼬마 소녀에 불과했다. 대신에 나는 다른 누군가가 그 애를 돌봐줄 수 있도록 꼬리표를 붙였다.

토성

메르세드가 떠나자 페데리코 데 라 페는 이후 십 년간 치유되지 않은 우울증에 빠졌다. 페데리코 데 라 페의 손등은 처음에는 약간 가렵더니, 점점 심해져서 나중에는 아무리 긁어도 전혀 소용이 없었다. 그는 주머니쥐에게 손을 물게 하거나 맨손가락과 주먹을 벌집에 넣는 방법으로 가려움을 달랬다. 주머니쥐에게 물리고 꿀벌에 쏘이면 일시적으로 지독한 가려움이 진정되었다. 그러나 페데리코 데 라 페의 가려움증은 메르세드가 토르티야를 만들고 염소젖을 끓이던 장작 난로에 손을 넣었을 때에야 비로소 깨끗이 사라졌다.

페데리코 데 라 페는 그슬린 살 냄새만 코를 찌를 뿐, 너무 아파서 슬픔도 느껴지지 않게 될 때까지 타다 남은 불에 자기 손을 넣고 있었다. 그는 낡은 스카프로 손을 싸고 큐란데로한테서 받아온 초록색 연고를 바른 다음, 불길로 치료한 것을 전부 기록했다.

1. 가려움증
2. 야뇨증
3. 슬픔

페데리코 데 라 페는 십 년만 더 일찍 불을 알았더라면 얼마나 좋았을까 후회막급이었다. 매일 밤마다 태양이 평평한 땅 뒤로 숨고 꼬마 메르세드가 보송보송 마른 짚 침대 위에서 잠이 들 때면, 페데리코 데 라 페는 부엌으로 가서 또다시 회한에 빠지지 않도록 난롯불을 지폈다.

꼬마 메르세드

아빠는 우리가 로스앤젤레스에 가기 전에 할리스콘 레슬링의 마지막 영웅을 만나보고 복권을 사는 오랜 전통에 참여해야 한다고 말했다.

나는 베갯잇 두 개를 질질 끌면서 아빠의 뒤를 따라 돈 클레멘트의 경기장으로 갔다. 복도를 지나면서 오전의 닭싸움에서 흐른 피가 베갯잇에 스며들었다.

아빠가 나를 번쩍 안아 올려 은색의 장식용 금속 편을 단 마스크를 쓴 남자를 보여준 기억이 난다. 그의 눈구멍을 통해 그가 매우 미남이지만, 외로운 삶을 사는 슬픈 사람이라는 것을 알 수 있었다.

경기장에서 우리는 세 번째 줄에 앉아 경기를 구경했다. 아빠는 나에게 볶은 땅콩을 한 봉지 사주었다. 나는 봉지에 짜 넣을 라임도 사달라고 했다.

"네 엄마는 라임을 노상 입에 달고 살다시피 했었지. 라임 때문에 엄마 이가 썩기 시작했단다." 나는 너무 많이 먹지 않겠다고 약속했다. "이번만 먹을게요." 아빠는 마지못해 갈색 여행용 가방에서 라임 두 개를 꺼내주었다.

나는 라임 즙에 적신 볶은 땅콩을 먹으면서 산토스가 타이거마스크와 터치를 하고 링에서 걸어나가는 모습을 보았다. 어쩌면 나의 상상이었는지도 모르지만 — 아니면 좌석 밑에서 풍겨오는 죽은 수탉의 악취 탓이었거나 — 산토스의 슬픈 눈이 나를 향하고 있다고 느꼈다.

산토스와 타이거마스크가 아베하-네그라 팀을 패배시킨 후, 우리는 경기장을 나와 한 무리의 노부인들 뒤를 따라 도시 중심가에 있는 조약돌을 깐 공원의 복권 판매대로 갔다.

---

*중남미에서 영미인을 경멸적으로 부르는 말.

복권 추첨 진행자

첫 게임이 시작되기 전, 밤으로 막 접어들 무렵, 나는 우스꽝스러운 이름으로 나를 소개하고 규칙을 발표해야 했다. 나는 이렇게 말했다.

"저는 오늘밤 복권 추첨을 진행할 사회자, 돈 세닐랴 데 라 실랴입니다.

카드 한 장당 열여섯 개의 칩이 있습니다. 더 많지도 적지도 않고 딱 열여섯 개입니다. 여러분은 카드 두 장을 사시면 칩 서른두 개, 세 장 사시면 마흔여덟 개, 네 장 사시면… 그림을 받으시게 됩니다.

이 카드 한 벌에서 한 장을 뽑아서 어떤 그림이 있는지 제가 말씀드립니다. 그리고 여러분이 지정하신 카드에도 같은 그림이 있으면, 저 칸에 칩을 한 개 놓으세요. 열여섯 칸을 먼저 채우신 분은 '빙고'를 외치세요. 그러면 제가 여러분의 테이블로 가서 카드를 확인하고 현금 108페소와 도자기로 만든 과달루페의 동정녀 마리아 상을 상품으로 드립니다."

산토스와 타이거마스크가 아베하-네그라 팀을 패배시킨 밤이라고 해서 특별한 구경거리는 없었다. 매일 밤 테이블에 모이는 똑같은 사람들이 손에 칩을 쥐고 앉아 있었다. 다른 점이 있다면 그링고* 둘과 처음 보는 부녀 정도였다. 꼬마 소녀는 예쁘장했지만, 복권 추첨에서는 지독하게 운이 없었다.

나는 게임을 시작하고 첫 번째 카드를 뽑았다.

EL DIABLITO   악마

토성

페데리코 데 라 페는 복권 추첨에서 단 한 게임도 이기지 못했다. 어쩌면 불길한 징조 때문일지도 모른다고 생각했다. 그는 악마와 사신의 그림에만 칩을 걸었다.

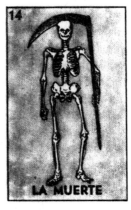

죽음

꼬마 메르세드도 역시 판판이 지기만 했으나, 그녀의 카드가 불운이나 때 이른 죽음의 징후를 가리킨 적은 한 번도 없었다. 수박과 밴조 같은 길한 그림뿐이었다.

자정이 되기 직전, 그들은 자갈이 깔린 빙고 공원을 떠나 붉은 벽돌 버스 정류장으로 향했다.

그들은 국경도시인 티후아나를 향해 북쪽으로 가는 8번 버스에 올랐다. 페데리코 데 라 페는 꼬마 메르세드의 손을 잡고 버스 맨 뒤쪽 두 좌석으로 갔다. 꼬마 메르세드는 좌석 밑에 베갯잇을 쑤셔넣고 사탕수수 냄새 풍기는 진홍색 쿠션에 기대어 잠에 빠져들었다.

버스가 벽돌 버스 정류장을 떠난 지 십 분 후, 4마일 정도 갔을 때, 페데리코 데 라 페는 창밖을 내다보고 딸을 내려다보았다. 그는 오래된 슬픔을 어렴풋이 느꼈다. 잠이 들었다가 자기 자리를 적실까봐 겁이 났다.

두려움을 떨치고 페데리코 데 라 페는 화장실 칸으로 가서 낫을 꺼내 약간의 인으로 낫이 벌겋게 될 때까지 달궜다. 그러고는 제일 좋은 모직 셔츠를 들추고 발갛게 빛나는 낫을 슬픔이 멀어져 갈 때까지 자기 배에 대고 눌렀다.

꼬마 메르세드

나는 과일과 돌소금을 파는 늙은 인디언 소금 장수한테서 라임 세 개를 샀다. 라임을 베갯잇 속에 감추고 버스 좌석 밑에 밀어넣었다.

잠이 들었다가 네 시간 후 깨어나 보니 버스가 꾸불꾸불한 차폴테멕 협곡을 따라 달리고 있었다. 잠이 들면 업어가도 모르는 아빠는 코까지 골고 있었지만, 나는 한 여자가 아기 같은 목소리로 말하는 걸 들었다. 그쪽 좌석을 넘겨다 보니 털로 짠 실에 나뭇가지가 엉겨 붙은 인디언 판초를 입은 여자가 있었다. 여자의 무릎 위에서 아기가 아랫입술만 오물거리며 침을 흘리고 있었다.

"우리 아기는 명상을 하는 중이야. 명상을 하면서 태어났어. 처음에는 뇌사 상태인 줄 알았지 뭐야. 의사들은 우리 아기가 벙어리라고 그랬지."

여자는 아기를 죽이려 했었다고 얘기했다. 그러나 아기에게 먹일 쥐약을 사고 있는데, 계산대에 있던 큐란데로가 아기의 눈을 들여다보았다. 큐란데로는 그녀에게 아기가 사실은 엄청난 힘을 지닌 예언자이며, 명상에 잠겨 있다고 말했다.

"언젠가 이 아기가 환각 상태에서 깨어나 노스트라다무스의 양피지 문서를 이어 쓸 거야.

아기의 내면은 죽은 것처럼 보이지만, 바로 어제 아기의 눈을 보고 망막 속에서 세계의 역사를 보았어. 우리가 해파리와 유인원의 모습을 하고 있는 것을 보았고, 그다음에는 콜럼버스의 배를 보았지.

게다가 이 세계만 있는 게 아니야. 가끔씩 토성과 별을 비롯해서, 망원경도 잡아낸 적이 없는 행성들도 보이지. 이 애의 머릿속에서 우주가 소용돌이치며 돌고 있어. 언젠가 이 애는 우리에게 그 얘기를 해줄 수 있을 거야."

나도 미래를 슬쩍 훔쳐보고 싶었다. 광대무변한 세계가 차곡차곡 포개어져 있는 아기의 머릿속에서 어쩌면 엄마의 검은 머리카락을 찾아낼 수도 있을 것 같았다. 나는 아기가 흘린 침을 내 소매로 닦아주고 눈을 들여다보았다.

아기 노스트라다무스

토성

8번 버스는 과달라하라 시를 떠난 지 닷새 만에 티후아나에 닿았다. 닷새 동안 여행하면서 그들은 페데리코 데 라 페가 꼬마 메르세드에게 베갯잇 속에 넣으라고 일렀던 소금에 절인 돼지고기 약간과, 페데리코 데 라 페가 나일론 가방에 넣어온 옥수수 과자 몇 개를 먹었다. 여행을 시작하고 사흘 동안 페데리코 데 라 페는 자기 좌석 밑에서 라임 껍질을 발견했지만 대수로이 여기지 않았다. 아마도 버스가 쿨리아칸 산을 오를 때 자기 자리 밑까지 미끄러져 왔나보다 하고 넘겼다.

여행을 하면서 페데리코 데 라 페는 드레스 공장과 리타 헤이워스*의 잿빛 셀룰로이드 세계에 색을 입히는 법을 배우게 될 나라의 기술에 대해 생각했다.

"캘리포니아 반도, 티후아나요." 버스 기사가 도착지를 알리고 씹던 사탕수수 뭉치를 퉤 뱉었다. 페데리코 데 라 페는 꼬마 메르세드의 머리를 톡톡 두드려 깨웠다.

"다 왔다." 그의 말에 꼬마 메르세드는 좌석 밑으로 손을 뻗어 베갯잇 두 개를 움켜쥐었다.

종이로 만든 여자가 버스를 내리기 직전 통로 앞쪽에서 꼬마 메르세드를 포옹하고 입맞춰주겠다고 했다. 페데리코 데 라 페는 처음에는 꼬마 메르세드의 어깨를 꼭 잡고 여자를 물리쳤다. 그는 딸이 그 여자와 아는 사이라고 속삭이며 새 종이 친구를 껴안으려고 팔을 벌리자 비로소 딸을 놓아주었다.

---

*1940~50년대 글래머 스타로 각광받은 미국의 여배우.

꼬마 메르세드

나는 아기 노스트라다무스의 눈을 뚫어져라 쳐다본 다음 버스 앞쪽으로 가서 종이로 만들어진 여자 옆에 앉았다. 그녀는 자기와 자기의 창조주 말고는 자기네 일족은 아무도 남지 않았다고 말했다. 손을 종이에 무수히 베인 채 기절한 창조주를 오래된 공장에 남겨두고 왔다고 했다.

그녀는 슬퍼 보였다. 나는 그녀의 신문지 팔과 발목을 감싼 초록색 공작용 색판지를 보다가 만져봐도 되느냐고 물었다. 그녀는 고개를 끄덕였다. 나는 그녀의 팔에 손을 얹고 구겨질 거라 예상하면서 살짝 눌러보았다. 그 팔은 따스했다. 피가 혈관을 타고 손가락까지 퍼져나갔다가 다시 심장으로 흘러드는 것을 느낄 수 있었다.

이름을 묻는 내 질문에 그녀는 이름이 없다고 대답했다.

"하도 혼란스러운 와중에 급박하게 만들어지느라고 세례도 받지 못했어. 무슨 이름이 어울릴지 모르겠구나."

나는 그녀에게 내 이름을 따서 '메르세드 데 파펠*'이라는 이름을 지어주었다. 내 이름은 또 엄마 이름을 딴 것이었다. 메르세드 데 파펠은 나에게 아빠와 함께 어디로 가는 길이냐고 물었다. 로스앤젤레스에 가서 아빠는 드레스 공장에서 일하고 나는 학교에 다니면서 시멘트 위에 세워진 세계에 대해 배울 계획이라고 대답해주었다. 메르세드 데 파펠도 로스앤젤레스에 가는 길이었지만, 이유는 달랐다. 그녀는 로스앤젤레스가 자신들의 문명을 잃고 비를 두려워하는 자들을 위한 최후의 피난처라는 얘기를 들었다고 했다.

메르세드 데 파펠

일단 폭풍우가 그치자 나는 웅덩이들을 돌아다니며 너덜너덜해진 부분들을 적셨다. 낡은 공장에 정신을 잃고 있는 나의 창조주 안토니오를 생각했다. 시멘트 바닥 위에 널브러진 그의 피투성이 손.

나는 공포와 외로움 속에서 가장 가까운 도시로 출발하여 과달라하라에 닿았다. 나는 부츠에 박차를 달고 사거리 한가운데서 숫소를 박차로 찌르고 있는 남자를 발견하고, 그에게 내 이야기를 들려주었다. 그는 나에게 버스표를 사주며 로스앤젤레스로 가라고 일러주었다.

버스에서 온전히 살로 이루어지고 꽃무늬 속옷을 입은 꼬마 소녀가 내가 방금 떠나온 도시에 대해 말해주었다. 소녀는 돌아보면 소금으로 변하게 될 테니 절대 돌아보지 말라고 했다.

"당신을 보니 우리 엄마 생각이 나요. 엄마를 본 지가 벌써 한참 되었지만." 소녀는 이렇게 말하고 웃음을 터뜨렸다. 소녀는 내게 '메르세드 데 파펠'이라는 이름을 지어주었다. 내 팔을 만져보더니, 팔이 따듯하고 예상과 달리 푸석푸석한 일요판 신문 뭉치가 아니라고 말했다.

소녀는 자기 자리로 돌아가 아버지 옆에서 잠이 들었다. 티후아나에 도착하자 소녀의 아버지는 소녀에게 버스 통로를 따라 내려가라고 했다. 하지만 소녀는 내리기 전에 내게 작별인사를 하고 포옹해주었다.

"아기 노스트라다무스가 버스 뒤편에 있어요." 소녀는 아버지와 함께 떠나기 전에 내 귀에 대고 속삭였다. 나는 뒤를 돌아보았고, 다리를 덜렁거리며 침을 질질 흘리는 정신지체 아기를 자랑스럽게 안고 있는 한 어머니를 보았다.

---

*종이로 만든 메르세드라는 뜻.

토성

티후아나에서 페데리코 데 라 페는 8번 버스를 내리자마자 곧 자기 위를 빙빙 선회하면서 자신을 내리누르는 힘을 느꼈다. 그는 위쪽에서 누군가가 계속 감시하고 있음을 감지했다. 그 눈초리가 세 군데 다른 각도에서 그를 내려다볼 때도 있었다.

버스는 배기관으로 연기를 구름처럼 내뿜고 떠났다. 비닐봉지들이 산들바람을 타고 날아다니고 종잇조각들이 허공에 떠 있었다. 라스 토르투가스 강가에 살면서 강물이 철썩이는 소리와 개구리와 거북들이 바위에서 물속으로 펄쩍 뛰어드는 소리에 귀 기울이며 강둑을 따라 산책하곤 했던 페데리코 데 라 페가 이제 티후아나에 왔다. 강물이 철썩이는 소리 대신 부릉거리는 엔진 소음과 아스팔트 위에 날카롭게 울려 퍼지는 자동차 소음기 소리만이 그의 귀를 괴롭혔다.

거리 건너편에서 페데리코 데 라 페는 고향에서 보던 것이 시궁창 속을 터덜터덜 기어가는 모습을 보았다. 길가를 따라 움직이는 것은 거북의 등딱지였다. 그는 거북이 차도로 방향을 돌려 철사 울타리를 지나 기어가는 모습을 주시했다. 페데리코 데 라 페는 거북의 뒤를 따라가면서 녀석이 일제 자동차와 기계 거북을 놓고 작업하는 오래된 수리점의 계단을 기어오를 때 발하는 금속성 빛과 경첩으로 이은 꼬리를 관찰했다. 기계공의 공장 뜰에는 맨들맨들하게 사포질을 하고 광을 낸 텅 빈 납 껍질이 있었다. 페데리코 데 라 페는 기계공들 중 한 사람에게 자기소개를 하고, 빈 껍질을 좀 봐도 되느냐고 물었다. 기계공은 고개를 끄덕이고 문을 열어주었다. 그는 페데리코 데 라 페가 납 껍질 속으로 기어들어가 우주에서 가장 강력한 엑스선이라도 투과할 수 없을 만큼 두터운 금속 밑에 안전하게 몸을 숨기는 모습을 지켜보았다.

꼬마 메르세드

나는 몸을 굽혀 납 껍질 속을 들여다보았다. 아빠는 그 안에서 몸을 둥글게 말아 팔로 무릎을 감싼 채 웅크리고 있었다.

"메르세드. 내가 좀 이상한 줄은 안다. 하지만 너도 나를 계속 보고 있는 사람들 가운데 한 명 같아." 페데리코 데 라 페가 말했다.

나는 아빠에게 누군가는 아빠를 돌보아야 한다는 것은 하나도 이상할 것 없는 사실이라고 말해주었다. 하지만 아빠는 껍질 밖으로 나오지 않겠다고 했다. 아빠는 내게 돈을 주고 베갯잇은 자기한테 남겨두고 가라고 말했다. 아빠는 나에게 장 볼 목록을 건네주었다. 나는 거기에 아주 희미한 글씨로 '라임'이라고 덧붙였다.

납 껍질 안은 몹시 추운 모양이었다. 그러니까 아빠가 석유 3쿼트와 유황성냥 한 상자를 사다 달라고 했겠지.

나는 시커먼 기름투성이 손을 한 기계공에게 시장까지 가는 길을 좀 가르쳐달라고 부탁했다.

그는 오래된 천 커버로 된 노스트라다무스의 『세기들』을 읽고 있었다. 멕시코는 나폴레옹 3세의 기병대와 보병대가 푸에블라 시를 공격한 일을 결코 용서하지 않는 프랑스 혐오주의자들의 나라였지만, 기계공은 압운 4행시를 프랑스어로 몇 줄 읽어준 다음 시장으로 가는 지도를 그려주었다.

나는 그 지도를 따라 시장으로 갔다. 그 시장에서는 돼지고기와 소고기를 소금에 절여 팔지 않고, 모든 것을 얼음에 채워 포장했다. 석유는 가솔린과 나프타로 증류했고, 라임에는 반짝반짝 빛나도록 밀랍을 입혀놓았다.

나는 소금을 작은 상자로 하나, 얼린 돼지고기 6파운드, 빵, 성냥 한 상자, 가솔린 3쿼트, 그리고 내 블라우스 속에 숨길 수 있을 만큼 작은 것으로 라임 한 바구니를 샀다. 수리점으로 돌아와보니 아빠는 아직도 납 껍질 밑에 있었다. 로봇 거북이 머리를 내밀 때 쓰는 작은 구멍으로 아빠에게 가솔린과 성냥, 돼지고기 샌드위치를 주었다.

기계공

낡은 거북의 체인기어 직경을 재고 있는데, 외모와 안색으로 보아 남부인 같은 한 남자가 가게로 들어와 마당에 있는 납 껍질을 하나 빌릴 수 없겠느냐고 물었다. 세레노는 거북 수리를 거부하고 일제 엔진블록 작업을 하던 중이었다. 그는 그 남자를 무시하고 남자의 어린 딸의 무릎에만 관심을 쏟았다.

나는 납 껍질 밑에 기어들어가 거북의 이동능력을 향상시킬 수 있는 다른 수학적 배열을 생각해보곤 했다. 말도 안 되는 소리지만, 공중에 떠도는 어떤 존재가 나에 대한 모든 것을, 심지어 내가 아직 특허를 내지 않은 아이디어까지 전부 알고 있을 것만 같아 두려웠다. 껍질을 보호막 삼아 쓰고 있으면 내 이론을 침해당할 걱정 없이 마음껏 생각할 수 있었다.

말할 것도 없이 나는 그 남자에게 어느 정도 공감했으므로, 그에게 껍질을 쓰도록 해주었다. 감귤 향기를 풍기는 그의 딸은 어찌나 친절한지 내가 엉터리 예언자 노스트라다무스의 책에서 우스꽝스러운 압운 4행시를 읽어줄 동안에도 내 기분을 잘 맞춰주었다.

"난 아기 노스트라다무스의 눈을 들여다본 적이 있어요." 그녀는 이렇게 말하고 살짝 웃었다. 나는 웃음을 터뜨리고 그녀가 슈퍼마켓까지 갈 수 있도록 지도를 그려주었다.

딸이 시장에 가고 없는 동안 그녀의 아버지가 껍질에서 나와서 하늘을 올려다보는 모습을 보았다. 그는 잠시 기도를 올린 후 다시 껍질 속으로 기어들어갔다.

토성

페데리코 데 라 페는 꼬마 메르세드가 식료품과 슬픔을 치료하는 데 필요한 재료를 사러 슈퍼마켓에 가 있을 동안 납 껍질에서 나왔다. 페데리코 데 라 페는 하늘을 올려다보았다. 그의 검은 눈이 왼쪽으로, 토성 방향으로 약간 움직였다. 여러 해 동안 그는 자신이 침대에 오줌을 싸고 드레스 공장과 잃어버린 메르세드의 꿈을 꾸는 사이에 하늘에서 무엇인가가 자신을 조롱하고 있는 것을 느끼곤 했다. 그리고 오늘 집에서 수백 마일이나 떨어진 폐품처리장에 서 있으니 자기를 내리누르는 그 힘이 전에 없이 강하게 느껴졌다.

그는 두 개의 구름이 천천히 하나로 뭉치는 모습을 지켜보다가 다시 안전한 납 껍질 속으로 기어들어갔다.

꼬마 메르세드

나는 《세계의 뉴스》 신문지와 변속기 오일이며 엔진 실 광고지 몇 장으로 둘둘 만 소금에 전 포장을 펼쳤다. 신문지 위에 소금을 깔고 돼지고기를 펼친 다음 신문지로 둘둘 말아 금속 껍질 속에 있는 아빠에게 갖다 주었다.

나는 녹슨 트럭 뒤에 몸을 숨기고 블라우스 단추를 풀어 라임 바구니를 꺼냈다. 한 개를 먹고 껍질을 트럭 운전석으로 던졌을 때, 본드 중독자들이 마당 쪽으로 걸어가고 있는 모습이 눈에 띄었다. 나는 재빨리 라임을 치웠다.

그들은 본드와 닥치는 대로 긁어모은 가죽 쪼가리를 엮은 줄로 만든 지갑과 배낭을 팔고 있었다. 아빠는 본드 중독자들은 다른 인디언 부족들과는 다르다고 말씀하셨다. 그들 중에는 원래는 인디언이 아닌 자들도 있었다. 고아와 도망자들 족속이었다. 세상이 가난하고 굶주릴 때면 그들은 슬픔에 빠져 가죽을 두드리고 꿰매는 일을 집어치우고 본드를 들이마셨다.

그들이 무두질한 지갑을 갖고 내 쪽으로 다가오자, 나는 가서 아빠를 모셔올 테니 기다려달라고 말했다.

머리를 껍질 속에 들이밀자 매캐한 가솔린의 매연과 불탄 유황 냄새가 코를 찔렀다. 아빠에게 본드 중독자들 얘기를 했더니, 아빠는 그들을 안으로 들이라고 하셨다.

하얀 피부에 허리에는 도관 테이프를 두른 한 본드 중독자는 검은 피부지만 키는 큰 오악사카 인디언을 데리고 껍질 속으로 들어갔다. 그의 한쪽 눈은 아기 노스트라다무스처럼 명상에 잠겨 있었다.

그들이 아빠를 만나는 동안 나는 본드 중독자들이 만든 갖가지 가방을 뒤적이면서 가끔씩 납 껍질 쪽으로 눈길을 주었지만, 보이는 것이라고는 껍질 밖으로 그림자 세 개를 드리우는 붉은 빛뿐이었다.

본드 중독자

고무 접착제에서 불로 옮겨가게 된 계기는, 불길한 힘으로부터 피난처를 찾고 있으며 슬픔을 치유할 다른 방도를 발견한 남자를 납 껍질 밑에서 만난 것이었다. 그의 이름은 페데리코 데 라 페였다.

나는 페데리코 데 라 페에게 식욕을 억제할 수가 없어서 내 배를 감아야 했다고 설명해주었다. 집을 떠나 우리와 한패가 되기 전에는 오악사카 인디언이었던 미수에노가 내 배의 털을 밀고 배와 허리를 회색 테이프로 감아주었다.

페데리코 데 라 페는 고개를 끄덕이더니 자기는 체인기어와 코일이 아니라 살로 이루어진 거북들이 있는 라스토르투가스라는 강에서 왔다고 말했다. 그 강가에 살던 시절 한 본드 중독자를 우연히 만난 일이 있었는데, 그가 액상 접착제를 슬픔을 누그러뜨리는 용도로 쓸 수 있다고 설명해주었다는 것이었다.

그는 더 좋은 방법이 있다고 말했다. 그의 치유책은 속을 뒤집어놓거나 코피를 쏟게 만들지 않으며, 몸의 보이지 않는 부분에 상처를 내지도 않는다고 했다.

나는 바지를 내렸고 미수에노는 셔츠를 벗었다. 페데리코 데 라 페는 내 허벅지와 미수에노의 배에 가솔린을 문질러 바른 다음, 자기 손바닥에도 부었다. 그것을 자기 가슴에 펴 바르고 유황성냥을 켜자 불꽃이 확 퍼졌다. 불꽃이 사그라지고 내 허벅지의 검은 자국이 분홍색으로 변해가자, 내가 느꼈던 슬픔도 물집과 고름으로 바뀌었다. 미수에노와 나는 납 껍질을 나온 후 일주일간 페데리코 데 라 페의 처방을 계속 쓴 결과 욕망을 억제할 힘을 되찾았다. 나는 거즈로 허벅지를 감싸고 본드 항아리를 내다 버렸다.

토성

토성은 페데리코 데 라 페 바로 위에 자리 잡고, 데 라 페와 꼬마 메르세드가 땅 위를 500마일 이동할 때마다 0.5센티미터씩 움직이면서 그가 어디를 가든지 따라다녔다. 그러나 일단 페데리코 데 라 페가 납 껍질 속으로 숨어들어 감시의 눈초리로부터 안전하게 몸을 피하고 하늘로부터 느껴지는 중압이 사라질 때까지 모습을 드러내지 않게 되자, 토성은 자신의 궤도로 물러가 흐릿한 은하수 속으로 서서히 자취를 감추었다.

꼬마 메르세드

아빠는 기계공들이 작업하는 낡은 일제 연소기관 냄새를 온몸으로 풍기면서 납 껍질 밑에서 나왔다. 아빠의 얼굴은 털북숭이가 되었고, 금속 알레르기가 생겼다. 아빠의 목에는 물집이 잡혔고 손바닥은 껍질이 벗겨지고 있는 듯했다. 아빠는 뜨거운 물을 담은 양철 목욕통과 비누를 좀 달라고 했다. 하지만 아빠는 물속에 몸을 담그기 전에 하늘을 올려다보며 공기가 더 가벼워진 것 같다고 말했다. 나도 아빠의 말에 동의했지만, 왜 그런지는 알 수 없었다.

"로스앤젤레스로 가자꾸나." 아빠는 면도를 하고 깨끗이 닦고 기계 냄새를 싹 지우고서 말했다. 우리는 기계공들에게 작별인사를 했다. 그들 중 한 사람이 안전한 여행이 되기를 빌며 노스트라다무스의 시구를 읊어주었다. 우리는 시장으로 가서 로터리 한가운데 앉아 자동차들과 돼지고기를 소금에 절이는 광경을 구경했다.

우리는 베갯잇에 고기와 구아바 주스를 꾸려 넣고 국경선을 향해 걸음을 옮겼다. 양봉장과 중국인들이 알루미늄 깡통에 쇠고기를 넣는 공장들을 지나쳤다. 십대 본드 중독자들 두엇이 우리에게 술을 단 지갑과 가죽 칼집을 팔려고 했다. 나는 "괜찮아요"라고 대꾸하고 먼지와 덤불만 나올 때까지 계속 걸었다.

태평양 해안에서 리오그란데 강까지 이어진 흰색 분필 선을 넘을 때, 아빠는 우리 뒤를 따라오거나 망원경으로 우리를 감시하는 자가 없는지 주위를 둘러보았다. 우리뿐이라고 생각되자 분필 선을 넘어 시멘트 위에 건설된 세계를 향해 걸어갔다.

CHAPTER TWO

●

꼬마 메르세드

로스앤젤레스에 도착했지만 어떤 드레스 공장에서도 아빠를 받아주지 않았다. 그들은 흰머리수리 인장이 찍힌 박편 카드*를 지닌 사람만 원했다.

"괜찮아. 꼭 드레스 공장에서 일해야 하는 건 아니니까."

우리는 재봉틀 위에 몸을 구부리고 형광등 불빛 아래에서 천을 잡아당기고 다림질하는 대신, 리타 헤이워스의 할리우드 저택에서 동쪽으로 15마일 떨어진 소읍에 정착했다. 논밭이 있고 꽃이 피는 마을이었다. 아빠는 거기서 대낮에 일을 했다. 바늘과 핑킹가위가 아니라, 가시가 아빠의 피부를 찔러댔다.

그 마을 이름은 엘몬테, 그 마을에 없는 언덕 이름을 따서 지은

---

*미국 영주권을 가리킨다.

것이었다.

그러나 그 밖의 모든 것은 꽃 이름을 따서 지었다. 라스플로레스 시장, 라스플로레스 거리가 있었고, 갱단 이름도 엘몬테 플로레스였다. 갱단은 전봇대와 메디나 법원이 라스플로레스 거리와 만나는 아스팔트에 꼬리표를 써 붙였다. 갱들의 꼬리표는 대개 이렇게 생겼다.

×ᄃᄊ솠×

최초의 갱단은 카네이션에서 유래했다. 그러나 그들에게서 꽃잎의 부드러움이나 향기 따위는 찾으려야 찾을 수가 없었다. 땅을 가느라 손은 갈라지고 못이 박혔고, 몸에는 비료와 말똥 악취가 배었다. 신발은 척척하게 젖었고 작업복 바짓단은 진흙으로 더께가 졌다. 해가 중천에 뜨면 셔츠를 벗고 땀을 짠 다음 셔츠로 어깨를 툭툭 쳤다. 손에서 항상 칼을 놓지 않았다. 바로 그 칼날과 손에서 꽃다발과 포푸리가 나왔다.

다림질한 주트복*을 입고 알카포네의 자동차를 몰며 자동권총을 갖고 다니는 도시의 갱들도 EMF를 계집아이 같이 꽃이나 따는 족속들이라고 여길 만큼 바보는 아니었다. 그러나 EMF는 도시의 갱들과는 달랐다. 과일 가게를 털거나 자동차 부품을 훔치지 않았다. 그저 메스칼**이나 마시며 밭이랑에서 우리 아빠와 나란히 꽃 따는

---

* 긴 상의와 아랫자락이 좁은 헐렁한 바지로 된 1940년대의 남성복.
** 용설란 선인장으로 만든 술.

일을 했다.

대농장에서는 카네이션 1파운드당 30센트, 가시 돋친 장미 1파운드에는 50센트를 주었다. 사람들은 보통 이른 아침에 꽃을 꺾었다. 그 시간은 아직 이슬이 증발하기 전이어서 줄기와 꽃잎 무게, 증발하고 남은 작은 물방울 무게를 다 합한 것보다도 저울 눈금이 좀더 나갔다. 가끔씩 우연인지 고의인지 모르지만 돌멩이가 밭이랑에서 수확물을 담는 바구니로 들어갔다가, 무게를 다는 방수천으로 굴러 들어가기도 했다. 한 달에 두 번만 수표를 끊어주는 드레스 공장과는 달리, 대농장에서는 일당으로 지급했다.

엘몬테는 라스토르투가스에서 북쪽으로 1,448마일, 과달라하라 시에서는 1,500마일 떨어진 곳이었다. 닭싸움도 레슬링 경기장도 없었지만, 꽃과 스프링클러 설비들 사이로 큐란데로의 약초 가게, 메누도* 가판대, 가톨릭 성당의 종탑이 북쪽으로 뻗어나가 있었다.

산타페와 66번 포장도로를 따라 동쪽에서 온 엘몬테의 초창기 주민들은 엘몬테에서 점차 아르카디아와 패서디나 구릉지로 옮겨갔다. 그 동네는 차 없이 걸어 돌아다니는 꽃 수확꾼도 없고, 오레가노라든가 메누도 가판대의 부글부글 끓는 항아리에서 풍기는 라드 냄새도 나지 않는 동네였다. 엘몬테의 개척자들은 새로 정착한 마을의 거리를 돌아다니는 소형 운반차를 장식할 꽃을 사러 12월에만 왔다.

아빠와 나는 깊은 싱크대와 널빤지를 깔고 못을 박은 마루가 있는 회벽 집에서 살았다. 작은 앞마당에는 라임나무 두 그루가 그늘

---

*소의 다리, 창자, 토마토, 고추 등을 넣고 끓인 스페인 요리.

을 드리웠다. 아빠는 나에게 나무에서 라임을 따거나 땅에 떨어진 것을 주워서는 안 된다고 경고했다. 나는 아빠의 감시 아래 있는 동안에는 순순히 따랐다. 그러나 아빠가 집을 비우면 라임 껍질을 벗겨 우선 껍질을 먹고, 즙을 빨아먹은 다음 과육을 씹었다. 씨는 포장된 도랑에 버리고, 콩과 고구마 요리를 해서 냄새를 지운 다음 이를 닦았다.

학교에서 주 경계선이니 링컨의 실크해트 속 내용물이니 단어의 철자 따위를 배울 동안에도 라임 껍질을 빨아먹고 과육을 삼키다 보니 입술과 혀는 신맛에 감각을 잃었고 이는 얼얼해졌다. 엄마는 내가 말을 배우기 전, 엄마를 정말로 알 수 있게 되기 전에 떠났다. 하지만 나는 엄마의 갈색 눈과 검은 머리카락은 물론이고 시큼한 과일을 좋아하는 식성까지 물려받았다.

나는 종이봉투에 라임을 담고 반 친구들 눈에 띄지 않도록 봉투 입구를 접었다. 그들도 자기들의 도시락통과 봉투에 든 내용물을 나한테 숨기고 비밀이라고 했다. 점심시간에 클라크 선생이 우리를 감독했다. 종이봉투를 가져온 아이들은 플라스틱 테이블 주위에 둘러앉았고 도시락통을 가져온 아이들은 잔디밭에 앉아서 바지 무르팍과 원피스 엉덩이 부분에 풀물이 들었다. 나는 아이들이 자기 도시락통을 여는 모습을 보면서 경첩이 돌아가고 뚜껑이 열리면 그 안에는 입맛에 맞고 살균된 음식이 청결하게 담겨 있을 거라고 생각했다.

하루는 점심을 먹고 있는데 클라크 선생이 나를 불러서 책과 가방을 가져오라고 했다. 나는 라임을 들켰나, 껍질이 책상 밖으로 떨어졌나, 아니면 라임 부스러기가 내 얼굴에 묻었나 겁이 났다. 그러나 선생은 라임이나 감귤에 대해서는 한마디도 하지 않았다. 내 블라우스 앞에 등사 인쇄한 종이를 한 장 핀으로 꽂아주고 나를 집으로 보냈을 뿐이다.

그날 밤 아빠는 쪽지를 읽고 나에게 머리를 풀라고 하셨다. 내가 땋은 머리를 푸는 동안, 아빠는 싱크대 마개를 막고 석유를 가득 부었다. 아빠는 싱크대에 머리를 담갔고 나는 아빠가 머리를 말릴 수건을 들고 있었다. 아빠는 내 귀를 솜으로 틀어막고 석유를 식초에 희석했다. 아빠는 나를 거꾸로 안아 싱크대에 담갔다. 이 분 후 나는 머리를 수건으로 말렸다. 아빠가 내 담요, 베갯잇, 옷가지 전부를 싱크대에 던져 넣자 식초와 석유가 나무 마루에 뚝뚝 떨어졌다. 아빠는 작은 빗으로 내 머리를 빗겼다. 아빠의 손가락이 내 머릿가죽의 가르마를 타고 훑는 것이 느껴졌다. 그 주 내내 나는 기계공들의 마당에 있던 낡은 연소기관 냄새를 풍기며 학교에 갔다.

아빠는 항상 엄마가 떠나버려서 자신이 외롭다는 생각만 했었다. 그러나 이제 싱크대와 우리 머리카락을 뒤덮은 석유와 빗살에 남은 회색의 죽은 이를 보면서 엄마 없는 딸이 어떤 꼴로 자라고 있는지에 비로소 생각이 미쳤다.

"네 엄마가 여기 있었더라면 이런 꼴이 되지는 않았을 텐데."

아빠는 이렇게 말하면서 등사 인쇄한 종이를 구겨 쥐었다. 그날부터 아빠는 일하러 갈 때나 들판을 걸을 때나 항상 샤워캡을 썼다.

일단 석유의 번들거림이 사라지고 옷에 밴 냄새도 가시자, 다시 다른 학생들과 함께 앉아도 좋다는 허락이 떨어졌다. 그러나 반짝이는 걸쇠 달린 도시락통을 갖고 다니는 아이들은 우리의 점심밥 주머니나 머리카락에서 옮을지 모르는 위험을 피해 잔디밭 쪽으로 더 멀리 옮겨갔다.

일요일이 되면 아빠와 나는 그릇과 면 냅킨을 들고 메누도 가판대 앞에 줄을 섰다. 우리는 길에서 수프를 먹었다. 다 먹고 나면 라스플로레스 시장을 지나 과달루페 성당의 동정녀에게 걸어갔다. 그곳에서 우리 그릇에 성수를 받아 집까지 가져왔다. EMF 단원들은 입구에 모여 있었지만 절대 안으로 들어가지는 않았다. 그들은 아치 문과 산후안의 들보 아래 서서 씹던 꽃잎과 줄기를 재떨이에 뱉으면서 교회에서 들려오는 라틴어에 귀를 기울이다가 성체를 올릴 때는 시멘트 바닥에 무릎을 꿇었다. 예배가 끝나면 그들은 다시 꽃밭으로 돌아갔다.

엘몬테에 꽃밭만 있는 것은 아니었다. 카네이션 밭 일부는 딸기밭으로 바뀌었다. 그러나 딸기밭을 딴 거리 이름이나 갱단이 생기지는 않았다. EMF의 입회식 싸움이 벌어지는 곳도 그곳처럼 잡초를 뽑고 물을 준 목초지였다. EMF 회원이 되려면 정해진 시간 동안 육 대 일로 싸우는 의식인 브링카를 치러야 했다.

내가 처음으로 본 브링카는 프로기의 것이었다. 당시에는 그의 이름도 몰랐지만, 아빠는 욕실에서 손에 박힌 장미 가시를 뽑고 있었고, 나는 마당의 라임나무 아래 앉아 거리 건너편의 꽃밭을 보고 있었다. EMF 트럭이 파종할 준비를 끝낸 밭에 와서 섰다. 단원들이 문을 열고 시보레 트럭 앞에 모여들었다.

프로기는 셔츠를 벗고 무리들 속에서 걸어 나와 준비가 되었다는 신호로 가슴을 두드렸다. 과달라하라 경기장에서 보았던 것처럼 텀블링과 목조르기가 난무하는 싸움이 아니었다. 오로지 주먹다짐과 발차기였다. 처음에는 프로기가 몸을 웅크렸다 폈다 하면서 주먹을 날리기도 했지만, 제대로 한 방 날리지는 못했다. 일단 포위당하자, 주먹을 쥐었던 손을 펴서 방패 삼아 얼굴을 막았다. 그들은 그의 손을 밀쳐내고 턱에 주먹을 날렸다. 그의 입에서 피와 꽃잎이 흘러내렸다. 프로기가 고랑 사이 땅바닥에 쓰러지고 난 다음부터는 다리를 들어올려 프로기를 걷어차는 사람들의 등짝만 보였다.

정해진 시간이 다 되어 싸움이 끝났을 때, 프로기는 들판의 진흙탕 속에 대자로 뻗어 있었다. 그들은 그를 어깨에 떠메고 그의 머리에 메스칼 술을 들이부었다. 알코올이 머리에 뒤범벅인 진흙을 타고 내려가면서 상처와 매 맞은 자국을 씻어내고 살균해주었다. 그런 다음 그들은 큐란데로의 초록색 연고를 프로기의 가슴과 빡빡 민 머리에 문질러주었다. 그들은 그를 포옹하고 잘 참고 버텨낸 데 축하의 말을 전한 다음, 그를 시보레 트럭 조수석에 앉혔다. 그들이 차를 몰아 떠나자, 다른 트럭들도 선두 차의 뒤를 따랐다. 장미의 여왕도, 벤치의 구경꾼들도 없는 EMF의 행진이었다. 그것은 EMF가 의례적으로 하는 행진으로, 항상 부러진 잇조각이나 땅을 기름지게 할 핏방울만 뒤에 남긴 채 제일 신참 단원을 대열의 맨 앞 차에 앉히고 떠났다.

나는 일주일 후 아빠에게 갖다 드릴 돼지고기와 테케스키테*를

---

* 요리용 천연소금의 일종.

넣고 찐 빵을 들고 들판을 지나다가 프로기를 다시 보았다. 프로기
는 카네이션을 따고 있었다. 웃통을 벗고 있어서 맷자국과 멍이며
딱지가 앉기 시작한 상처들이 보였다. 그는 열일곱의 젊은 나이였
지만, 양상추와 당근을 수확한 경험이 있는 나이 많은 브라세로* 들
보다 카네이션을 더 많이 땄다. 프로기는 크기는 작지만 더 날카로
운 칼날을 나비처럼 가벼운 손놀림으로 움직여 카네이션을 따서 목
에 끈으로 둘러멘 두 개의 바구니에 넣었다. 그는 밭이랑에서 걸어
나와 카네이션을 플라스틱 방수포에 쏟았다. 아빠는 그에게 돼지고
기를 약간 주었다. 프로기는 테케스키테 빵으로 고기를 한 조각 뜬
어 맞아 터진 입술 속으로 밀어 넣었다.

"얘는 내 딸 메르세드라네." 아빠가 말했다.

나는 그와 악수를 했다. 그의 거친 손바닥은 물집투성이였고, 손
마디는 이슬로 빛났다.

그는 내 머리를 쓰다듬고 부드럽게 칼을 움직여 머리카락 한 올을
모근에서 잘라냈다. 그러고는 똑같은 동작으로 내 머리카락으로 만
든 매듭으로 칼을 감쌌다. 그는 매듭을 단단히 죄고서 내게 칼을 잡
아보라고 했다. 그러나 내가 매듭을 당기자 프로기는 칼을 빼앗아
빈 꽃바구니 두 개를 목에 걸고 밭이랑으로 되돌아갔다.

일이 끝나 꽃 트럭들이 저울을 싣고 떠나고 나자, EMF 촐로** 들
은 볕 가리는 모자를 벗어던지고 셔츠 칼라를 뜯어내고 도미노 테이

---

*미국으로 일하러 오는 멕시코인 계절 농장 노동자.
**미국에서 멕시코인들을 경멸적으로 일컫는 말.

블 주위에 둘러앉아 메스칼 술을 마시며 장미 꽃잎을 씹었다. 아빠는 그들과 어울렸지만 샤워캡은 끝끝내 벗지 않았다.

도미노에 거는 것은 대개 버터플라이 나이프, 스위치블레이드 칼, 큰 가위 등 카네이션과 장미 가지를 더 쉽게 꺾을 수 있는 도구 등속이었다. 그러나 담배나 달러를 걸 때도 있었다. 이 기나긴 도미노 승부를 벌이느라 집을 비웠던 아빠가 번호를 새긴 상아 조각으로 손끝이 무뎌진 채 장미와 알코올 냄새를 풍기면서 집으로 돌아오기 전, 나는 라임을 따서 먹었다. 창가에 앉아 있다가 아빠가 돌아오는 모습이 보이면 씨앗과 껍질을 양말 속에 감추었다. 나중에 딸기를 훔쳐오는 척하면서 이웃 밭에 가서 양말을 비웠다. 얼마 지나지 않아 내가 버린 씨에서 움튼 라임나무 새싹들이 딸기들 사이로 고개를 내밀고 나만의 과수원을 이루었다.

도미노 게임이 끝나면 아빠는 새 스위치블레이드와 때로는 담뱃갑을 들고 집으로 돌아왔다. 언젠가 농약 살포 헬리콥터가 엘몬테 위를 날면서 약을 뿌려 지중해열매파리 유충은 물론이고 미처 덮개를 씌우지 않은 차들의 페인트 막까지 부식시킨 이튿날, 아빠는 본드 중독자들이 썼던 본드로 붙이고 바느질을 한 가죽 배낭에 1달러 동전과 2달러 지폐를 가득 채워가지고 귀가했다.

아빠는 나를 목말 태우고 메누도 가판대까지 걸어갔다. 우리는 그릇을 잊고 와서, 요금을 내고 종이 그릇에 음식을 먹었다. 변변찮은 수프와 오레가노로 배를 채운 다음, 교회로 걸어가 제단에서부터 뻗어나와 교회 부설의 '교황 전당포'로 이어지는 복도로 들어갔다.

전당포 주인은 늙은 오악사카 인디언이었는데, 자기 부족어는 모르고 영어만 할 줄 알았다. 나는 아빠가 대패와 수동 드릴, 대팻날을 꼼꼼히 살펴보는 동안, 아빠를 위해 통역을 했다. 아빠는 가게에서 뭐든 골라보라고 말했다. 나는 전당 잡힌 사진첩, 이등변의 원칙도 설명되어 있지 않은 낡은 기하학 책, 우표 수집책 따위를 뒤적였다. 앨범 중에는 백인 가족의 것도 있었다. 그들은 경마장 앞에서 기수와 말을 껴안고 사진을 찍었다. '교황 전당포' 앞에 서서 찍은 가족사진도 있고, 아기들 사진, 결혼사진, 관람석에서 경주마의 말굽에 박았던 낡은 못을 쳐들고 있는 아버지의 사진도 있었다.

또 시계, 라디오, 카메라 따위가 망가진 기계 거북의 등딱지 위에 놓여 있었다. 거북의 머리는 어디론가 없어졌고 안은 코일과 체인기어로 가득 차 있었다. 딱지 속으로 들어갈 방법은 없었다. 나는 거북을 고를까도 생각했지만 그 대신 도시락통을 골랐다. 우리는 가게를 나왔다. 나는 내 도시락통을 휘두르며 걸었고, 아빠는 드릴과 나무 대패를 들고 있었다.

집에 도착하자 아빠는 우리 집 꽃밭 가에서 거리 쪽으로 솟아난 메스키트 콩나무를 베어냈다. 아빠는 나무 둥치로 널빤지를 만들었다. 날이 저물 무렵 메스키트 콩나무는 내가 체커 게임이나 브라기소를 할 수 있도록 상단에 체스판을 그려넣은 새로운 도미노 테이블로 바뀌어 있었다.

나는 도시락통을 닦았다. 메스칼 술을 약간 부어 구석에 낀 윤활유를 녹였다.

"어쩌면 나도 하나 있어야 할지 모르겠구나."

아빠가 도시락에 돼지고기와 테케스키테 빵을 눌러 담으면서 말했다. 아빠는 도미노 테이블 위에 점심 도시락을 올려놓았다. 저녁을 먹고 나서 우리는 돼지 뼈를 가지고 브라기소 게임을 했다. 나는 아빠를 검은 사각형으로 몰아넣었다. 예상했던 대로 아빠는 나를 함정에 빠뜨리고 상으로 뼈에서 골수를 빨아먹었다.

"네 엄마만큼 브라기소 게임을 잘하는 사람은 본 적이 없다. 브라기소 명수가 라스토르투가스에 온 적이 있었는데, 엄마는 계속 두 수 정도 앞질렀어. 엄마는 그냥 그들의 타이틀을 빼앗았다가 그들 대신 순회여행을 해야 할 의무를 지게 되는 것이 싫어서 져주었지."

아빠는 엄마가 처음으로 고안해낸 함정들과 엄마가 착용했던 반지, 팔찌, 드레스 들을 자세히 설명해주었다. 아빠는 이따금 생각이 날 뿐 슬프지 않다고 말했다. 하지만 아빠는 박스 스프링이 없는 침대와 파스퇴르 살균법으로 묽어지지 않은 진하고 풍부한 염소젖을 그리워했고, 아빠의 야뇨증이나 엄마 등에 달라붙은 오줌에 젖은 모래를 떠올리지 않고서 엄마를 추억할 수 있기를 바랐다.

"뭔가가 네 엄마를 데려가버렸어. 내 오줌 탓만은 아니야."

다음 날 아침 나는 우유에 크림과 오레가노를 섞어 맛과 빛깔이 신선한 염소젖처럼 될 때까지 휘저었다. 큐란데로한테서 사온 초리소*와 함께 계란 프라이를 했다. 새 도시락통에 송아지 췌장 요리와 샌드위치를 넣고 아빠가 부엌으로 들어오기를 기다렸다.

"라스토르투가스 냄새가 나는구나."

아빠는 미소를 지으며 우유를 한 모금 마시고 프라이팬에서 음식

---

*스페인식 마늘 소시지.

을 집었다. 나는 도시락을 들고 아빠를 안아준 다음 문을 나섰다. 아빠가 아침밥에 정신이 팔린 것을 확인하고, 팔짝 뛰어 나무에서 라임 한 개를 따서 도시락통을 흔들며 학교로 뛰어갔다.

그날 우리는 에이브러햄 링컨과 그가 높은 실크해트 속에 넣어두었던 편지에 대해 배웠다. 그것은 연애편지 두 통과 치과의사의 영수증이었는데, 둘 다 그가 암살당한 날, 즉 그의 모자와 대통령직이 한꺼번에 날아간 날 발견되었다. 무더운 날이었다. 반 아이들 절반은 티셔츠와 원피스에 똑같은 글귀를 인쇄한 종이를 달고 집으로 보내졌다. 그래서 점심 테이블에 앉은 아이가 한 명도 없었다. 나는 혼자 먹는 대신 잔디밭으로 걸어가 분홍색 나비 리본을 단 푸른 눈의 소녀 옆에 앉았다.

"너도 우리랑 같이 앉으려고?" 소녀가 물었다.

나는 고개를 끄덕이고 도시락통을 열어 내 주변의 아이들이 무릎 위에 종이 냅킨을 펼 동안 샌드위치를 꺼냈다. 나는 천 냅킨을 꺼내고 소녀에게 나도 그들이 가진 것과 같은 도시락통을 갖고 왔으니 그들과 함께 잔디 위에 앉을 수 있다고 말했다. 그들은 마치 뭔가를 확인하려는 듯이 서로의 얼굴을 쳐다보더니 내 도시락통으로 눈길을 돌렸다. 분홍 리본을 단 푸른 눈의 소녀가 말했다.

"그건 도시락통이 아니잖아. 타자기 케이스라고."

그 애의 말이 옳았다. 내 도시락통은 아이들 것의 두 배는 되는 데다, 매끄러운 은빛이 아니라 표면이 거칠거칠한 플라스틱제였다. 나는 말문이 막혔다. 일어나서 타자기 케이스가 어떻게 생겼는지도 모르는 아빠에게 속으로 분통을 터뜨리며 혼자 테이블에 앉았다. 그러나 나는 울음을 터뜨리지도, 고개를 푹 숙인 채 집까지 걸어오지도 않았다. 그러는 대신 라임을 껍질까지 몽땅 먹어치웠다.

집에 왔더니 프로기와 아빠가 앞뜰에서 도미노 게임을 하고 있었다. 그늘이 없었다. 라임나무를 베어내 널빤지로 깎아버린 것이었다. 도미노 테이블 아래에는 뽑아낸 라임 묘목 무더기가 쌓여 있었다.

내가 아빠한테 타자기 케이스는 아빠나 가지라고, 이것이 타자기 케이스인 줄 아빠가 몰랐던 탓에 내가 개망신을 당했다고 말을 꺼내기도 전에, 아빠는 나를 붙잡더니 손가락을 내 입속에 쑤셔넣었다. 아빠는 내 숨결에서 귤 냄새를 맡고 앞니를 엄지손가락으로 만져보더니 이의 에나멜질이 벗겨진 것을 확인했다.

아빠는 나를 잡아 흔들고는 부드럽게 말했다. "메르세드, 라임 때문에 이가 썩고 있구나."

CHAPTER THREE

● ● ●

노병 프로기

토성 전쟁이 끝나고 여러 해가 지난 후, 쓰이지 않은 이 책의 후기에서 프로기는 살아남아 폭삭 늙은 노인네로 나온다. 그러나 전쟁과 소설의 베테랑으로서의 그의 지위도 그가 도시 약호와 주 사법권을 벗어나게 해주지는 못했다.

그가 싱크대에서 은빛 턱수염을 자르고 있을 때, 주 트럭들이 프로기의 회벽 집 앞에 섰다. 베이지색 제복을 입은 자들이 빗장 자르는 도구를 휘두르며 그의 마당 주위에 친 굵은 철사 울타리를 잡아뜯어 열었다.

제복 입은 남자들이 앞마당으로 들이닥쳐 현관문에 공고문을 붙이고 전기 봉과 그물로 염소와 닭들을 한데 모을 동안, 프로기의 아내는 고리버들 의자에 앉아 오래된 리타 헤이워스의 영화를 보고 있었다. 프로기는 물에 젖은 턱수염이 삐뚤삐뚤하게 깎인 모습으로 수

닭과 염소들의 똥과 털만 남은 집을 나섰다. 셔츠에는 잘린 수염 조각들이 달라붙어 있다가 머리를 흔들 때마다 땅으로 떨어졌다. 그는 문에 붙은 공고문을 찢어버렸다.

마르가리타

리타 헤이워스는 할리스코 주의 한 해변 마을에서 마르가리타 카르멘 돌로레스 칸시노로 태어났다. 그곳에서 여섯 살 때 바닷물만으로 키우는 서양자두 과수원에서 씨를 뿌렸다. 바다가 마르자 슬픈 기억과 양파의 힘을 빌려 검은 흙을 적셨고, 눈물이 나오지 않을 때는 나트륨이 풍부한 노새 오줌을 썼다. 나중에 그녀는 영화 〈너무도 아름다운 당신*You Were Never Lovelier*〉에서 프레드 어스테어와 춤을 추면서, 노새 오줌 냄새와 소금 개울을 떠올리고 자두나무를 돌보던 시절을 그리워했다.

마르가리타의 자두나무는 고작해야 분재용 화초만 하게밖에는 자라지 않았지만, 우뚝 솟은 과수원 나무들보다 열매를 더 많이 맺었다. 꼬마 묘목들이 소금기 밴 과일의 무게를 이기지 못해 쓰러지면, 마르가리타는 거즈와 타르로 부러진 가지를 고쳐주었다. 그녀는 나트륨 맛을 없애보려고 뿌리와 가지에 사탕수수를 접붙였지만, 달짝지근한 뒷맛이 희미하게 풍기는 정도였다. 그물을 거두고 물고기 내장을 빼는 일로 평생을 보낸 마을 사람들은 그 새로운 과일을 '살라디토'라고 부르기로 했다.

그녀는 황소와 당나귀들이나 먹을, 사람이 먹지 못할 과일을 만들어냈다. 하지만 사람들은 그 때문에 마르가리타를 미워하지는 않았다. 이십 년이 지나 그녀의 핀업 사진을 에어브러시로 그려넣은 최초의 시험용 폭탄이 비키니 섬에 떨어졌을 때도 아무도 그녀를 미워하지 않았다.

줄리에타

페데리코 데 라 페와 그의 처 메르세데스가 진흙과 돌로 집을 지었던 마을 라스토르투가스에서 북쪽으로 2마일 떨어진 산 위 마을 엘데라마데로에는 어도비 벽돌 건물 여덟 채가 서 있었다. 그러나 라스토르투가스는 거북의 숫자가 계속 늘어나서 이름값을 했지만, 엘데라마데로는 아직 마을 이름에 값할 만한 것이 없었다. 그러다가 줄리에타가 물이 끓는 항아리 속에 닭고기맛 고형 부용 한 조각을 부숴 넣었을 때 비로소 모든 것이 무너지기 시작했다.

처음에는 산사태가 일어났고, 그다음에는 돌담이 무너져내렸으며, 뒤이어 가시철사와 쇠로 만든 쟁기가 갑자기 먼지로 바스러졌다.

부엌 찬장의 합금 용기들은 순식간에 탄소와 철의 녹으로 변했다. 줄리에타는 엘데라마데로가 부식되어가는 모습을 마을의 다른 사람들과 똑같이 침착한 태도로 받아들이지 못했다. 마을 사람들에게는 그 현상이 우박을 동반한 폭풍이나 가뭄과 마찬가지로 그저 참고 견뎌야 하는 것일 뿐이었다. 그러나 줄리에타는 헝겊 인형의 구슬 눈이 갈색의 먼지로 변하자 어머니에게 말했다.

"모든 것이 먼지로 변하고 있어요."

어머니는 어깨를 한 번 으쓱하고 두꺼운 메스키트 나무껍질로 새 숟가락을 깎기 시작했다.

노병 프로기

주의 트럭들이 싸움닭, 알 낳는 닭, 젖 짜는 염소들을 실어간 후, 프로기는 집의 외벽에 튄 수탉의 핏자국을 닦아냈다. 그는 먼지와 잎으로 만든 둥지에서 알을 모은 다음, 안으로 들어가 올이 성긴 얇은 무명천에 응고된 염소젖을 부었다. 아내의 간청에도 불구하고, 페데리코 데 라 페의 전투계획 일부는 여전히 부엌 벽에 걸려 있었다. 페데리코 데 라 페가 돌아오기를 바라는 호전적인 열망과 희망 때문에 프로기는 토성을 향한 진군 계획도를 치우지 못했다. 프로기는 페데리코 데 라 페가 그 도표를 벽에 핀으로 꽂은 날을 잊지 못했다. 그의 팔은 햇볕에 그을었고 손은 비료로 하얗게 바랬지만, 팔의 거무스름한 상처나 흉터는 여전했다. 속옷과 작업복 바지 밑에는 아직도 치료한 흉터가 숨어 있었다. 페데리코 데 라 페는 전투에서 EMF의 위치를 의미하는 점을 도표 위에 찍어놓았다.

"지금 우리가 있는 곳이 바로 여기야. 이 방향으로 밀어붙이는 중이고. 토성은 우리를 이 꼭대기로 끌어들여서 끝장을 보고 싶어 해. 그러니까 우리 삶이 엉망진창이 되기 전에 막아야 해."

페데리코 데 라 페의 목소리는 침착했지만, 그 목소리에 밴 진지함에 프로기와 다른 모든 EMF 단원들은 피와 장미 꽃잎을 뱉었다.

페데리코 데 라 페는 삼 주마다 도표를 갱신했으나, 점의 위치만

바뀔 뿐이었다. 프로기의 부엌에 있는 지도는 전쟁 초기의 도표여서, 아래의 그림처럼 보였다.

마르가리타

마르가리타는 손가락과 손톱만으로 해변의 모래톱에서 자두나무 밭까지 물길을 팠다. 어머니에게는 절대 말하지 않았지만, 마르가리타가 초조初潮를 겪고 첫 경험을 가진 곳도 바로 그 바닷물 운하였다. 어린 어부가 상처 입은 상어가 남긴 자줏빛의 희미한 핏자국을 따라서 마르가리타 칸시노의 가랑이까지 다다랐다.

"난 어부예요. 하지만 바닷물이 마를 때는 상추를 따죠." 그 십대 소년이 말했다.

그 만남에서 리타 헤이워스가 상추 수확꾼과 섹스를 했다는 소문, 즉 할리우드의 사랑의 여신이 깨끗한 크리넥스 침대 위에서 하워드 휴스* 하고만 사랑을 나누는 것이 아니라 상춧잎 위에서 이주 노동자하고도 사랑을 나눌 정도로 사랑에 있어서는 민주적이라는 전설이 비롯되었다. 그러나 마르가리타는 그 후로 그 소년을 한 번도 보지 못했다. 그는 낚시 그물을 어깨에 메고 떠나 다시는 돌아오지 않

---

*미국의 백만장자·비행기 조종사·영화제작자.

았다. 마르가리타는 천연색 영화 이전 시대에 살았지만, 항상 선명한 파스텔 빛깔로 그 소년의 꿈을 꾸었다.

마르가리타는 부모님을 따라 캘리포니아 반도로 이주하면서, 신문지에 자두나무 묘목 세 그루를 싸고, 뿌리와 흙덩어리는 슈퍼마켓의 비닐봉지에 담아 희망에 부푼 품속에 넣었다. 티후아나에서 정박한 도박선과 카지노에서 춤을 추던 시절에도, 물길에서 자기를 찾아냈던 그 소년 생각이 떠오를 때마다 광이 나는 마룻바닥에서 미끄러지곤 했다. 왁스와 첫사랑은 항상 균형을 흐트러뜨린다는 설이 맞은 셈이었다. 그러나 이처럼 종종 서투른 모습을 보였음에도 불구하고, 금주령을 피해 티후아나에서 빈둥거리고 있던 할리우드의 중역들은 마르가리타에게 자신들의 셀룰로이드 활동사진 촬영기 앞에서 춤추어달라고 청했다.

"리타, 당신은 정말 근사해." 그들은 이렇게 말했다. 그때부터 그녀의 이름을 줄여 쓰게 되었다.

셀룰로이드 필름을 스튜디오시티*로 가져가 현상액에 씻고 잘라 할리우드 제작자들이 훗날 보고 감탄해 마지않도록 릴에 감을 동안에도 리타는 계속 춤을 추고 티후아나의 벨벳 도박장에서 주연을 맡았다. 쇼가 끝나면 상추 수확꾼들이 무대 뒤로 쫓아와서 상추를 바닥에 깔고 그녀의 사랑을 애걸했다. 그러나 마르가리타는 그들을 다 쫓아내고 상추를 걷어찬 다음, 그들에게는 딱 두 가지, 소금 맛 나는 과일 한 봉지와 그들에게 그녀 이야기를 한 어부에게 전할 쪽지만

---

*로스엔젤레스의 시 중 하나로 영화촬영소 등 영화 관련 시설이 많다.

건넸다.

어부는 두 달 후 쪽지를 받았다.

"사랑하는 데에도 나름대로 지켜야 할 예의가 있는 법이에요. 입이 그렇게 싸서야 되겠어요? 남들한테 그 얘기를 떠벌리고 다니지도 말고, 글로도 쓰지 마세요."

그러나 어부는 그 이야기가 예의 따위보다 훨씬 더 중요하다고 생각했다. 그래서 카지노 편지지의 뒷면에 소금물 아래에서 무슨 일이 있었는지를 그림과 화살표로 동작 하나하나 아주 상세하고 완벽하게 묘사한 답장을 보냈다. 쪽지가 티후아나에 닿았을 무렵, 마르가리타는 할리우드에서 이름을 바꾸고 B급 서부영화를 찍고 있었다.

〈텍사스에서 생긴 일 *Trouble in Texas*〉이 개봉했을 때, 총탄의 저음이 벽을 흔들자 어도비 벽돌 먼지가 극장 안 가득 피어올랐다. 리타 헤이워스의 이름과 얼굴이 나타나자 야유가 극장을 뒤덮었고 썩은 상추가 스크린에 날아가 박혔다.

"어찌나 잘났는지 상추 수확꾼하고는 그짓을 할 수 없대." 그들은 이렇게 말하면서 손수건에 대고 먼지로 막힌 코를 풀었다.

쥴리에타

엘데라마데로는 계속해서 부서져갔다. 의자와 탁자들이 톱밥 덩어리로 무너져내렸으나, 흰개미 알 따위는 눈 씻고 찾아도 없었다. 쥴리에타와 어머니는 돌바닥 위에서 밥을 먹고, 손을 오목하게 모아 수프를 떠 마셨다. 남은 점토 그릇은 쓰레받기에 쓸어 모은 지

오래였다. 그다음에는 쓰레받기가 얇은 조각으로 벗겨지고 녹이 슬면서 부서졌고, 조각들은 쓰레기 소각장의 불 속에 던져졌다. 마을이 이름값을 하게 된 지 이 주가 지나자, 엘데라마데로의 어도비 벽돌집 중 제대로 서 있는 것은 단 하나도 없었다. 좀약을 넣어뒀지만 리넨을 보관한 벽장은 톱밥과 실 보푸라기로 가득했다. 줄리에타의 세계는 무너져내리고 있었지만, 삭은 모직물과 면직물 더미 사이를 걷던 중 아직도 온전한 분홍색 단추가 눈에 띄었다. 줄리에타는 플라스틱은 엘데라마데로의 운명을 이기고 살아남을 수 있다는 사실을 알았다.

엘데라마데로의 남자들은 쓰레기봉투로 몸을 감싸고 고향 산에서 걸어 내려가 사흘 뒤 플라스틱 판을 가득 실은 마차를 끌고 돌아왔다. 엘데라마데로에 들어서자 마차는 무너져 플라스틱을 녹이는 불구덩이에 던져졌다. 사람들은 플라스틱으로 가축을 도살하고 포크와 숟가락을 만드는 절단용 칼을 만들어 식혀서 도구 상자에 넣었다. 사람들은 예전에 어도비 벽돌집이 서 있었던 집터에서 흙덩어리들을 치우고 플라스틱으로 짜 맞춘 이글루를 찍어냈다. 그러나 엘데라마데로 사람들이 마을 이름에 주어진 운명을 이기고 승리했다고 기뻐했는지 몰라도, 줄리에타는 녹인 플라스틱으로 지은 마을에서 살고 싶지 않았다.

노병 프로기

닭싸움 준비를 하는 수탉도 없고, 젖을 짜거나 치즈를 만들 염소

도 없었다. 마을은 모든 것을 빼앗겼다. 프로기는 훌륭하게도 그가
경기 전에 미리 걸었던 판돈과 염소젖 치즈 주문을 받고 선불로 받은
돈을 환불해주려고 했다. 엘몬테는 더 이상 꽃밭과 딸기밭의 동네가
아니었다. 이제는 회칠한 집들, 포장한 골목길, 시멘트로 바른 강둑
이 땅을 뒤덮었다. 꽃 대신 가솔린 펌프와 가로등이 엘몬테에 세워졌
고, 거기에 모두 EMF 꼬리표가 붙었다. 프로기는 마지막까지 살아
남은 EMF의 노병이자, 페데리코 데 라 페 시대의 유일한 생존자였
다. 사람들은 프로기의 이력을 존경하는 뜻에서 돈을 돌려받기를 거
부했고, 오히려 돌려받지 못할 줄 알면서도 더 많은 주문을 하고 판
돈을 걸기를 고집했다. 그것은 힘겨운 싸움을 치르고 패배한 노인의
은퇴 후를 보장해주어야 한다는 무언의 약속이었다.

　이제는 엘몬테에 화단이 없었으므로, 프로기는 EMF의 새 단원
전원에게 단체 이름을 어떻게 하면 좋을지 물어보아야 했다. 그는
그들의 고향 마을이 수년 전 독재에 항거하는 가장 큰 전쟁, 이 소설
의 미래에 맞선 전쟁—일명 페데리코 데 라 페 전쟁—이 벌어졌던
전쟁터임을 상기시켜 그들에게 자긍심을 불어넣었다. 그들의 생각
속으로 침투하여 아무리 작은 속삭임이나 중얼거림이라도 모두 엿
듣는 토성의 침략에 맞섰던 전쟁 이야기만 나오면 다들 귀를 쫑긋했
고, 엊그제 일처럼 생생하게 기억을 떠올렸다.

　그러나 이제 EMF 단원들은 자유의지를 위한 전쟁을 그만두었고,
대신 거리의 주도권이나 단골손님을 놓고 싸웠다. 이제 자부심은 몽
둥이에 맞은 흉터나 드라이버와 스위치블레이드가 남긴 상처에서
나왔다. 총탄이 뚫고 들어갔던 자리의 살갗이 팬 자국이 최고의 훈

장이었다. 목 옆에 'EMF'라고 새겨 넣는 정도로는 어림도 없었다. 이쪽 어깨뼈에서 저쪽 어깨뼈까지 빈틈없이 고대영어 필체로 새긴 정도는 되어야 했다.

"우리가 맞서 싸웠던 상대는 총이나 칼을 쓰지 않았어." 프로기가 말했다. EMF의 젊은 세대가 귀를 기울이는 동안, 총탄 파편이나 부러진 칼날이 그들의 몸속을 돌아다니다가 근육 안쪽에 자리를 잡았다. 프로기, EMF, 페데리코 데 라 페가 맞서 싸웠던 상대는 돌이나 쇠로 된 무기를 쓰지 않았고, 그런 것으로 이길 수 있는 상대도 아니었다. 그들은 하늘에 대고 총을 쏘고 새총으로 돌멩이를 마구 날리고 나서야 이를 깨달았다. 그들이 쏜 무기는 공중으로 올라갔다가 그들이 엄폐물로 몸을 피하기도 전에 정점을 지나 하향곡선을 그렸으므로, 그들은 자기들이 쏜 무기를 피해 몸을 숨겨야 했던 것이다. EMF는 아무리 해도 하늘을 뚫을 수 없었고, 토성의 궤도에 닿는다는 것은 꿈도 꿀 수 없는 일이었다.

그들이 반란을 일으키지 않는다면, 위를 올려다보지 않고 그냥 조용히 산다면 토성으로서는 그들 중 하나라도 다치게 할 뜻은 전혀 없었다. 그들이 은밀한 사생활을 누림으로써 존엄을 지켜야 하고, 그들에게도 토성의 시선을 벗어날 권리가 있다고 주장하는 페데리코 데 라 페의 미친 장광설에 귀를 기울이지만 않았더라면 좋았을 것이다. 하지 않아도 될 전쟁을 일으킨 장본인이 바로 페데리코 데 라 페였다. 토성은 단지 그들의 이야기가 어떻게 전개되고 펼쳐지는지 보고 싶었을 따름이었다.

EMF의 전투는 이제 인간을 상대로 벌어졌다. 싸워야 할 토성도,

우주에 떠 있는 천공의 적도 없었다. 이전에는 살육은 없었지만, 이제는 공원 벤치에서 피가 뚝뚝 떨어지고 시체들이 널브러진 공중전화 부스 발치에 피웅덩이가 고였다. 시체들에 새겨진 EMF 문신에는 사냥칼로 빗금이 그어져 있었고, 피 묻은 칼날은 나중에 덤불 속에서 발견되었다.

이유야 무엇이건 간에 단원이 죽음으로써 EMF에서 영구 탈퇴하게 되면 항상 의식이 치러졌다. 장례 절차는 관과 화환 값을 마련하기 위한 세차 일로 시작해서 과달루페 대성당에 들어가는 것으로 끝났다. 교회에서 그릇에 돈을 걷어 슬픔에 잠긴 어머니에게 전달했다.

리타

리타 헤이워스는 칠흑같이 검은 머리카락을 다갈색으로 염색했다. 그녀는 이마에 브이자 모양으로 난 앞머리를 강조하기 위해 전기 바늘을 이용해 앞머리 선을 뒤로 밀었다. 또한 메스티조* 특유의 코가 뾰족해질 때까지 코 연골을 꼬집어 세웠다. 폭스 영화사의 전속 언어학자는 리타의 혀를 손보아 'r' 발음을 굴리지 않게 하여 그녀가 샐러맨더나 샐러드를 맥시코인 밀입국자들처럼 발음하지 않도록 가르쳤다.

일단 언어학자와 분장사가 그녀를 변모시켜놓자, 제작자들은 리타와 한 팀을 부에노스아이레스로 보내 비밀 카지노와 삼각관계에

---

*스페인인과 인디언의 혼혈.

관한 영화를 찍었다. 리타는 카지노에 대해 잘 알고 있었다. 그때까지 내내 카지노에서 춤을 추고 테이블에 둘러앉아 살아왔다. 또한 삼각관계에 대해서도 모르는 것이 없었다. 그녀는 수없이 삼각관계에 빠졌다 나왔다 했고, 심지어는 기존의 삼각관계 속에 들어가 사각 관계로 만든 적도 있었다. 그 영화 제목은 〈길다Gilda〉였는데, 리타 헤이워스가 찍은 수십 편의 영화 중에서 그녀가 제일 싫어한 영화였다. 수십 년이 지나 그녀는 알츠하이머로 정신이 흐릿해진 상태로 뉴욕의 아파트에 앉아 이스트 강을 굽어보면서도, 소금 맛이 나는 자두와 〈길다〉가 존재하지 않는 세계를 꿈꾸었다.

"내가 알았던 남자들은 모조리 길다와 사랑에 빠졌다가 나와 함께 깨어났죠." 그녀는 자기와 결혼했다가 떠난 남자들의 목록을 나열하며 이런 말을 했다.

1. 에드워드 저드슨
2. 오선 웰스
3. 알리 칸 왕자
4. 딕 헤임스
5. 제임스 힐

목록에 상추 수확꾼의 이름은 하나도 없었다.

부에노스아이레스에서 리타는 촬영 짬짬이 공원 전망대에 가서 꼬마 소녀들이 노래를 부르고 돌차기 놀이하는 모습을 구경했다. 밤이 되면 아르헨티나 서커스 공연에 가서 마테 차를 홀짝이며 숫자

세는 고양이들이 벌이는 산수 묘기를 구경했다. 차에서는 씁쓰름한 맛이 났다. 찻잎 찌꺼기 냄새에 리타의 뾰족한 코에서 콧물이 떨어졌다.

서커스 공연이 끝나고 코끼리들이 천막 밧줄을 팽팽히 당길 때면, 리타는 윗입술에 묻은 콧물을 빨아먹으며 호텔 로비로 들어서서 자기 방으로 가는 엘리베이터를 탔다. 침대에 누워 영화 찍기와 수 세는 고양이들에게는 뭔가 외로운 구석이 있다는 생각을 했다. 그녀의 자두나무는 시들어 죽은 지 오래였으므로, 아무리 눈물을 흘려보아도 낡은 호텔 매트리스만 축축이 적실 뿐이었다.

줄리에타

줄리에타는 포마이카 침대 위에 의례적인 작별 편지를 남기고 침실 창문을 넘어 도망쳤다. 편지는 곧 산산이 부스러졌고, 재는 방구석 두 군데로 모여 먼지 뭉치와 한데 엉켰다. 그녀는 엘데라마데로 산을 걸어내려가 라스토르투가스 강으로 갔다. 그 동네는 문을 꼭꼭 닫아걸고 담장을 둘러쳤다. 사람들은 줄리에타가 엘데라마데로의 부식을 전염시킬지도 모른다고 두려워했다. 그들은 대체로 친절한 사람들이었지만, 그녀를 라스토르투가스에서 쫓아냈다. 플라스틱과 부식의 마을이라는 오명은 산에서 기슭과 해안으로, 북으로는 국경선까지 쫙 퍼져 있었다. 확인된 바는 전혀 없었지만, 줄리에타가 티후아나까지 걸어간 길을 따라 상한 풀잎과 잔가지가 깔린 것은 물론이고 흙마저 부드러운 먼지로 바스러져 도랑과 구덩이가 팼다는 소문이 파다했다.

줄리에타가 티후아나에 닿았을 때는 한때는 분필로만 표시되어 있던 국경선이 감시탑과 쇠 울타리로 바뀌어 있었다. 시멘트로 된 바리케이드가 울타리 바로 밑에 매설되어 있어서, 아무도 울타리 건너편으로 굴을 파서 넘어갈 수 없었다. 서치라이트가 새벽이 올 때까지 밤새 국경선을 밝혔다. 그 와중에 어마어마한 전력의 조명 아래에서 잠을 청해야 하는 사람들은 두꺼운 커튼을 치고 까만 베갯잇 속에 머리를 파묻었다.

줄리에타가 엘데라마데로의 질병을 끌고 왔는지, 아니면 그저 우연히 300마일 길이의 울타리에서 쇠가 부식된 틈새를 발견하고 건너편으로 넘어갈 수 있었는지는 확실치 않았다.

노병 프로기

프로기는 EMF의 상황을 보고 개탄을 금치 못했다. 파추코* 갱들은 폭주를 하거나 차를 약탈했으며, 늙은 갱들의 꼬리표조차 전통적인 형식을 잃고 이제는 아무렇게나 너저분하게 붙어 있었다. 프로기는 페데리코 데 라 페가 돌아와 전쟁을 다시 시작하여 토성에게 맞서주기를 바랐다. 프로기는 EMF가 마약 세력권이나 거리 이름 따위를 놓고 싸움을 벌이는 꼴이 마뜩잖았다.

프로기는 EMF를 자기 집 마당에 불러 모았다. 철사 울타리를 뜯

---

*멕시코계 미국인으로 복장이 요란한 십대 불량소년.

어내고 흙과 잔디밭에서 가축의 똥과 깃털을 갈퀴로 깨끗이 긁어냈다. 원통형 석쇠에는 석탄을 넣어 불을 피웠고 맥주는 얼음에 넣어 차갑게 식혀놓았다. 줄리에타가 쇠고기를 뒤집고, 라임을 짜고, 맥주를 고깃덩이에 부을 동안, 프로기는 테케스키테 빵과 맥주병을 돌렸다. 프로기는 EMF 촐로들에게 라임즙을 친 고기와 술을 권하면서, 이것이 아마도 그가 여는 마지막 EMF 집회가 될 것이라고 생각했다. 프로기는 빨갛게 타던 석탄이 잿빛으로 식고 얼음이 완전히 녹아 물이 될 때까지 목소리를 높이지도 않았고 테이블 위에 올라서지도 않았다. 그는 마침내 페데리코 데 라 페의 전쟁 계획도 중 한 장을 쳐들고 일어섰다. EMF 촐로들은 고개를 들어 올려다보며 다들 경외감 때문이 아니라 지긋지긋해서 한숨을 내쉬었다. 그들은 토성과 싸우고 싶은 마음이 없었다.

"프로기," 촐로들 중 한 명이 입을 열었다. "당신 말씀 잘 압니다만, 우린 다시 그 전쟁을 할 생각이 없습니다. 역전의 용사들도 이기지 못했는데 우리인들 어쩌겠어요."

그러자 프로기만 빼고 모두가 동감을 표하며 고개를 주억거렸다. 프로기는 설득하려는 노력을 포기했다. 전쟁을 다시 시작하지는 못할 것이다. 그러나 EMF 단원들을 해산하기 전에, 프로기는 그들에게 언젠가 그들이 노인이 되어 아내와 사랑을 나누고 있을 때, 토성의 고리에서 그들을 응시하는 조롱 섞인 미소를 느낄 날이 올 거라고, 그날이 오면 페데리코 데 라 페의 전쟁에 나서지 않은 것을 후회할 것이라고 말했다.

리타

〈길다〉가 어도비 극장에서 상영되었을 때, 사람들은 스크린에 상추 꼭지를 던지지 않았다. 한평생 컨베이어 벨트에 상추를 던져 올리면서 할리우드의 화려함이나 레드 카펫과는 동떨어진 삶을 사는 상추 수확꾼들은 같은 상추 수확꾼이 대스타 중 한 명과 한 번이라도 사랑을 나눈 적이 있었다는 데 자부심을 느꼈다.

다음 날 아침, 상추 수확꾼들이 손에 두 겹으로 장갑을 끼고 서리와 흙먼지 속에서 뜯은 상추 위로 몸을 구부려 트랙터의 짐칸에 상추 포기를 던져 넣던 중, 누군가 이렇게 말했다.

"난 리타 헤이워스랑 해봤지. 아주 죽여줬다고."

그 말은 사실이 아니었지만, 그는 자기의 거짓말을 굳게 믿었다. 트랙터를 모는 십장이 리타 헤이워스가 벌거벗으니까 어떻더냐고 물었다.

"자네가 상상한 그대로야. 옷을 안 입었다는 점만 빼면 〈길다〉에 나온 바로 그 모습이라고. 젖꼭지는 거무스름하고 거웃은 시커멓고 빽빽하게 나 있지." 상추 수확꾼이 대답했다.

줄리에타

할리스코와 라스토르투가스와 엘데라마데로 같은 소읍에서 온 최초의 도망자들 다수가 그랬듯이, 줄리에타도 엘몬테에 정착했다. 그녀는 그곳에서 꽃을 따서 생계를 꾸렸다. 많은 사람들이 잃어버린 사랑의 기억을 피해 고향을 떠나왔지만, 줄리에타는 거꾸로 엘몬테에 와서 사랑을 찾았다. 프로기를 만났을 때 그녀의 기억 속에 귓가에서 툭툭 끊어지는 휘파람 소리나 목덜미에 닿은 갈라진 입술 따위는 없었다. 그녀는 꽃을 담은 방수포를 끌어다가 저울 위에 올려놓고 바늘이 노란 카네이션 무게를 36파운드로 가리키는 것을 지켜보고 있었다.

프로기는 곧 열여덟 살이었다. 머리통은 빡빡 밀었고, 수염이 거뭇하게 자라는 데만도 몇 달이 걸렸다. 토성의 힘 따위는 전혀 몰랐고, 이제 막 고리가 있는 행성에 대항한 페데리코 데 라 페의 전쟁에 합세한 참이었다.

줄리에타는 그에게 자기 허리띠의 고리를 움켜쥐고 피부를 만져보아도 좋다고 말했지만, 자신은 '쇠락'이라는 뜻의 이름이 붙은 마을에서 왔다는 점을 경고했다.

"난 가장 위험한 행성과 전쟁을 치르는 중이야…… 그깟 부식이나 녹 따위는 겁나지 않아." 그가 말했다.

그래서 그날 밤 줄리에타는 일주일 동안 잠자리로 삼았던, 풀이 줄맞춰 자란 밭을 떠나 그의 회벽 집으로 들어갔다. 그의 집 사방에 머리끈이며 머리핀, 로션 병, 커튼에 맨 정교한 매듭 등 다른 누군가의 흔적이 널려 있었다.

"그 여자 이름은 샌드라였어. 하지만 지금은 떠나고 없어." 프로기가 줄리에타의 손을 잡아 침실로 이끌면서 말했다.

매트리스와 시트가 갈가리 찢어지고 침대 틀이 주저앉았지만, 부식과는 아무 상관 없었다.

CHAPTER FOUR

III

토성

페데리코 데 라 페는 아내 메르세드의 꿈을 꾼 날 밤 젖은 매트리스와 희미한 나무 썩는 냄새에 잠에서 깼다. 그의 침대 밑에 오줌이 고여 널빤지를 더럽혔다. 페데리코 데 라 페는 깨어 있을 때는 슬픔과 아내의 기억을 불로 무디게 할 수 있었지만, 잠자는 동안에는 일직선으로 늘어선 행성들이나 토성의 육중한 무게를 피할 도리가 없었다. 페데리코 데 라 페는 침대에서 시트를 끌어내리고 목욕 수건으로 마룻바닥을 가볍게 두드려 오줌과 익사한 흰개미들을 닦아낸 다음, 커튼을 열어 햇볕을 들어오게 했다. 그러고 나서 집 밖으로 걸어 나가 하늘을 올려다보았다.

페데리코 데 라 페의 눈가는 눈물 자국 하나 없이 말짱했어도, 작업복 바지 앞판은 여전히 젖은 채였고 맨발에는 죽은 흰개미들이 달라붙어 있었다. 그는 태양 아래 시선을 한곳에 박은 채 눈을 깜박이거나 고개를 숙이지도 않고 서 있었다. 페데리코 데 라 페는 자꾸만 신경이 쓰이는 무게의 근원을 처음으로 정확히 짚어낼 수 있었다. 그는 태양계에서 두 번째로 큰 행성을 똑바로 쳐다보았고, 토성이 페데리코 데 라 페의 분노와 암묵적인 선전포고를 알아차릴 때까지 시선을 돌리지 않았다.

저녁에 페데리코 데 라 페는 매트리스 위에 플라스틱을 깔고, 천 꾸러미를 허리에 둘둘 감아 안전핀으로 고정시키고 잠을 잤다. 기저귀를 찼는데도 불구하고 오줌은 그의 다리 옆으로 새어나와 플라스틱 시트 위로 흘러 마룻바닥에 떨어졌다. 썩은 나무 냄새가 진동하고 젖은 흰개미 시체가 널렸다.

더 이상 흰개미를 익사시키고 메르세드의 꿈에 시달리지 않기 위해 페데리코 데 라 페는 자진해서 불면증에 걸리기로 했다. 그는 큐란데로의 선반에서 오래 묵어 쓴맛이 진해진 아르헨티나산 마테 한 자루를 샀다. 페데리코 데 라 페는 펄펄 끓는 물을 마셔서 혀를 데었다. 차를 다 마신 후에는 엘몬테 사람들이 죄다 잠잘 동안 잎사귀 찌꺼기를 씹었다.

꼬마 메르세드

우리가 라스토르투가스를 떠난 이래로 아빠의 오줌 냄새를 맡지 못했는데, 지금 그 악취가 다시 돌아왔다. 아빠의 우울증도 따라올까 두려웠다. 그러나 아빠가 방에서 나왔을 때, 아빠의 지퍼 주위에 젖은 자국만 있을뿐, 목소리에 슬픔은 전혀 깃들어 있지 않았다.

"프로기한테 오늘은 내가 일하러 가지 않을 거라고 전하렴. 하지만 저녁에는 프로기가 왔으면 한다고 해라."

아빠는 이렇게 말하고는 바지를 말리고 하늘을 보러 뒷마당으로 나갔다. 나는 무게 계량소로 가서 프로기에게 메시지를 전했다.

그날 밤 프로기는 상아 도미노 세트와 더 나이먹은 EMF 졸로 세 사람과 함께 우리 집 문을 두드렸다. 아빠, 프로기, 다른 세 사람은 도미노 테이블 주위에 둘러앉아 장미 꽃잎을 씹으며 메스칼 술을 마셨다. 프로기와 아빠를 제외한 나머지 사람들은 목 옆에 'EMF'라는 문신을 새기고 있었다.

그날 밤, 프로기는 도미노 게임에 이겨서 담배 한 갑, 스위치블레이드 두 개, 10달러, 메스칼 술 1쿼트를 땄다. 프로기는 나에게 2달러 지폐를 주었고, 아빠는 나를 잠자리로 보냈다.

침대에 누워 라스토르투가스의 낡은 어도비 벽돌집을 떠올렸다. 나는 침과 새끼손가락으로 벽에 구멍을 뚫는 데 선수였다. 그 구멍을 통해 아빠가 엄마의 머리카락을 빗기는 모습을 보았고, 엄마가 라임을 먹고 껍질을 난롯불 속에 던져 넣는 것도 보았다.

그러나 지금은 모든 벽이 나무와 회반죽으로 되어 있어서 들려오는 것이라곤 남자들의 희미한 말소리와 상아가 테이블에 부딪는 소리뿐이었다.

프로기

페데리코 데 라 페가 꼬마 메르세드를 방으로 들여보내기 전에, 달러 지폐에 내가 딴 작은 스위치블레이드를 싸서 그녀에게 주었다.

우리가 도미노를 치우고 자리를 뜨려고 일어서자, 페데리코 데 라 페는 우리에게 다시 앉으라고 말했다. 그는 우주의 배치도와 전쟁 계획표를 보여주며 동참을 요청했다.

그는 자유의지를 지키고 슬픔의 상품화를 막기 위한 전쟁이라고 말했다. "이건 우리에게 정해진 운명에 맞서는 전쟁이라네." 그의 말이었다.

나는 누가 우리에게 그 운명을 주었느냐고 물었다. 페데리코 데 라 페는 고개를 가로젓고 자기도 확실히 알지는 못한다고 말했다. 그가 우리에게 해줄 수 있는 말은 하늘에 사람인지 뭔지 모를 존재가 숨어서 토성의 궤도에서 마음대로 우리를 내려다보고 있다는 것뿐이었다. 또 그 존재가 자기 아내를 쫓아버렸고, 자기에게는 오로지 불로만 달랠 수 있는 영원한 슬픔의 저주를 내렸다고 했다. 엘몬테 사람 모두가 토성이 내뿜는 기분과 변덕에 좌우되고 있다는 것이었다.

"내가 이 말을 하고 있는 바로 지금도, 우리는 토성의 이야기의 일부라네. 토성이 그 이야기를 갖고 있어. 우리는 도청과 감시를 당하고 있고, 우리의 삶은 오락거리로 팔리고 있어. 하지만 우리가 싸운다면 주도권을 손에 넣어 스스로를 보호하고 우리 자신을 위한 삶을 살 수도 있게 될 걸세." 페데리코 데 라 페가 말했다.

토 성

프로기는 페데리코 데 라 페의 전쟁에 참여하기로 나선 최초의 신
병이었지만, 얼마 안 있어 EMF에서 다른 이들이 뒤를 따랐다. 토성
에 대한 군사행동을 시작한 둘째 날, 카네이션 줄기에서 자라는 곰
팡이가 프로기의 신발에 퍼졌다. 구두창에서부터 시작된 곰팡이는
프로기의 거실의 갈색 카펫으로 번지더니 벽과 천장까지 퍼져나갔
다. 프로기가 커튼에서 흰 곰팡이를 털어내려 하자, 곰팡이는 빗자
루를 타고 그의 손까지 퍼져 내려왔다.

매일 더 많은 EMF 촐로들이 페데리코 데 라 페의 군대에 참여하면
서 곰팡이는 더 많은 집으로 퍼져나갔다. 급기야는 엘몬테의 모든
집이 흰 곰팡이로 뒤덮였다.

그들은 경석과 등유로 손을 문질러 곰팡이를 닦아냈고, 욕실 타일
의 갈라진 틈에서 버섯이 돋아나자 주걱으로 긁어내고 표백제를 부
었다.

이 주 동안 전염병이 돌아 EMF 촐로 스물세 명이 죽었다. 검시관은
사망자들의 가슴을 절개하여 피를 뽑아내고 그 속에 휴지를 채워
넣다가, 갈비뼈 사이에서 자라난 독버섯을 발견했다.

슬픔과 장례 행렬이 이어지는 와중에도 프로기는 살아남아 열아홉
살에 EMF의 생존 단원 중 최고령자가 되었다. 역병이 쓸고 간 후,
명령 계통은 프로기, 스마일리, 펠론, 리틀 오소 순이 되었다. 그러
나 전쟁을 진두지휘하는 자는 여전히 페데리코 데 라 페였다.

토성은 첫 번째 전투에서 승리했다. 그러나 프로기는 굴복하지 않
고 더 많은 촐로들 속으로 뛰어들어, 십대 소녀들까지 해방을 위한
투쟁에 나서도록 EMF에 가입시켜 전열을 늘렸다.

EMF에 처음으로 가입한 소녀의 이름은 샌드라였다. 그녀를 끌어들
인 다른 여자는 아무도 없었으므로, 공식적으로 초청받았는지 여부
도 따질 필요가 없었다. 그러나 그녀는 자기를 두들겨 패는 아버지
한테서 도망 나온 처지라 제대로 친밀감을 쌓는다는 것이 어떤 것
인지 더 이상 기억하지도 못했기 때문에, 어찌 되었든 브링카 의식
은 필요치 않았다.

샌드라는 암모니아 냄새를 맡아 곰팡이가 자라지 못하도록 한 덕분
에 역병에서 살아남았다. 샌드라는 프로기의 손으로 입문식을 치르
는 대신, 자기 뜨개바늘로 프로기의 목에 'EMF'를 새겨주었다.

꼬마 메르세드

나는 표백제와 쇠솔로 곰팡이와 싸웠다. 곰팡이를 거실 바닥에서 현관으로 쓸어내고 보도에 표백제를 들이부었다. 아빠는 병에 넣은 등유 냄새를 맡고 마테 차를 마시면서 마을을 돌아다녔다. 밤에 침대에 누워 있을 때면, 아빠는 도미노 테이블 위에 몸을 구부리고 앉아 찻잎을 씹으며 도표를 그렸다.

일단 곰팡이가 화단에서 물러가자, 매일 즐기던 도미노 게임도 다시 시작되었다. 프로기는 샌드라를 EMF의 부사령관으로 임명하고, 부사령관으로서 자기 옆에 앉게 했다.

그러나 다른 EMF 촐로들과는 달리, 샌드라는 바짓단을 접어 올리거나 머리를 밀지 않았다. 그녀는 바지를 무릎 밑에서 자르고 비료 부대에서 빼낸 끈으로 머리를 포니테일로 묶고, 프로기와 단둘이 있을 때만 풀었다.

매주 일요일 아침 가족들이 수프 그릇을 들고 걸어갈 때면, 새로운 단원들이 EMF에 들어왔다. 프로기와 샌드라가 꽃밭에서 돌아오면, 아빠는 그들에게 얼굴에 튄 핏자국을 닦아내도록 석유와 수건을 주었다.

그들은 칼라가 더럽혀진 채 아르니카* 연고와 석유 냄새를 풍기며 집으로 들어왔다. 그들은 앉아서 아빠가 그린 도표를 연구했다.

그중에는 이렇게 생긴 것도 있었다.

• ||| •••

혹은 세 개에 동그라미를 쳐놓았다.

"여기가 우리가 공격할 지점이다." 아빠가 말했다.

샌드라는 귀를 기울이면서 숄 끝자락을 뜨려고 했지만, 항상 매듭이 풀려 그녀가 앉은 자리에는 늘 실오라기들이 흩어져 있었다.

샌드라

아버지는 내가 만들려고 했던 낡은 식탁보에서 꿰맨 자리를 찾아냈다. 아버지는 내가 뜨개질한 천에서 풀린 올을 따라 엘몬테 마을의 내 침대까지 왔다. 아버지는 마룻바닥에서 실을 주워 불룩한 호주머니에 넣고, 프로기와 뒤엉켜 누워 있던 나의 등에 주먹질 세례를 퍼부었다.

내가 몸을 돌리기도 전에 프로기가 침대에서 뛰쳐나와 아버지를 바닥에 쓰러뜨리고 카네이션 칼로 아버지의 목에 두 개의 칼집을 냈다.

평생 동안 아버지한테서 도망치고 싶었지만, 아버지가 내 숄 쪼가리에 감겨 꽃밭 한가운데 매장되는 꼴을 보자니 과히 마음이 편치는 않았다.

나는 EMF의 부사령관 자리는 계속 맡았지만, 프로기의 집에서는 나왔다. 아버지를 죽인 남자와 한 방에서 잘 수는 없었다.

나는 옷장 서랍과 깔개 두 개, 베개 두 개만 프로기의 집에서 들고 나와 엘몬테 변두리에 있는 회벽 집으로 옮겼다. 깔개와 베개를 받치고 혼자 잠을 잤다. 나는 잠버릇이 얌전한 편이었다. 자면서 몸부림을 친다거나 코를 고는 일 따위는 없다. 하지만 언제부터인가 팔에 매질한 자국이 생기고 늑골에 통증을 느끼며 멍이 든 채 잠에서 깨어나기 시작했다. 거울 속에서 시커멓게 멍든 얼굴을 보고서야 아버지의 꿈을 꾸었음을 알았다.

---

* 유럽산 국화과의 약용 식물로 진통제의 원료.

토성

공격 첫날, 페데리코 데 라 페와 나머지 EMF 단원들은 손수건으로 얼굴을 가렸다. 토성은 얇은 천을 꿰뚫어볼 수 있었으므로, 이것은 다분히 상징적인 제스처였다. 꽃밭을 불태워 연기를 일으켰어도, 토성은 여전히 EMF와 페데리코 데 라 페의 움직임을 볼 수 있었다. 남자들이 트럭에 올라타 남쪽으로 달릴 동안, 여자들은 불 속에 타이어와 등유를 집어넣었다. 군대를 둘로 나누어 토성이 두 병력 중 한쪽을 선택하도록 만들자는 작전이었다.

프로기는 선두 트럭을 운전했다. 나머지 사람들은 프로기와 페데리코 데 라 페가 셰비 운전석 안에서 논의하는 내용을 아무도 듣지 못하도록 경적을 울리면서 그 뒤를 따랐다.

꼬마 메르세드는 페데리코 데 라 페의 무릎에 앉아 뒷유리창으로 픽업트럭과 EMF 촐로들의 호송 차량을 내다보았다.

그들은 샌디에이고를 지나 발명과 발견의 도시 티후아나로 차를 몰았다. 그곳은 마르가리타 카르멘 칸시노가 자기 이름에서 음절을, 무대에서 벨벳 커튼을 버리고 일어나 휘장 끝자락과 출생증명서 쪼가리를 뒤로하고 스타로 떠오른 곳이기도 했다.

샌드라와 EMF 여단원들은 엘몬테를 에워싼 밭에 등유를 뿌리고 불길이 도시를 완전히 포위할 때까지 깔개와 수건으로 바람을 부쳤다. 그들은 토성과 연기, 불꽃에서 날아오는 반짝이는 재를 피하기 위해 손수건으로 코와 입을 가렸다.

불을 지른 데에는 두 가지 목적이 있었다. 첫째는 연기로 토성의 시야를 가리자는 것이었다. 둘째는 재와 녹은 타이어를 둘러쳐 마을을 표시하자는 것이었다. 그러면 농약 살포 비행기들과 열기구들이 엘몬테 위를 날 때, 조종사들도 그 마을이 가장 불가능한 전쟁을 치른 마을인 줄 알게 될 것이다.

꼬마 메르세드

일단 전쟁이 시작되자 나는 학교를 빠졌다. 대신 프로기의 트럭을 타고 아빠가 전쟁에 필요한 물자에 대해 얘기하는 것을 들었다.

국경선에 닿자, 경비원들은 프로기와 아빠에게 얼굴을 가린 손수건을 내리라고 했다. 빈 권총집을 찬 경비원이 자신은 그링고에게도, 운명론자들의 전쟁에도 공감하지 않으며, 갈등을 퍼뜨리지 않겠다는 조건 하에서만 우리를 들여보내주겠다고 말했다.

일단 티후아나에 들어가자, 우리는 차를 세우고 프로기의 트럭 주위에 모였다. 아빠는 운전석 지붕 위에 올라가 작성한 목록을 읽었다. 아빠는 스마일리에게 염소 암수 한 쌍을 끌고 오라고 말했다. 펠론은 싸움닭과 암탉을 맡았다. 아빠는 목록을 읽고 나서 신문지에 싼 돈을 나누어주었다. 마침내 아빠와 프로기만 남았다. 아빠와 프로기는 기계 거북 껍질을 되도록 많이 갖고 돌아가기로 했다.

우리는 기계공의 가게로 걸어갔다. 아빠와 내가 처음 머물렀던 곳이었다. 그러나 거북은 이제 없고, 일제 연소기관과 문짝 위에 검은 윤활유로 쓴 압운 4행시만 남아 있을 뿐이었다. 『세기들』에서 인용한 구절로, 프랑스어로 쓰여 있었다. 아빠는 4행시를 쓴 사람을 불러달라고 청했지만, 아빠가 찾는 사람은 일을 그만두고 라케마도라로 도망갔다는 것이었다.

우리는 트럭을 타고 도시 중심부를 가로질러 구리 족쇄를 찬 이달고* 상이 서 있는 턴어라운드를 돌아 도시 외곽으로 빠져나왔다. 계속 달려 창고와 마킬라**를 지나고, 양철과 종이로 지은 마을을 지났다. 3차선 도로가 1차선으로 좁아지고 1차선 도로가 채석장 둘레를 바싹 따라 달리다가 흙길로 바뀌는 지점에서 라케마도라로 들어섰다.

기계공

그 부녀는 목에 고향의 머리글자를 새긴 미국인 파추코와 함께 로스앤젤레스에서 돌아왔다. 아버지가 납 껍질이 필요하다는 얘기를 하는 동안, 딸은 노스트라다무스의 경고에 대해 물었다. 아버지는 물샐틈없는 거북의 둥근 등껍질 밑에서 불길한 힘으로부터 몸을 피할 은신처를 발견했다고 말했다. 그래서 그 껍질의 가격과 내가 거북을 만들게 된 경위를 알고 싶다는 것이었다. 나는 그들에게 나의 유랑과 거북에 얽힌 사연으로 모든 것을 설명해주었다.

"저는 진짜 바다거북의 고기를 씹는 사람을 보고 기계 거북을 분해하기 시작했습니다. 거북의 등딱지를 금속 집게로 꿰뚫었더니, 약간의 피와 젖이 든 살주머니를 제하고는 아무것도 남지 않더군요. 알 세 개를 품은 빈 껍질뿐이었어요. 알을 모자 속에 넣고 가게로 돌아와서 일을 그만두고 4행시 215번에서 노스트라다무스의 예언을 옮겨 적었지요. 기계의 힘에 대해 경고하는 부분이죠. 알이 부화하자, 새끼 거북들한테 염소젖 꼭지를 빨리고 내 침실에 풀어 키웠어요. 결국 거북들은 내 시트를 몽땅 먹어치우고 바다로 돌아가도 좋을 만큼 자랐죠. 그때부터 라케마도라를 유랑하면서 남은 기계 거북을 유인해 우리에 넣은 다음 고철 더미 속에 넣은 거예요. 납 껍질 중 일부는 화상火傷 수집가들이 새까맣게 태우고 녹였어요. 하지만 아직도 제법 많이 남아 있습니다. 원한다면 얼마든지 가져가셔도 좋습니다. 딱 하나만 남겨주시고요. 가끔은 아무한테도 방해받지 않고 그 속에 앉아서 생각에 잠기고 싶거든요."

---

* 스페인의 세습 귀족.
** 미국에서 장비와 원료를 무관세로 수입한 다음 조립 가공해 만든 제품을 다시 수출하는 멕시코의 공장.

라케마도라 사람들도 슬픔에 대한 치료법을 발견했다. 그러나 페데리코 데 라 페와 달리 그들은 전혀 수치심을 느끼지 않았고, 자기들의 흉터나 물집을 숨기지도 않았다. 페데리코 데 라 페는 남은 기계 거북 등딱지를 찾기 위해 라케마도라로 들어갔다. 그러나 납 껍질로 무거워진 트럭을 끌고 라케마도라를 떠나면서, 그의 머릿속은 전쟁이 아니라 아내 생각과, 딱지를 떼내고 다시 불로 지지고픈 마음으로 가득했다.

유랑하는 기계공의 집으로 가는 길에, 그들은 호텔과 과일 노점, 시커멓게 탄 테이블을 지나쳤다. 테이블에는 한 여자가 앉아 무릎 위에서 침을 질질 흘리는 아기를 어르며 타로 카드를 뒤집고 있었다. 그녀의 거무스름한 팔은 물집 투성이였고, 가끔씩 고름이 손가락 끝으로 뚝뚝 떨어져 타로 카드가 손에 달라붙었다. 페데리코 데 라 페가 제일 먼저 기계공의 집 문을 두드렸다. 그러나 아무 대답도 없기에, 꼬마 메르세데에게 초인종을 눌러보라고 했다.

온몸이 별 무늬의 화상 자국으로 뒤덮인 여자가 문을 열었다.

탄 고무 냄새를 풍기며 시커먼 연기가 허공으로 퍼져나가 항공청의 관할권 너머까지 올라갔다. 검은 연기는 솜털 같은 뭉게구름과 뒤섞여 짙은 그늘을 만들었다. 그래서 토성은 EMF 여자들이 타이어를 굴려 와서 불 속에 넣는 모습을 보기 위해 위치를 바꾸어야 했다. 샌드라가 손수건 너머로 EMF 단원들의 귀에 속삭이는 말은 불꽃이 탁탁 튀며 타는 소리에 묻혀버렸다.

때로는 토성조차도 샌드라가 하는 말을 온전히 다 알아듣지 못하고 토막토막 엿들었다.

"무거운 땔감은… 남자들이 돌아오면… 불 속에 전부… 그리고 연기를…내 명령에 따라…."

아빠는 내가 마리셀라의 별들을 만지지 못하게 했다. 아빠는 프로기와 함께 기계공의 연구실로 들어가면서 그녀에게 만져봐도 되냐고 묻지 말라고 경고했다.

연구실에서 아빠, 프로기, 기계공이 바다거북과 민물거북에 대해 이야기를 나눌 동안, 마리셀라와 나는 거실에 앉아 있었다. 나는 별을 만져볼 수 없었으므로, 그녀에게 어떻게 별을 만들었는지 물어보았다. 마리셀라는 나에게 자기 버너를 보여주었다. 버너 하나에 석유를 붓고 불을 붙였다. 그런 다음 서랍에서 신문지로 싸서 일렬로 늘어놓은 끝이 시커멓게 그을린 필립스 드라이버를 꺼냈다. 그녀는 제일 큰 별을 만드는 드라이버, 제일 뾰족한 드라이버, 눈에 안 보일 정도로 작은 별을 찍는 드라이버를 들어 보였다.

마리셀라는 제일 작은 드라이버를 골라 발갛게 빛날 때까지 끝을 달군 다음, 손바닥에 대고 눌렀다. 살을 태우며 연기가 피어오르더니, 분홍빛의 생살이 드러났다.

"아파?"

"약간."

나는 그녀에게 언제부터 별을 만들기 시작했느냐고 물었다. 그녀는 왜 불에 끌리게 됐는지는 잘 모르겠지만, 어릴 때부터였다고 대답했다. 타초라는 이름의 남자가 있었는데, 그는 마리셀라와 사랑하는 사이였지만 그녀의 별을 부끄러워했다. 타초는 사랑보다도 정숙함을 더 중시하는 타입의 남자였다. 그는 살 타는 냄새와 마리셀라의 흉터를 받아들이는 대신, 출세와 명예를 선택했다.

그러나 마리셀라는 자기 흉터나 덴 자국을 가리거나 숨기지 않았다. 그녀는 타초를, 화상 수집가들은 흉터를 숨긴 채 익명의 존재로 살아야 한다고 말하는 이들을 모두 무시했다. 마리셀라는 당당하게 보란듯이 남들 앞에 내놓고 다녔고, 사람들이 자기 몸을 장식한 별자리를 만지고 싶어해도 꺼리지 않았다.

이그나시오는 자기 연구실에서 『세기들』을 읽으면서 라케마도라로 기계 거북을 유인해 새로운 방법을 짜내고, 나는 거실에서 드라이버 끝을 알코올과 식초에 담그고 있는데 초인종이 울렸다. 그들은 집에 들어서자마자 기계공을 찾았고, 나는 두 남자를 연구로로 안내했다. 어린 소녀는 거실에 나와 함께 남았다.

소녀의 이름은 메르세드였다. 나는 그녀에게 내 연장과 불, 내 팔의 별과 내 등을 가로질러 놓인 무늬를 보여주었다.

나는 딱히 어떤 의도에 따라 드라이버를 누르지는 않았다. 때로는 그저 나아가는 흉터에 끝을 대고 눌러 희미해져가는 예전 별의 윤곽을 선명하게 만들기도 했다. 그러나 메르세드는 배치에서 어떤 논리를 보았다. 그녀는 산토스의 반신상과 노스트라다무스의 애완견이라고 짐작되는 것을 찾아냈다. 내가 아직 완성하지 못한 다른 별자리들도 어떤 형상을 만들고 있었다.

나는 또 메르세드에게 타초 이야기도 해주었다. 오랫동안 늘 그를 생각하며 그가 돌아올지도 모른다고 기다리던 끝에 어떻게 해서 결국 타초가 아닌 다른 사람, 화상 수집가도, 라케마도라 주민도 아닌 사람과 살림을 차렸는지 들려주었다. 이그나시오의 손은 늘 시커멓지만, 불 때문이 아니라 기계와 거북을 분해한 탓이며, 비누와 경석으로 닦아낼 수 있는 검정이라는 얘기도 해주었다.

이그나시오는 절대 영원히 지워지지 않을 흉터, 물집의 고름이나 화상 주위가 딱딱하게 굳고 갈라지는 모습에 위협을 느끼거나 당혹스러워 할 사람이 아니었다. 그는 양동이의 물을 용설란과 알로에 밭에 붓고 나서 칼날 같은 풀잎을 꺾었다. 매일 아침 내가 옷을 입기 전, 그는 시트를 벗겨내고, 껍질을 벗겨 흐물흐물한 용설란과 알로에 잎을 양동이에 담아와 내 피부를 문질러 화상을 진정시켜주었다.

기계공은 페데리코 데 라 페와 프로기를 밖으로 데리고 나왔다. 그는 아기를 데리고 타로 카드를 떼고 있는 여자를 지나쳐 용설란과 알로에 밭을 지나가서, 마침내 속을 비운 거북 등딱지를 늘어놓은 공터까지 왔다. 우리 속에서 기계 거북 한 마리가 우리의 납 창살을 물어뜯고 있었다. 수백 개의 껍질 중 어떤 것은 녹이 슬었고, 어떤 것은 금속성의 파르스름한 광채로 빛났다. 기계공이 페데리코 데 라 페에게 거북을 어떻게 분해했는지 설명하는 동안, 프로기는 트럭을 공터에 댔다.

껍질 열 개를 쌓아올리고 밧줄로 묶어 방수포로 싸서 트럭 짐칸에 실었다. EMF 트럭 전부를 채우고도 남을 만큼 껍질은 많았다. 기계공이 이렇게 많이 모아놓은 줄 진작 알았더라면, 페데리코 데 라 페는 나머지 EMF 단원들을 염소와 수탉을 구하러 보내지 않았을 것이다.

불꽃이 사그라지고, 연기도 이제는 뭉게뭉게 퍼져나가는 두꺼운 밧줄 모양이 아니라 불가에서 피어오르는 실낱 같은 형태로 바뀌었다. 사위어가는 불꽃의 환 속에서 EMF 여자들은 여차하면 바로 불에 넣을 수 있도록 타이어와 나무를 무더기로 쌓아올렸다.

남쪽 방향의 불꽃이 완전히 사그라지면서 불꽃의 원에 빈 구멍이 뚫리고 타다 남은 삭정이만 뜨겁게 달아올랐다. 불꽃은 마지막 남은 힘을 다 소진하고 회색 재로 바스라졌다.

아빠와 프로기가 거북 등딱지를 트럭 짐칸에 실을 동안, 나는 타로 카드를 섞는 여자에게 말을 붙여보려고 다가갔다. 테이블 쪽으로 가까이 다가가보니, 지금은 팔의 살갗이 벗겨지고 화상을 입었지만 다름 아닌 아기 노스트라다무스와 어머니였다.

나는 아기 노스트라다무스의 머리를 토닥여주고 어머니에게 팔이 왜 그렇게 되었느냐고 물었다. 그 화상은 아무런 의미도 없었고, 별 모양도 아니었다.

그녀는 아기의 도움을 받아 내 운명을 점쳐주겠다고 제안했다. 그녀는 내 손을 잡고 내가 아기 노스트라다무스의 눈을 들여다볼 동안 내 손가락을 꽉 쥐었다.

그녀가 내 손금을 보는데, 검지 끝에 잡힌 물집이 터져 진물이 내 손금을 타고 흘렀다. 내 손바닥의 바깥쪽 선은 큰 강으로 흘러드는 지류가 되었다. 나는 손을 얼굴 쪽으로 쳐들어 내 손에서 흐르는 라스토르투가스 강을 보았다. 더 바짝 들여다보니 강 옆에 줄지어 선 우리 낡은 어도비 벽돌집과 과수원, 가지가 휘도록 열매를 맺은 라임 나무들도 보였다. 염소와 비둘기 떼를 데리고 한 가족이 이사를 와서 흙이 쌓인 지붕에 옥수수를 심었다. ·

손날을 따라 하류에는 한 쌍의 남녀가 멱을 감고 있었다. 남자는 알아볼 수 없었지만, 수염을 다듬은 창백한 얼굴에 곱슬머리는 흐트러져 있었다. 처음에는 여자의 등만 보였다. 그녀는 물속에 서 있었는데 머리는 아직 젖지 않았다. 그녀가 돌아서서 바위에서 경석과 비누를 쥘 때 보니 우리 엄마였다.

나는 손가락을 접어 나무들을 잔가지로 으스러뜨리고 강과 둑을 진흙더미로 무너뜨려 거리로 쓰러뜨렸다.

프로기가 휘파람을 불고는 나에게 운전석에 타라고 말했다. 나는 여자에게 1달러를 주고 트럭에 올라탔다.

토 성

수탉이 첫 홰를 치며 울고, 태양이 지평선에 떠오르려면 아직도 한참 남았을 때, 페데리코 데 라 페와 호위군은 다시 엘몬테로 향했다. 트럭들이 과속방지턱과 길에 팬 구덩이를 넘을 때면 격렬한 진동이 코일을 내리누르고 배기관은 아스팔트에 불꽃을 튀겼다. 트럭에 실은 거북 껍질과 가축이 짐칸에서 튀어올랐다. 그러나 일단 경계선을 넘어 고속도로를 타자, 타르 칠을 한 길은 평탄해졌고, 엘몬테까지 돌아가는 내내 길 가운데 반사경이 늘어서 있었다.

그들은 나무와 타이어에 등유를 끼얹었고, 나무옹이와 딱따구리가 판 구멍 속에도 기름을 부어 진드기와 좀벌레를 익사시켰다. 못이 박혔던 구멍과 칼자국을 통해 등유가 안쪽 튜브까지 흘러들어가 철망과 공기 밸브를 적셨다. 그들은 그녀의 명령을 기다렸다. 샌드라는 새벽이 되어 프로기의 트럭의 라디에이터 그릴이 보이면 움직일 생각이었다.

아직 날이 밝진 않았지만, 프로기의 엔진 소리가 들려오고 헤드라이트 불빛이 보이자, 그녀는 불 속에 땔감을 넣으라고 명령을 내렸다.

호송 차량이 속력을 높이며 숯검댕과 재 위를 달려 길바닥에 타이어 자국을 남기며 남쪽 입구에서부터 엘몬테로 몰려들어왔다. 마지막 트럭까지 통과하자 원은 다시 이어졌다. 트럭들이 급히 도착해 짐을 부리고 창고에 넣을 동안, 불꽃의 환을 다시 완전히 이어 열기와 두터운 먹구름이 하늘을 뒤덮어 토성이 엘몬테를 보지 못하도록 시야를 차단했다.

페데리코 데 라 페는 손수건으로 입을 가리고 프로기의 귀에 대고 천천히 말한 다음 샌드라에게로 갔다.

"가서 좀 가져와…내일…토성…이…잡…"

샌드라는 귀를 바짝 세웠지만 페데리코 데 라 페가 한 말을 다 알아들을 수는 없었다.

꼬마 메르세드

잠에서 깨어나보니, 저물녘이었다. 불꽃은 이제 군데군데서만 타오를 뿐 둥그런 잿더미로 사위어 있었다. 연기가 땅 위에 낮게 깔려 안개처럼 드리워져 있었다. 나머지 EMF 단원들이 모두 잠든 사이에도 아빠는 베개를 주무르거나 커버를 잡아당기지도 않고 깨어 불을 감시하고 있었다. 저녁이 되자 모두 다시 일어나 아직도 남은 불씨에 물을 끼얹고 창턱과 현관에서 재를 쓸어냈다. 아빠는 수탉 두 마리를 데려다놓고 부리 앞에서 고기를 흔들어 훈련을 시켰다. 그리하여 닭들의 발에 칼날을 매다는 대신, 돌멩이를 묶어 그것으로 누르게 했다. 아빠는 수탉들을 암탉들과 따로 두었다. 수탉들을 닭장에 가두고 거울을 집어넣어 거울에 비친 자기들 모습을 부리로 쪼게 했다.

아빠는 프로기와 펠론에게 염소젖 짜는 법을 보여주었다. 라스토르투가스에서 했던 것과 똑같이 몸부림치지 못하도록 염소 뒷다리를 묶었다. EMF는 이제 낙농장을 운영할 채비를 갖추고 첫번째 닭싸움 시합을 열었다. 아빠는 우유를 손바닥과 손등에 문지른 다음, 프로기에게 토성에 맞서 전쟁을 계속할 자금을 대는 데 필요한 준비를 거의 다 마쳤다고 말했다. 남은 것은 더 많은 납 껍질을 수거하는 일뿐이었다.

CHAPTER FIVE

●

프로기

샌드라는 집을 나가면서 내 목에 'EMF'라고 새기는 데 쓴 뜨개 바늘을 두고 갔다. 그녀는 바늘 끝에서 먹물과 핏자국을 닦아내고 자기 아버지가 죽은 장소를 표시하기 위해 바늘을 바닥에 꽂아놓 았다.

그녀는 내 세비 트럭 짐칸에 깔개와 화장대 서랍을 싣고 여섯 블 록 떨어진 회벽 집으로 차를 몰고 갔다. 트럭을 돌려주었을 때, 타이 어에 진흙이 묻어 있었다. 그녀는 미안하다고 하고 내게 열쇠를 건 네주었다.

"고마워, 사령관." 그녀가 말했다. 나는 주먹을 쥐고 열쇠 표면에 남은 그녀의 온기를 느꼈다. 그날부터 줄곧 그녀는 내게 아무 감정 도 실리지 않은 형식적인 어조로 말했고, 말을 걸 때마다 꼭꼭 내 계 급명을 앞에 붙였다. 더 이상 나를 "나의 프로기"라거나 "내 아기"라고 부르지 않았고, 페데리코 데 라 페에게 내 얘기를 할 때에도 "프로기 사령관"이었다. 그녀는 내가 있는 자리에서는 전투전략과 병참 업무 얘기만 했고, 내가 그녀를 "샌드라 부사령관"이라고 부르지 않으면 내가 하는 말은 모조리 못 들은 척했다.

큐란데로의 약은 한 번도 믿은 적이 없었지만, 샌드라가 일주일이 지나도 돌아오지 않고 내가 보낸 편지에 답장도 하지 않자, 치료약을 구하러 약초 가게에 갔다.

우리는 사흘 전 티후아나에서 막 돌아온 참이었다. 화재는 거의 이틀 밤만에 진화되었지만 연기는 아직도 남아 있었다. 산가브리엘 계곡에서 불어오는 가벼운 산들바람에 타고 남은 잔해와 재가 큐란데로의 가게 문 앞까지 쓸려갔다.

안에는 도자기로 만든 성인 상과 촛불이 벽을 따라 줄지어 세워져 있었다. 공식적으로 시성을 받은 성인들이 맨 위 선반에 놓여 있었다. 바티칸의 관료주의를 뚫을 만큼 후광을 발하지 못한 그 아래 성인들, 요 밑에 숨기고 있던 것이 발각되어 성인 지위를 박탈당한 성인들은 그 아래 선반을 차지하고 있었다. 성모마리아와 막달레나 상은 모두 바닥에 놓여 있어서 그들의 도금한 왕관과 손가락이 달아나고 남은 마디를 만져볼 수 있었다. 카운터에는 아무도 없었지만 커튼 뒤에서 신음 소리와 예배드릴 때 쓰는 라틴어가 들려왔다. 잠시 기다린 후 종을 흔들었다.

라틴어가 멈추고 신음 소리가 잦아들더니, 큐란데로가 커튼 뒤에서 모습을 드러냈다. 그는 어둠의 자식이었지만, 국제 우표와 가난의 서약을 나타내는 항목별 전화요금 명세서를 들고 아래쪽 선반에서 있는 장거리 연애의 수호성자 성 가브리엘과 많이 닮아 보였다. 가브리엘 상 바로 아래에는 두 번째 타락의 마리아 막달레나가 입을 벌리고 왼쪽 뺨은 불룩 솟은 채 입술을 하얗게 번쩍이며 무릎을 꿇고 있었다.

"보답받지 못하는 사랑 때문에 왔나?" 큐란데로가 대뜸 물었다.

"그보다 더 복잡하긴 하지만, 어쨌거나 맞습니다." 내가 대답했다.

그는 고개를 끄덕이더니 먼저 행하고 있던 림피아*를 끝내야 하니 잠시 시간을 달라고 했다. 큐란데로는 커튼을 닫지 않았다. 뒤쪽에서 한 여자가 엎드려 누워 있었다. 벗은 등에는 핏줄기가 울긋불긋하게 무늬를 그리고 검은 가시가 얼룩덜룩 박혀 있었다. 큐란데로는 연기를 피우고 있는 가시덤불을 들어 여자에게 채찍질을 가했다. 여자가 신음할 동안 그는 침착하게 라틴어 시구를 음송했다. 가시가 전부 부러지고 검은 가지만 남게 되자 림피아는 끝났다. 큐란데로는 피를 닦아내고 물에 적신 마리화나를 여자의 등에 발랐다. 그녀는 일어나 앉았다. 나는 메스티조인 특유의 밝은 피부색 가슴과 거무스름한 인디언의 젖꼭지를 볼 수 있었다. 그녀는 블라우스 단추를 채우고 카운터로 걸어가 손수레에 그리스도의 썩어가는 시체를 나르는 아르카디아의 처녀 상 앞에 무릎을 꿇었다. 그녀는 스페인어로 짧은 기도를 올린 다음 가게를 나갔다. 가시에 찔린 상처에서 흘러나온 피로 흰 블라우스가 붉게 물들었다.

큐란데로는 자기 이름은 아폴로니오지만, 그냥 폴로라고 불러도

---

*채찍으로 때리는 의식.

좋다고 말했다. 그는 홀로들은 결코 사마귀나 발진 따위의 문제로 자기한테 오지는 않기 때문에, 내가 말하지 않았어도 자기 가게에 상사병을 치료하러 온 줄 대번에 알았다고 설명했다.

그는 수건으로 손을 닦고 서랍에서 여자들이 안락한 집을 나가버리는 이유를 나열한 양피지를 꺼냈다. 그가 읽어내려갈 동안 나는 그가 제시한 가능성에 전부 고개를 저었다.

"가끔씩은 남자들이 낌새를 채지 못할 때가 있지. 자네가 보기에 다른 남자가 없는 건 확실한가?" 큐란데로가 물었다.

나는 큐란데로에게 사정을 설명했다. 어쩌다가 내가 본의 아니게 샌드라의 아버지 목을 베었는지 얘기하고, 샌드라는 부모를 죽인 남자와 함께 매트리스에 눕고 아침 식탁에 앉는 것을 부도덕한 일이라 여긴다는 이야기도 해주었다.

큐란데로들은 말라가는 바닷물의 수위를 되돌려놓을 수 있고, 부러진 이나 망가진 망막도 고칠 수 있다. 신이 한눈을 파느라 보지 못하는 틈을 타 연옥에서 사람들을 끌어내는 일까지도 할 수 있다. 그들에게 적정 보수만 준다면 가능하다. 그러나 그들도 샌드라를 움직일 수는 없었다. 큐란데로는 내 셰비 트럭과 이천 달러를 내놓으면 샌드라의 아버지가 어디에 있건 되찾아주겠다고 제안했다. 그러나 그가 부활한다 해도 살인죄는 사해지지 않는다. 나는 그의 죽음뿐 아니라 그녀가 다시 아버지의 매질에 시달릴 것까지도 책임져야 한다.

대신 나는 큐란데로가 연필 끝으로 구멍을 뚫은 종이봉투를 갖고 가게를 나왔다. 그 안에는 오악사카 인디언 구역에서 온 새 한 마리와 새에게 먹일 프라이용 거북 알과 바나나가 들어 있었다.

새똥과 날개에 붙은 진드기 때문에 성가시기는 했어도, 새는 횃대에 앉아 눈을 감고 있을 때조차 그치지 않고 끝없이 노래를 불러 샌드라를 잃은 외로움을 다소나마 달래주었다.

샌드라의 뜨개바늘이 남긴 기념물이 효력을 잃기 시작했다. 그것은 더 이상 죽은 아버지에게 바치는 공물이 되지 못했고, 이제는 그 위에 새가 똥을 누거나 날개를 대고 비벼댔다. 샌드라가 한때 양말과 면 속옷을 넣어두었던 서랍 없는 화장대는 갈가리 찢은 신문지와 셔츠로 엮은 둥지가 들어 있는 보금자리가 되었다. 내가 외로움을 느낄 때는 오악사카 새가 거북 알 스크램블과 바나나를 먹느라고 노래를 멈출 때뿐이었다.

페데리코 데 라 페는 여자가 집을 떠나면 해결해야 할 일이 한두 가지가 아니라는 사실을 잘 알고 있었다. 속옷 개는 법을 알아내야 한다든가, 더 적은 분량을 요리하는 법을 배운다거나, 만사니야*를 어디에 두었는지 찾아내는 등 간단한 문제도 있었다. 하지만 적응하는 수밖에 없는 문제들, 겉보기엔 간단한 것 같지만 적응하기까지는 끝없이 긴 시간이 걸리는 문제들도 있었다. 그녀의 머리카락으로 막히곤 했던 욕조는 이제는 잘 뚫렸고, 혼자 잠자게 되니 냄새가 없어졌으며, 그녀가 항상 깜박하고 변기에 띄워놓곤 하던 청소용 솔을 찾아 헤매지 않아도 되었다. 페데리코 데 라 페는 우리가 그리워하는 것은 여자들의 청결함이 아니라, 위생 면에서 그들이 흔히 범하

---

*스페인산 셰리주.

는 오류와 실수라고 말했다.

내가 새의 노랫소리를 들으며 거북 알 스크램블과 바나나를 준비할 동안에도 페데리코 데 라 페와 나머지 EMF 단원들은 전쟁 준비를 계속했다. 샌드라는 입회 업무를 담당했다. 그녀는 EMF의 전통을 이어나갔지만, 그리 친절한 방식이라고는 할 수 없었다. 그녀는 제일 허약한 단원을 골라 마음 내키는 대로 실컷 두들겨 팼다. 펠론과 리틀 오소는 닭싸움을 맡아 판돈과 입장료로 매주 만 달러를 가져왔다. 페데리코 데 라 페는 염소 농장과 EMF를 먹일 작은 달걀 농장을 만들었다. 먹거리에는 돈을 거의 쓰지 않았다. 꽃 따는 이들은 계량을 한 다음, 번 돈 일부를 토성과의 전쟁을 돕기 위해 페데리코 데 라 페에게 기부했다. 그 돈의 절반은 기계공이 거북 사냥을 계속하여 기계 동물들을 자기 마당으로 유인해올 수 있도록 남쪽으로 보내졌다. 그는 기계들을 분해하여 코일과 체인기어는 보관하고 납 딱지는 엘몬테로 보냈다. 남은 돈은 잡비로 쓰거나, 앞으로 우리가 일을 하거나 닭싸움 시합을 열 수 없게 될 때를 대비해 예비금으로 비축해두었다.

내가 도미노 테이블에 가지 않게 되자, 페데리코 데 라 페는 우리 집으로 와서 새로 바뀐 계획을 알려주었다. 그는 당분간은 새의 노래를 들으며 집 안에 박혀 있는 것도 좋지만, 언젠가는 나와서 자기와 함께 도미노 테이블에 다시 앉아야 할 거라고 말했다.

"다른 이들에게는 자네가 촌충 때문에 고생하고 있다고 말해두었다네."

페데리코 데 라 페의 말이었다. "자네가 촌충을 토해내기만 하면

곧바로 복귀할 거라고 했네." 그는 여자 때문에 병가를 냈다 해서 전혀 부끄러워할 것 없다고 말했다. 내가 나오지 않는 이유에 대해 EMF에 거짓말을 한 것은 단지 사기 문제 때문일 뿐이라는 것이었다.

페데리코 데 라 페는 아내를 잃은 사연을 거의 입에 올리지 않았지만, 그 슬픔을 이기지 못했다. 가끔씩 테이블에서 한 손에 상아 패 여섯 개를 몰아쥐고 자기 차례가 돌아오기를 기다린 후, 패를 내놓고 더블파이브를 외치는 대신 엉뚱하게도 자기 아내 이름을 부를 때가 있었다. 아내가 떠나지 않았더라면 페데리코 데 라 페는 옥수수와 콩을 기르는 농부가 되었지 전쟁 지휘관이 되지는 않았으리라는 것은 모두가 다 아는 사실이었다. 풍작을 거두고 아름다운 아내가 있다면 왜 굳이 태양계에 맞서 일어서겠는가.

나는 그의 정절과 끝없이 그리워할 수 있는 능력에 경탄했다. 그러나 나에게는 페데리코 데 라 페 같은 인내심이 없었다. 오악사카새의 끝없는 세레나데를 들으며 한 달을 보내고 나자, 도미노 테이블에 앉아 펠론이나 리틀 오소에게 말할 때와 똑같이 자신만만한 투로 샌드라에게 말을 걸 수 있게 되었다.

회한에 충실하지 못한 내 성격 탓에, 페데리코 데 라 페가 메르세드에게 갖고 있는 것과 같은 충실함을 나에게도 불어넣어주리라 기대하며 삭아내리는 시골에서 온 여자에게 끌렸던 것이다. 나는 샌드라도 나처럼 아스팔트와 시멘트의 세계에서 태어났으니, 진정으로 사랑한다는 것이 무엇인지 모를 거라고 생각했다.

도미노 테이블에 모여 이른 아침 회의를 마친 후, 페데리코 데 라 페가 거북 등딱지에 대한 자신의 계획을 논의하고 샌드라가 EMF 단원들의 머릿수를 셀 동안, 나는 카네이션을 따러 밭으로 되돌아갔다. 샌드라가 집을 나간 후로 꽃을 딴 적이 없었다. 바짓단을 접어올리고 등에 햇살을 받으며 흙을 밟으니 마음이 편안해졌다. 나는 방수포가 가득 덮일 때까지 꽃을 따서 저울로 끌고 가 다른 사람들 것 위에 내 바구니를 쌓아놓았다.

무게 계량소에서 한 여자가 저울에 자기가 딴 카네이션 무게를 달고 있었다. 처음 보는 여자였다. 그녀의 목에는 EMF 마크가 없었고, 최근에 입문식을 치른 멍자국도 없었다. 내가 접근한 사람들은 결국은 모두 EMF가 되었지만, 그녀는 내가 처음으로 제외시킬 생각을 한 여자였다. 그녀는 신발도 신지 않았고, 페데리코 데 라 페처럼 영어를 섞지 않은 스페인어를 했다. 그녀는 무너져내리는 세계에서 도망쳐 나왔고, 회벽 집과 부스러지지 않는 보도블록이 주는 안정감에 이끌려 엘몬테에 정착했다고 말했다.

"내 신발조차도 버티지 못한다니까." 그녀는 다리를 들어 맨발을 보여주며 말했다.

그녀는 일주일 동안 카네이션 밭의 밭고랑 사이에서 자고 딸기를 먹으면서 버텼다. 그때 일로 그녀는 영영 꽃과 붉은 과일을 음미할 줄 모르게 되었다. 그 후로 아무리 많은 백합꽃을 넣고, 아무리 세심하게 만든 꽃다발도 전혀 낭만적이라고 느끼지 못했고, 딸기를 초콜릿에 적셔 주어도 물리쳤다. 밸런타인데이는 그녀에게 쓰라린 기억만 상기시킬 뿐이었다.

그녀의 이름은 줄리에타였다. 그녀를 만난 날 집으로 데려와 오악사카 새의 노랫소리를 들려주었다. 줄리에타는 자신이 쇠락을 뜻하는 이름의 마을에서 왔다고 경고했지만, 나는 개의치 않았다. 우리는 새의 노랫소리에 맞춰 옷을 벗었다. 침대의 박스 스프링이 꼬였다 풀렸다 할수록 노랫소리는 점점 더 커져갔다. 그 소리가 하도 커져서 아무도 침대 삐걱이는 소리나 침대 틀이 무너지는 소리를 듣지 못할 정도였다. 오악사카 새가 부르는 콘체르토는 재로 둘러친 엘몬테의 경계선을 넘어, 로스앤젤레스 변두리의 차이나타운을 지나, 마천루들을 지나, 할리우드의 구릉지대까지 멀리멀리 퍼져나갔다.

CHAPTER SIX

● ● ●

라몬 바레토

희미하기는 했지만, 라몬 바레토는 화장실 창문을 넘어 흘러들어 온 멜로디를 분명히 알아들었다. 들어본 지 이십 년도 넘은 멜로디였다. 그는 어린 소년이었을 때 떡갈나무 수풀의 옅은 그늘 밑에 앉아 오악사카 새를 따라 휘파람을 불었다. 라몬 바레토는 진짜 새소리와 구별하기 어려울 만큼 기막히게 새소리 흉내를 잘 냈기 때문에, 새를 쫓으려고 옥수수 밭을 에워싼 덤불에서 날아온 돌멩이에 얻어맞은 적도 여러 번이었다. 그러나 지금 타일과 리놀륨으로 꾸민 화장실에서 노랫가락을 흉내 내려고 애쓰고 있노라니, 그의 입에서 피와 침이 바닥으로 흘러내렸다.

라몬 바레토는 메르세드 데 파펠의 몸속을 핥다가 혀와 입술을 베었다. 그녀의 가랑이 사이에는 검붉은 웅덩이가 남았다. 그는 침실을 뛰쳐나와서 재를 지나 할리우드가 내려다보이는 뒤쪽 발코니로 나갔다. 그는 메르세드가 옷을 끌어내리고 밖으로 걸어나와 그의 혀를 거즈로 싸줄 때까지 혀를 나무 판자 위에 늘어뜨리고 있었다. 종이에 너무 깊이 베어서 자기 피에서 나는 녹 같은 맛도 느낄 수 없을 지경이었다.

이윽고 입술은 나았지만, 혀의 상처는 여전히 아물지 않고 남아서 자주 피를 흘렸기 때문에, 방마다 침을 뱉을 수 있도록 요강을 갖다 놓아야 했다. 메르세드 데 파펠은 멸종한 종족 출신이었다. 라몬 바레토는 그녀 곁에서 근 일 년 가까이 행복하게 잠을 자며 지냈지만, 어느 날 문득 깨어나보니 그녀가 없어졌어도 놀라지 않았다. 그는 종이로 만든 사람들의 정처 없는 불안감을 이해했다.

남자가 버림을 받으면 빈 자리를 메우려고 필사적으로 애쓰는 법이지만, 라몬 바레토는 외로움 속에서도 한 줄기 위안을 느꼈다. 그는 일종의 안도감마저 느꼈다. 더 이상 그녀의 날카로운 모서리와 바스락거리는 다리와 엉키지 않아도 되고, 그녀에게 긁혀 잠을 깨지 않아도 되었다. 라몬 바레토는 메르세드 데 파펠이 남기고 간 드레스와 블라우스를 내다버렸다. 냉장고 손잡이, 2인용 의자 팔걸이, 텔레비전과 라디오 스위치에서 신문지 얼룩을 닦아냈다. 집에 남은 메르세드 데 파펠의 흔적은 라몬 바레토가 가끔 자기 가슴이나 침대 발치에서 발견하여 유리병에 넣어두는 종이공작용 색판지 조각뿐이었다.

라몬 바레토는 항상 갈기갈기 찢어진 메르세드를 발견하게 될지 모른다는 두려움을 품고 있었으므로, 그녀가 자취를 감추자 기뻤다. 그러나 여전히 아침이면 혀에 통증을 느끼면서 베갯잇에 피를 흘리며 깨어났다. 그는 그대로 누워 시트로 혀를 살살 누르면서 천장을 바라보며 자신이 잃은 것을 생각했다. 그즈음 그녀를 떠올리다 외롭다고 느껴지면, 그는 입에 휴지를 쑤셔넣고 일요판 신문을 구겨서 뭉쳤다. 밤에는 무릎 사이에 종이를 넣고 꽉 죄었다.

아폴로니오

아폴로니오가 산 고기는 중국인 푸주한들이 경기장에서 가게까지 수레로 날라온 것이었다. 관리인들이 다음 경기를 위해 모래를 고를 동안, 푸주한들은 복도로 들어가 쓰러진 사나운 황소에서 투우용 창과 검을 뽑았다. 그들은 앞치마 주머니에서 갈고리 모양의 칼을 꺼내 황소를 베고 내장을 꺼냈다. 뿔과 고창증이 난 부위는 광장의 통로에 묻고, 외바퀴 수레 석 대 가득 따뜻한 고기를 싣고 나팔 소리가 울려 퍼지는 가운데 다음 투우사가 발표될 때 광장을 빠져나왔다.

시큼한 스테이크는 국경선을 따라 줄지어 늘어선 가설 감옥들과 티후아나 중앙 시장에 팔렸다. 아폴로니오는 죽은 싸움닭 옆의 테이블에서 쇠고기를 골랐다. 그는 분노와 공포로 인한 신맛을 중화하기 위해 안심을 황설탕에 넣고 끓였다. 그러나 불에 올려놓고 하루가 지나도 스튜에서는 여전히 시큼한 냄새가 풍겼다. 아폴로니오가 달콤한 메스키트 껍질을 넣자 비로소 고기에서 쓸쓸한 맛이 사라졌다. 그는 투우의 신맛을 없앨 해결책을 찾아낸 다음, 곧이어 볏이 다 없어지도록 심하게 쪼인 수탉을 배 소스에 재우는 법을 익혀 날개 고기와 가슴살에서 단맛을 끌어냈다.

아폴로니오는 아직 큐란데로는 아니었다. 그가 만든 국과 튀김 요리는 영양을 공급할 목적으로 만들었을 뿐이지, 정신적인 병증을 치료하려는 것은 아니었다. 남쪽에서 온 큐란데로들과는 달리, 아폴로니오는 혈통이 아니라 순전히 우연에 의해 의료업에 들어서게 되었다. 그는 어머니가 트리니다드의 성처녀의 세 번째 유령에 시달리고 있을 때 우연히 최초의 처방을 발견했다. 성모가 빛나는 후광을 발하며 침대 머리판 위에 떠올랐을 때, 성모의 밝은 빛에 아폴로니오의 어머니는 얼굴이 그을렸고 베개가 뜨거워졌다. 아폴로니오는 바로 그때, 성모의 방문으로 곤두선 어머니의 신경을 진정시키려 애쓰는 과정에서 거북 알의 진정 효과를 발견했던 것이다.

어느 날 아침, 그의 어머니가 녹초가 된 채 침대에 누워 얼굴 위에는 해가리개를 치고 손바닥을 비비며 기도하고 있을 때, 그가 거북 알을 깨뜨려 팬에 붓고 손가락으로 휘저었다. 아폴로니오는 순간 노른자위 날것에 진정시키는 성질이 있다는 것을 알아차렸다. 그는 알을 두 개 더 깨뜨리고 손가락으로 흰자를 골라낸 다음, 어머니의 침실로 가서 조심스레 노른자를 손바닥에 담아 어머니의 배 위에 흘렸다. 그가 노른자를 터뜨려 어머니의 피부에 문지르자 어머니는 한숨을 내쉬면서 꽉 쥐었던 손을 풀고 손가락을 편안히 늘어뜨리더니 성처녀가 방문한 이래 처음으로 깊은 단잠에 빠졌다.

아폴로니오의 지식은 이어받은 전통에 속하지 않았다. 그는 과학적이었다. 그는 대조군을 설정하고 플라세보를 투약하여 모든 결과를 그래프로 만들고 자신의 처방집 색인에 주의 깊게 목록으로 정리했다. 처방은 처음에는 연필로 기록했다가, 실험 단계를 거치고 나면 나중에 잉크로 그 위에 덧썼다. 아폴로니오는 입증된 해독제만을 잉크로 적고 돌팔이 치료사들의 맹목적인 믿음은 무시해야 한다고 주장했지만, 그의 양피지 문서는 다른 모든 큐란데로들의 것과 한 치도 다르지 않았다. 예외가 있다면 오악사카 새의 음악을 다룬 내용이 기재되어 있는 것뿐이었다.

산토스

산토스는 할리스코에 있는 홈 경기장에서 시장市長, 꽃의 공주, 만 사천 명의 구경꾼을 앞에 두고 가면을 빼앗겼다. 도전자 밀 마스카라스는 산토스의 얼굴을 매트 위에 찍어 누른 채 이로 천과 금속판 장식을 붙인 가면의 매듭을 풀고 끈을 끌렀다. 그는 링 밖으로 가면을 던졌다. 휴가 때 입는 스위스 구아이아베라 셔츠를 입은 비밀 바티칸 수비대 두 명이 자갈을 깐 바닥에서 가면을 집어 들어 교황의 밀랍 봉인을 한 갈색 자루에 넣었다. 산토스는 손으로 얼굴을 가리고 링에서 도망가려 했다. 그러나 밀 마스카라스는 자기가 성자의 베일을 벗겼다는 것을 알았다. 곧 언젠가 후광이 떠돌게 될 것을 암시하는 곧추선 머리카락을 알아보았다. 밀 마스카라스는 가면을 벗은 산토스의 목을 조르면서 링 이쪽 끝에서 저쪽 끝까지 끌고 다닌 다음, 꽃의 공주의 발코니 아래 섰다. 망명자인 산토스는 가면을 쓰는 레슬링 선수의 관례를 이용해 완벽하게 몸을 숨겨왔다. 그런데 당국이 사십 년에 걸친 수색 끝에, 이제야 산토스가 후안 메차라는 사실을 알게 된 것이다.

경기가 끝나고 후안 메차는 탈의실로 끌려갔다. 그곳에서 스위스인 수비대가 문간을 지킬 동안, 바티칸 관리들이 그의 가톨릭교도다운 코를 만져보고 성자 자격 심사를 집행했다. 긴급 호출을 받은 담당 추기경은 로마 신학교에서 교육을 받은 인물로, 성스러움과 이단을 진단하는 특별 훈련을 받았다.

추기경은 후안 메차의 팔을 들어올려 코를 킁킁대며 레슬러의 땀냄새를 맡아본 다음, 그의 눈에 손전등을 비추어 보았다. 스위스인 수비대 중 한 명이 추기경의 명령에 재빨리 나서서, 그를 도와 후안 메차의 끈이 풀린 장화 옆선을 가르고 신발과 양말을 벗겨내는 마지막 절차를 행했다. 확실했다. 후안 메차는 성자였다. 그의 땀에서는 꽃향기가 풍겼고, 동공은 수축하지 않았으며, 발바닥은 핏기가 없었고 새로 난 성흔이 있었다.

그들은 성자로서의 명예를 존중하여 그를 풀어주고, 다음 날 성 후아킨 대성당에 출두하라고 명했다. 그곳에서 시성 행렬이 시작될 것이라고 했다. 그는 추기경의 매끈하게 분을 바른 손, 너무 매끄러워서 상아 같은 감촉이 도는 손바닥을 잡고 악수를 한 다음, 빨리 도착하겠노라고 약속했다. 이튿날 제일 먼저 머리부터 빗고 나서, 수십 년 만에 처음으로 맨살을 드러낸 뺨에 햇살을 느끼며 밖으로 걸어 나왔다.

후안 메차는 조용히 금욕하는 현대의 성자로 살기보다 멕시코 레슬링의 영웅으로 사는 편이 더 좋았다. 그는 로마의 성 베드로 대성당으로의 여행과 자신을 기리는 뜻에서 헌정한 축일을 거부했다. 그 대신, 그는 북쪽으로 티후아나까지 도망가서 티후아나 강둑을 따라 불법 점거한 땅에 지은 삼백 석 규모의 닭싸움 시합장을 은신처로 찾아냈다. 그는 그곳에서 최후의 일전을 치를 셈이었다.

라몬 바레토

라몬 바레토는 메르세드 데 파펠이 마루에서 피를 닦아내고 난간에 기대서 있는 자신을 올려다보았던 날을 기억했다.

"미안해요, 라몬."

"당신 잘못이 아니오."

피가 그의 입술과 턱에 꾸덕꾸덕 말라붙기 시작했다.

"내가 진작 알았더라면…… 이제 우리 그만두어야 하지 않을까요?"

"난 괜찮소. 피 좀 흘린 것 가지고 뭘."

"몸을 축축하게 하는 편이 좋을지도 모르겠어요. 물로 말이에요. 그렇게 할 수 있어요."

그리고 그녀는 그렇게 했다. 라몬이 나은 다음, 그의 오렌지색 피부를 베지 않도록 그녀는 작은 수건을 적셔 자기 몸을 두드려 부드럽게 만들었다. 그녀는 그의 뒷머리에 손을 얹고 그를 자기 가랑이 사이로 이끌었다. 그는 입술을 벌리고 메르세드를 입속에 넣었다. 그녀가 찢어지는 것이 느껴졌다. 젖은 종잇조각이 그의 잇새에 끼었고, 약간은 목구멍으로 넘어가기도 했다. 그러나 메르세드가 자신의 입속에서 녹고 있다는 사실을 인정하는 대신, 그는 자기 혀를 깨물어 피를 흘렸다.

"당신 아직도 좀 날카롭구려."

그는 이렇게 말하고 싱크대로 걸어갔다.

라몬 바레토는 메르세드 데 파펠을 처음 본 날부터 사랑하고 싶었다. 그는 거의 한평생을 할리우드에서 필름을 이어 붙이며 보냈다. 아무도 프레드 아스테어가 계단에서 발을 헛디디는 장면을 보지 못했다고 자신할 수 있었다. 그는 주디 갈란드가 짜증내는 장면을 잘라냈고, 리타 헤이워스가 어설프게 대사를 치고 스페인어로 욕을 내뱉는 필름을 들어냈다. 어느 날, 릴을 감아서 방화 금고에 넣다가 스튜디오 창밖을 내다보니 메르세드 데 파펠이 벤치에 앉아 케이블카를 기다리는 모습이 보였다. 라몬 바레토는 어린 시절을 보낸 어도비 마을에서 도망쳐 나와 양철판으로 지은 마을에 정착했다. 자기 조국으로부터 멀리 떨어져 나온 이들이 항상 그렇듯이, 여자의 존재는 그들에게 옥수수밭과 지저귀는 새를 상기시켰다. 라몬 바레토는 메르세드 데 파펠에게서 날아가는 백조와 팔짝팔짝 뛰는 원숭이를 만들어내던 옛 오리가미 외과의의 손놀림을 발견했다. 그녀가 무릎을 굽히고 캔버스 천 가방을 들면서 손가락을 오므리는 동작에서 종이 새의 팔락이는 날개와 부리의 낯익은 움직임이 엿보였다.

라몬 바레토에게 메르세드 데 파펠은 중앙냉난방 시설과 거실의 안락의자가 주는 편안함을 버리지 않고서도 고향으로 돌아갈 수 있는 길이었다. 그러나 그는 곧 메르세드가 삭아가는 어도비 벽과 사라져가는 새와 똑같이 연약한 존재라는 것을 알게 되었다. 라몬의 집을 떠난 쪽은 메르세드였지만, 그녀를 몰아낸 장본인은 바로 그였다. 라몬의 고국은 산마을 엘데라마데로에서 퍼진 질병으로 붕괴되어가고 있었다. 그는 향수를 느끼면서도 할리우드의 지독한 우울증

에 시달리는 편이 더 좋았고, 메르세드 데 파펠이 가져올지 모르는
쇠락의 역병보다는 할리우드 사람들이 더 좋았다.

아폴로니오

아폴로니오는 대문을 초록색으로 칠하고 개업을 알리는 빨간 양
초를 켰다. 독학으로 큐란데로가 되었지만, 그의 평판은 나날이 높
아져갔다. 완고한 늙은 남부 과부댁들까지도 백내장 치료약을 구하
러 그의 집 문을 두드렸다. 젊은 리타 헤이워스도 아폴로니오의 약
초 가게에 와서 춤추느라 굳은살이 박인 발을 문지를 우냐 데 가토*
와 약초를 부탁한 적이 있었다. 아폴로니오는 리타 헤이워스가 언젠
가 티후아나 시와 시민들에게 등을 돌릴 날이 오리라는 것을 알았지
만, 친절하게 치료해주고 할리우드 스타덤과 불행으로 가는 길을 따
라가게 해주었다.

트리니다드의 성처녀의 유령이 네 번째로 나타나 남쪽 벽, 침대
머리판, 짚 매트리스, 아폴로니오의 어머니의 얼굴을 그슬었다. 어
머니는 성처녀의 후광에서 뿜어 나오는 빛을 보면서 숨을 거두었다.
비극이었지만 아폴로니오의 평판과 고객층을 두텁게 하는 데는 득
이 되었다. 아폴로니오는 가톨릭교회의 명령을 거스르고 어머니를
유골 단지에 갈아 넣어 나무와 종이 마을과 연기가 피어오르는 은빛
조립공장들이 내려다보이는 산 위로 올라갔다. 산꼭대기에서 바람

---

*고양이발톱이라는 식물로 우려낸 남미의 전통차로, 신경통 진정제로 쓰인다.

이 어머니를 흩뿌릴 때, 그는 처음으로 매년 5월 둘째 일요일과 6월 두 번째에서 마지막 일요일까지 그의 뼈마디를 욱신거리게 할 부모 잃은 아픔을 느꼈다. 아폴로니오는 연금술로 슬픔을 다스리려 애썼지만, 거북 노른자와 다진 레몬 씨를 섞은 것도, 특별한 메스키트 콩과 야자의 재 요리도, 촛불을 태우는 의식도 다 소용없었다.

무더운 티후아나의 겨울 동안 텔레비전 조립공장들에서 피어오른 연기가 떠돌다가 고깃덩어리와 호야 콩의 냄새와 뒤섞였다. 이주하는 오악사카 새 떼가 중앙 시장과 조립공장들 위를 날아가다가 대형을 흐트러뜨리고 돌멩이처럼 티후아나 거리로 떨어져내렸다. 어떤 것들은 족쇄를 찬 손을 쳐든 이달고 상의 화강암 가슴에 부딪치기도 했다. 운 좋은 새들은 알카포네 카지노를 둘러싼 분수에 떨어졌다. 그러나 대개는 오래된 도살장과 통조림 제조상들의 벽돌과 모르타르 담에 부딪쳐 부리를 부러뜨렸다.

피오피오는 떨어지면서 타다 남은 얇은 지붕널을 뚫고 아폴로니오의 죽은 어머니의 그슬린 침대에 무사히 착륙했다. 피오피오는 날개를 파닥거릴 수는 있었지만 날거나 노래하기에는 힘이 모자랐다. 아폴로니오는 후광의 강렬한 빛이 어머니를 죽음으로 이끌었던 바로 그 방에서 들려오는 희미한 새소리에 이끌려 어머니의 잠긴 침실로 갔다. 삼 주가 지나자 피오피오는 집 주변을 날아다니며 신명 나는 카덴차로 콘체르토를 불러젖히게 되었다. 연금술과 수년에 걸친 산테리아*도 트리니다드의 성처녀의 방문이 그의 집에 가져온 슬픔

*아프리카 부족 신앙과 가톨릭 제의를 결합한 쿠바의 종교 의식.

을 누그러뜨릴 수 없었다. 그러나 이제 오악사카 새의 멜로디가 성모가 가져온 슬픔을 몰아냈다.

산토스

바티칸 관리는 후안 메차를 이 주 동안 기다린 끝에, 성자의 말이라도 항상 믿을 것은 아니라는 결론을 내렸다.

후안 메차는 입과 눈가를 그의 트레이드마크인 은 장식으로 마무리한 새 산토스 가면을 만들었다. 며칠 동안 그는 바지 주머니에 가면을 넣고 티후아나 시를 돌아다녔다. 아무도 그에게 악수를 청하거나 그의 주먹에 입 맞추게 해달라고 청하지 않았다. 그는 설탕을 넣은 고기를 사서 마른 강둑에 앉아 질겅질겅 씹었다. 사람들은 아래위가 붙은 비닐 작업복 차림으로 그의 옆을 스쳐 지나서 닭싸움 경기장을 지나 텔레비전 조립공장 안으로 사라졌다.

후안 메차는 티후아나인들 속에 섞여 익명성을 즐겼다. 그러나 마지막 경기가 이틀 앞으로 다가오자 얼굴에 천 가면을 뒤집어쓰고 경기장 주인인 돈 펠리츠와 계약의 세부 사항을 상의하러 갔다. 돈 펠리츠는 주 경기에 앞선 경기를 생략하자는 데 동의했다. 경기장 매트 위에서 닭싸움을 벌이지도 않고, 난도질한 내장이나 배설물, 부러진 칼날 따위를 흩어놓지도 않기로 했다. 산토스가 링으로 뛰어들 때는, 매트에서 올라오는 톡 쏘는 암모니아 세제 냄새 말고는 아무 냄새도 맡지 않게 될 거라고 했다.

돈 펠리츠는 입장료 수입을 분배하고 승자에게 판돈의 15퍼센트를 주겠다고 제안했다. 산토스는 자신이 성자라는 사실을 인정하기는 거부했지만, 자기 몫을 아르카디아의 성처녀에게 바치기로 서명했다. 성처녀에게 바치는 천연 밀랍과 꼰 심지로 만든 벨라도라 양초 천 개의 값을 치르기로 한 것이다. 산토스는 돈 펠리츠의 조건에 합의했다. 그는 상대의 이름이 뭔지, 로프가 얼마나 두꺼운지, 매트가 얼마나 탄력 있고 부드러운지 묻지 않기로 했다.

경기 당일, 산토스는 탈의실에서 스트레칭을 하고 몸에 기름을 발랐다. 그는 레슬링화를 신고 끈을 맸다. 발에 딱 붙도록 끈을 단단히 묶은 다음 왁스를 문질러 광을 낼 동안, 구경꾼들이 줄을 지어 들어와 관람석에 자리 잡고 앉았다. 비밀 바티칸 수비대는 건물에 없었다. 그들은 후안 메차를 찾아 모든 농장과 교회 내실을 이 잡듯이 뒤지고 마추카 인디언들이 사는 할리스코 협곡에 병력을 배치했다. 그 인디언들은 도망간 성자들에게 은신처를 제공하는 족속으로 악명이 높았다. 그들은 닭싸움 경기장과 국경선의 레슬링 순회 경기장만 빼고 온 천지를 다 수색했다.

교황이 또 성인을 놓쳤다고 대주교에게 악담을 퍼붓고 있을 동안, 경마장을 나선 시카고 갱단과 할리우드의 신예 여배우들은 룰렛판이 돌아가다가 더블제로에 공이 멈추는 라운지를 지나 운전사에게 돈 펠리츠의 경기장으로 가자고 말했다. 돈 펠리츠는 경기장의 의자들을 돌면서 찢어진 좌석과 등받이를 베개로 메우게 했다. 갱단과 여배우들은 맨 앞자리에 앉아 연한 용설란과 자주색 사프란으로 만든 메스칼 술을 마시면서 필터가 달린 미국산 담배를 피웠다.

그녀는 스카프를 두르고 긴 장갑을 끼고 짙은색 선글라스를 쓰고 있었지만, 눈에 확 띄는 컬런 물부리의 곡선에서 정체가 드러났다. 맨 위 관람석에서 상추 수확꾼들이 상추 꼭지를 집어던지며 일제히 외쳤다. "배신자 리타!" 그녀가 자리에서 일어서서 경호원들과 함께 여자 화장실로 걸어가자, 상추 수확꾼들은 휘파람을 불며 고함을 질렀다. "엿 먹어라, 마르가리타!"

리타가 자기 자리로 돌아왔을 때는 산토스의 소개가 막 끝난 뒤였다. 그에게는 시들시들한 상추 대신 싱싱한 상춧잎과 카네이션이 비처럼 쏟아졌다. 산토스는 링에 올랐다. 로프는 팽팽히 매어져 전혀 늘어나지 않았다. 그는 망토를 벗고 매트 위에서 발을 굴러보았다. 딱딱했다. 들어메치기를 한 번 하거나 날려차기 한 번 실수했다가는 그것으로 경기가 끝날 판이었다.

경기 세 시간 전, 실크스크린 인쇄한 포스터가 전봇대, 버스 의자, 티후아나의 카지노와 경마장에 나붙었다. 산토스 본인만 빼고 돈 펠리츠의 경기장에 온 사람들은 산토스가 누구를 상대로 싸우는지 다 알고 있었다. 갑자기 복도에서 머리를 젖은 수건으로 덮은 도전자가 세컨드를 뒤에 달고 나왔다. 꽃과 상추 대신 그는 동물 쿠키 세례를 받았다. 열성 팬들은 호랑이와 사자 모양 쿠키만 던졌지만, 나머지 군중은 아무거나 손에 잡히는 대로 집어던졌다.

도전자가 수건을 벗고 오렌지색과 검은색의 가면을 드러내자, 군중은 호랑이 울음소리로 포효하며 도전자를 링에 맞이했다.

산토스는 자신의 옛 동료가 늘 쿠키를 받은 것을 알고 있었지만, 사토루 사야마가 로프를 넘어 들어올 때에야 비로소 자신의 마지막 경기가 산토스 대 타이거마스크임을 깨달았다.

라몬 바레토

라몬 바레토는 카렌 데이먼이 자기 집 문을 두드리기 바로 직전에 침실에 있던 신문지와 색판지 쪼가리가 든 유리 항아리를 부엌 찬장의 파스타와 표백 밀가루 부대 옆으로 옮겼다. 라몬 바레토의 혀는 여전히 부드러웠지만, 카렌 데이먼을 핥을 때는 따듯하고 축축한 느낌 뒤에 자기 피맛이 느껴지지 않았다. 그의 등이나 소파 쿠션에 잉크 얼룩도 남지 않았고, 몇 년 만에 처음으로 샤워기를 틀어 놓고 물을 맞으면서 사랑을 나눌 수 있었다. 라몬의 입에서 나온 침이 카렌의 가슴을 변색시키지도 않았다. 물은 그녀의 몸을 타고 흘러내려 말짱한 발가락으로 떨어졌다. 육체가 견뎌낼 수 있는 이 범상하고 단순한 것들이 라몬 바레토에게는 기적이었다.

카렌은 수건으로 머리카락을 둘둘 말고 잠이 들었다. 아침에 그녀가 잠에서 깨어나자, 라몬은 그녀를 샤워기로 데리고 가서 물방울이 그녀의 몸을 타고 떨어져 내리는 모습을 구경했다.

"여자가 샤워하는 거 처음 봐요?" 그녀가 물었다.

"못 본 지 한참 됐지."

아폴로니오

피오피오는 이브를 따라 자의로 낙원을 떠난 무리의 후예였다. 피오피오의 조상은 인류 최초의 부부가 카인을 낳을 때까지 그들에게 충실했다. 아담은 새로운 아버지의 의무를 다하느라 농사를 게을리했다. 곡식이 시들어가자 그는 새들의 통통하게 살찐 날개와 뱃살

고기에 눈독을 들이기 시작했다. 새들은 인간이 흰 고기를 막 발견하려는 찰나 처음으로 이주를 시작했다. 새 떼는 코르테스*의 시대가 올 때까지 다시는 나타나지 않았다. 그때부터 메스티조들은 자기들의 식민 통치자들한테 배운 대로 오악사카 새들을 새장에 가두기 시작했다.

아폴로니오는 완벽한 비율—50퍼센트는 마추카, 50퍼센트는 스페인인—의 메스티조였지만 피오피오를 새장에 가두지 않았다. 그는 새가 집 안팎을 마음껏 날아다니고 나무로 짠 의자에 앉게 놔두었다. 새는 부엌 식탁에서 거북 알 프라이와 바나나를 먹었다. 깃털 달린 척추동물과 함께 눕는 것이 부적절한 행위만 아니었어도, 피오피오는 그의 침대에서 잤을 것이다. 대신 피오피오는 삼나무 탁자 위 아폴로니오의 제일 좋은 셔츠 조각으로 만든 둥지에서 쉬었다.

이탈리아에서 온 순회 대주교는 이 마을을 일컬어 '성처녀의 손길이 영원히 축복을 받은 곳'이라 했다. 바로 그 때문에 아폴로니오는 지역 당국에 어머니의 사인死因을 알리지 않았다. 그랬더라면 그들은 어머니를 유리관 속에 안치해놓고 온 세상에 어머니의 불타 그슬린 얼굴을 구경시켰을 것이다. 코가 뾰족하게 솟은 바티칸 관리들과 스위스인 수비대가 집을 에워싸고 아폴로니오의 양피지 문서와 산테리아 약을 찾아낼 것이다.

아폴로니오의 지붕으로 떨어졌던 피오피오는 원기를 회복하고 한껏 흥분해서 집 주위를 날아다녔으나, 두 달이 지나자 테이블 위

---

*스페인 정치가로 멕시코를 점령해 식민지를 건설했다.

에서 부엌 조리대 사이만 화살처럼 빠르게 왔다 갔다 하게 되었다. 들뜬 카덴차도 한 번 쩍쩍 울고 마는 것으로 줄었다. 처음에 아폴로 니오는 피오피오가 조류독감에 걸린 것이 아닐까 걱정했다. 그러나 둥지에서 알 세 개를 발견하고는, 피오피오가 곧 엄마가 되려고 그 렇게 피곤해한다는 것을 알았다.

산토스

산토스와 타이거마스크는 링 중앙에서 악수를 나누었다. 리타는 물부리에 담배를 바꿔 끼웠고, 가는 세로줄무늬 양복을 차려입은 남 자들은 은제 휴대용 술병을 다시 채웠다. 경기가 시작되기도 전부터 경기장은 담배 연기, 땀, 통에 양조한 알코올의 악취로 숨이 막히도 록 답답했다.

"사토루, 우리 후딱 해치우자고."

산토스는 로프를 붙잡고 싸우느라 등이 쓸려 화끈거리는 타이거 마스크에게 말했다.

타이거마스크는 아르헨티나산 마테 차와 전쟁 중 유럽에서 들여 온 이탈리아 조각품에 재산을 탕진했다. 이제 타이거마스크는 타테 야마 산 언덕배기로 돌아가 꼬마 시절 살던 집의 무너진 지붕이나 올리고 벽에 페인트칠을 하고 챔피언 벨트와 자기가 돌아다닌 여러 대륙에서 찍은 사진을 걸어놓고 살고 싶었다. 그러나 여행할 돈을 마련하려면 산토스를 때려눕히고 대전료를 챙겨야 했다.

산토스도 타이거마스크도 일부러 져줄 생각이 없었다. 십 년 가까이 순회 경기를 하면서 탈의실을 함께 쓰고 여섯 번이나 한 조가 되어 대륙간 선수권을 차지했지만, 그들은 이제 적이었다. 첫 세 라운드는 조심스럽게 싸웠다. 둘 다 딱딱한 매트와 폐에 부담을 주는 경기장의 공기 때문에 신중하게 움직였다. 과달라하라 대공연장의 천장에 적힌 멕시코 시詩는 넷째 라운드에서 영웅이 탄생하든가 무너지든가 둘 중 하나라고 말하고 있었다. 그 말대로였다. 넷째 라운드 중반쯤 타이거마스크가 산토스를 머리 위로 번쩍 들어 바닥에 패대기쳐서 역사상 가장 명성을 떨치고 사랑을 받은 멕시코 레슬러의 등을 부러뜨렸다. 그의 척추는 바스러져서 그의 눈가에 최후의 경련을 일으켰고, 눈꺼풀의 마지막 떨림을 따라 가면의 천이 움찔거렸다. 그는 성스러운 눈을 다시는 뜨지 못했다. 죽음의 무게가 곧 눈꺼풀을 내리눌렀고, 그의 얼굴을 새긴 기념품과 포스터마다 산산이 부서진 검은 십자가가 나타났다.

충격에 캔버스 천이 찢어져 링을 떠받친 콘크리트 판이 드러났다. 로프가 끊어지고, 링 옆의 구경꾼들은 리타만 제외하고 일제히 등이 부러진 산토스를 보러 몰려갔다. 그의 몸은 꼼짝도 하지 않고 그대로 있었고, 의사들조차도 감히 그의 가면을 벗길 엄두를 내지 못했다. 산토스가 죽었다는 것이 확실해지자, 사토루 사야마는 한쪽 무릎을 꿇고 예전의 동료에게 마지막으로 작별을 고했다. 경기에 참석한 단 한 명의 사진사는 그 순간을 기록으로 남기지 않고 흘려보냈다. 군중과 야유하던 상추 수확꾼들조차 침묵에 빠졌다. 내려앉는 먼지와 허공에 뜬 담배 연기만 없었다면, 경도 117도, 위도 32도에 위치한 세계의 그 부분은 완벽한 정지 상태였을 것이다.

라몬 바레토

라몬 바레토와 카렌 데이먼은 식당 웨이터들이 그들 주위에서 춤을 추고 그리스식 공중제비 묘기를 부릴 동안 돌마*와 필라프를 먹었다. 디저트로는 해변 산책로로 가서 굴 껍질에서 굴을 후루룩 떼어 먹었다. 그들은 배 속에서 조개류에 숨은 최음제 효과를 느끼고, 집에 오는 길에 운전사가 차를 몰고 로스앤젤레스를 돌 동안 링컨 자동차 뒷좌석에서 사랑을 나누었다. 그들은 복어가 물에서 뛰어오르는 일본식 정원, 열대의 파스텔 색으로 칠하고 산살바도르 쪽으로 기울게 심은 키 큰 살비 바나나나무들, 밭이 딸린 마을들을 둘러싼 재의 원을 지났다. 라몬 바레토와 카렌은 색유리창 밖을 절대 내다보지 않았다. 대신 격렬한 욕망에 사로잡혀 사정없이 밀어붙여도 견뎌낸 젖은 육체의 영광을 만끽했다.

그들이 시속 55마일의 속도로 달리며 사랑을 꽃피울 동안, 나방들이 라몬 바레토의 식품 저장실과 찬장에 침입했다. 나방들은 밀가루 부대를 쏠고 파스타를 먹어치웠다. 나방은 집 안을 온통 펄럭이며 날아다녔다. 나방의 앞날개에서 떨어진 인분鱗粉이 벽과 디에고 리베라**의 그림 액자와, 꽃병 위에 베이지색 자국을 남겼다. 나방들은 라몬의 양복에 구멍을 뚫고, 카렌의 원피스 지퍼만 남기고 세탁 바구니에 담긴 것을 죄다 먹어치웠다.

라몬 바레토가 셔츠를 풀어헤치고 타이는 주먹에 둘둘 감은 채 집

---

*여러 가지 채소에 속을 채워서 만드는 중동 및 그리스의 요리.
**대담하고 규모가 큰 벽화를 그린 멕시코의 화가.

에 돌아와 문을 열자, 밀가루와 인분이 자욱했다. 그가 메르세드의 조각을 모아두었던 항아리 뚜껑은 찢어져 있었고, 그 안에는 나방과 애벌레들이 가득 차서 종잇조각을 꾸역꾸역 먹고 있었다. 그도 미처 몰랐지만, 신문지와 공작용 색판지 속에 수정된 나방 알들도 섞여 있었던 것이다. 부식을 그렇게도 두려워하고 파괴에 맞서 예방책을 취했음에도 불구하고, 라몬 바레토는 자기 부엌 찬장 속에 재앙을 키우고 있었다.

아폴로니오

피오피오의 알이 부화한 지 사흘이 지나서, 아폴로니오는 새끼손가락이 잘린 자리에 여린 메스키트 가지가 돋아났다는 여자를 진료하러 집을 나섰다. 피오피오는 튀긴 바나나와 알을 씹다가 게워내 세 마리 새끼들 입속에 넣어주었다. 피오피오는 새끼들을 먹이고 둥지에서 진드기를 잡은 다음, 음계와 화음을 가르치기 시작했다.

피오피오는 아폴로니오의 어머니가 쓰던 방에서 발산되는 열이나 빛을 전혀 느끼지 못했다. 피오피오는 엄마 노릇을 하느라 너무 바빴다. 그러나 다른 티후아나 사람들은 조립공장에서 일하는 사람들만 빼고 다들 아폴로니오의 집 위에 드리워진 트리니다드의 성처녀의 실루엣을 보았다. 성모는 아폴로니오의 어머니가 이미 죽은 줄도 모르고 다시 찾아왔던 것이다. 아폴로니오가 집에 돌아왔을 때 성모는 사라진 뒤였다. 교구 신부들이 집을 에워싸고 바티칸의 메모지에 메모를 했고, 소방대원들은 지붕 위에서 넘실대는 불길에 물을 뿌렸다. 아폴로니오는 종교 당국의 조사를 받고 싶지 않았다. 그는 그들의 질문 공세를 피해 집으로 들어가서 피오피오와 둥지의 새끼들을 싸고 양피지 문서를 집어 밖으로 뛰어나왔다. 아폴로니오는 경계선을 표시하는 쇠 울타리와 시멘트 장벽을 넘을 때까지 연기를 올리는 불꽃을 뒤돌아보지 않았다.

산토스

성자가 죽으면 꽃향기가 반경 5마일 밖까지 퍼져나간다. 그러나 돈 펠리츠의 경기장처럼 폐쇄된 구역에서는 기분 좋은 꽃향기로 느껴져야 할 냄새가 숨을 막히게 하고 구역질나게 만들었다. 삼 분 후 링 중앙에 산토스만 남고 경기장은 텅 비었다. 그의 반짝이는 레슬링 부츠의 끈 꿰는 구멍에서 피가 배어나왔다. 그는 팔을 쫙 벌리고 있었고, 손바닥의 성흔이 점점 넓어졌다. 성자들이 죽음을 맞아야 할 곳은 매트 위가 아니라 탁 트인 들판이었다. 성자의 피가 링 가장자리에서 홈을 타고 흘러내려 소시지 속을 채우는 데 쓰일 닭피를 받아두는 통 속으로 떨어지다니 말도 안 되는 일이었다.

CHAPTER SEVEN

III

토성

토성은 엘몬테의 지붕들과 원을 그리며 마을을 둥글게 에워싼 잿더미, 공터에 서 있다가 카네이션을 가득 싣고 나가는 2톤 트럭들을 볼 수 있다. 거리를 건너는 사람들, 호미로 잡초를 뽑는 사람들, 밭고랑에 엎드린 사람들의 움직임도 보인다. 금속 껍질에서 발과 머리를 내밀고 천천히 기어 뒷문으로 빠져나와 현관을 내려가 꽃밭으로 들어가는 거북도 보인다. 이런 광경은 보통 상공을 배회하는 까마귀나 농약 살포용 비행기나 보던 것이었다.

토성의 힘은 투시력이다. 석면과 나무로 된 지붕널, 타르 종이, 합판, 누렇게 바래가는 마분지 상자들을 쌓아둔 다락방의 어둠, 페인트칠을 한 석고보드 벽, 토성이—처음에 빙빙 도는 풍향계에 부딪친 다음부터—주의해서 피하는 납으로 된 날개가 달린 천장의 선풍기를 꿰뚫어볼 수 있다. 토성은 폴리에스테르와 아크릴 섬유로 된 시트를 꿰뚫어본다. 그 밑에는 잠든 꼬마 메르세드가 누워 팔로 베개를 감싸 안고 발을 맞비비고 있다.

창문과 문을 대개 열어두기 때문에, 토성이 보는 것을 누구나 다 볼 수 있다. 밤에 꼬마 메르세드가 잠자리에 들면, 페데리코 데 라 페는 부엌 식탁에 앉아 살과 슬픔을 지진다. 등유 연기와 냄새가 그의 가슴에서 피어올라 라임나무들이 있던 마당으로 퍼진다. 양철 단지 속에는 옥수수 속대 두 개만 남았고, 버터크림 병은 비어 있다. 그러나 그의 호주머니는 25센트 동전과 꼬깃꼬깃 접은 달러 지폐로 두둑하다. 옥수수 장사꾼이 페데리코 데 라 페의 집 옆을 지나다가 연기와 화염을 보지만, 발길을 멈추지는 않는다. 혹시 불이 났나 염려하지도 않는다. 물을 끓이고 옥수수를 찌는 불이려니 하고 넘긴다. 그런 다음 페데리코 데 라 페는 물에 젖은 천 조각으로 방 안에 바람을 부친다. 아스팔트 위를 스치는 쇼핑 카트의 플라스틱 바퀴 소리와 카트의 덜거덕거리는 소음이 더 이상 들려오지 않을 즈음이면, 문을 닫고 부엌 식탁에서 헝겊 식탁 깔개를 들추어 거북 껍질에서 잘라낸 조각판 두 개를 드러내 보인다.

꼬마 메르세드

잠에서 깨어보니 내 시트에 톱밥과 회반죽 부스러기가 떨어져 있었다. 침대 위에 서서 끈을 당기고 윙윙 돌던 선풍기의 속도가 느려지면서 네 개의 금속 날 형체가 드러나는 모습을 지켜보았다. 선풍기 주변의 천장에 금이 가 있었다. 선풍기를 만져보니 전체가 흔들리면서 더 많은 파편이 내 얼굴과 머리카락으로 떨어져내렸다.

아빠는 내가 볼 수는 없지만 이제 느낄 수 있는 힘에 맞서 전쟁을 개시했다. 그 힘은 자기 존재의 흔적을 남겨놓았다. 나는 톱밥과 회반죽 가루를 쓰레받기에 모아 아보카도와 오렌지 껍질, 그리고 아빠가 버린 불탄 손수건이 든 부엌 쓰레기통에 버렸다.

옛날, 우리가 아직도 어도비 벽돌집에 살던 시절에는 폭풍우가 친 다음 날이면 물과 진흙 덩어리들이 천장에서 뚝뚝 떨어지곤 했다. 젖은 흙더미는 차갑고 무거웠지만, 미지의 힘의 건조한 무게보다는 더 나았다.

이틀 후 토성이 나에게 상처를 냈을 때에서야 아빠에게 갔다. 톱밥이나 회반죽 가루는 없었고 담요도 잘 덮고 있었지만, 내 반바지와 시트 위에 핏자국이 있었다. 나는 방에서 뛰어나와 부엌으로 달려가 아빠를 소리쳐 불렀다. 아빠는 피를 보자 깔쭉깔쭉한 납 판대기로 메모를 덮고 일어섰다.

"토성의 짓이에요." 내가 말했다.

아빠는 껄껄 웃더니 부엌 싱크대에서 젖은 수건을 짜가지고 내게 건네주었다. 아빠는 아무것도 아니니 걱정할 필요 없다고 말하고는 전화기를 들었다.

"샌드라 부사령관…"

샌드라

양이 좀 많았다. 보통은 핏방울이 몇 점 묻는 정도가 고작인데, 피는 시트 속까지 약간 스며들었지만, 나는 페데리코 데 라 페에게 아무 문제없다고 말했다. 꼬마 메르세드에게 생리대 사용법과 식초 세척액 섞는 법을 보여주었다. 우리는 잿더미로 둘러싸인 경계선 안에 살고 있으므로, 꼬마 메르세드는 나와 엘몬테의 다른 여자들 전부와 똑같은 주기에 맞춰 시작하게 될 것이다.

엘몬테에서는 항상 피를 흘림으로써 자매애와 유대감을 표시했다. 내가 소녀들의 입을 주먹으로 치면 피가 튀어 그들의 턱과 내 주먹에 묻었다. 그러고 나서 찢어진 살갗을 치료해주고, 멍든 데 아르니카 연고를 발라준 다음 EMF에 맞아들였다.

나는 원피스를 걷어올리고 속옷을 내려 피로 더럽혀진 누빔 패드를 내보였다. "봐, 나도 너랑 똑같아." 내가 말했다. 꼬마 메르세드는 고개를 끄덕였다. 나는 그녀를 안아주고 페데리코 데 라 페의 집을 나왔다.

내가 한때 살았던 프로기의 집을 지나쳤다. 문과 창문은 닫혀 있었다. 하다못해 커튼 뒤에서 움직이는 그의 그림자만이라도 보고 싶었지만 아무것도 보이지 않고 집에서 흘러나오는 희미한 새소리만 들릴 따름이었다.

깨끗이 세차를 하고 왁스칠을 한 프로기의 트럭은 타이어에만 약간 진흙이 묻은 상태로 진입로에 주차되어 있었다. 집 안으로 걸어 들어가 침대에 누우면 모든 것이 다 예전 그대로일 것만 같은 기분이 들었다. 그러면 프로기도 나도 행복할 것 같았다. 그러나 어떤 힘이 내 발길을 되돌리고 그러지 못하도록 막았다. 그렇게 한다면 이미 진행중인 것을 부인하고, 이미 쓴 구절을 지우고, 자기 것이 아닌 이야기의 호狐를 단축하는 짓이 될 것이다.

집 안으로 걸어 들어가서 "프로기, 떠나서 미안해"라고 말할 수만 있다면. 그를 껴안고 그의 셔츠 단추를 풀고 그의 머리카락에서 꽃잎을 집어낼 수 있다면, 그렇게만 할 수 있다면, 내가 이 전쟁을 할 이유도 없을 텐데.

밤이 되자 페데리코 데 라 페는 마테 찻잎을 씹은 다음 다 씹고 남은 껍질을 쓰레기통에 뱉었다. 질겅질겅 씹은 찻잎 찌꺼기 뭉치에 톱밥과 회반죽이 묻었다.

페데리코 데 라 페는 부엌에서 납 껍질을 잘라 판을 만들 준비를 하고 있었다. 그는 껍질을 뒤집어놓은 다음 부엌 식탁으로 걸어가 납땜용 램프를 조립했다. 페데리코 데 라 페가 구리로 된 절단기 끝을 깡통에 나사로 죄고 다이얼을 돌려 낮은 온도의 푸른 불꽃이 나오는지 확인하고 있는데, 납 껍질 중 한 개가 몸을 뒤집었다. 거북은 다리를 내밀고 마당으로 천천히 기어가다가 머리를 심하게 들이받아 뒷문 페인트칠을 벗겨놓고 두 번째로 고철 더미에서 탈출했다.

페데리코 데 라 페가 자기 배에 불꽃을 스치자 엉킨 털이 그슬고 살에 물집이 잡혔다. 그런 다음 불꽃을 거북 껍질 아래쪽으로 갖다 대 평평한 아랫배를 둥근 등딱지에서 분리한 다음 인갑을 잘라냈다. 그리하여 마침내 평평한 납판 무더기만 남게 되었다. 페데리코 데 라 페는 거북이 탈출한 것도 전혀 눈치채지 못했다.

페데리코 데 라 페는 각 판마다 마커 펜으로 표시를 하고 일일이 번호를 매긴 다음, 다시 부엌 식탁에 앉았다. 궁극적인 해방 전쟁을 위한 페데리코 데 라 페의 계획은 두 장의 납판 밑에 눌려 토성이 보지 못하도록 안전하게 감추어져 있었다.

양피지 문서 일부는 묵직한 납판 사이에서 삐져나와 있었다. 벌어진 x자, 점을 빠뜨린 i자, 끝이 벌어진 스페인어의 q자 등등 집에서 배운 티가 나는 페데리코 데 라 페의 필기체 일부가 수치가 적힌 삼각형처럼 보이는 것을 따라 드러나 있었다. 그러나 토성은 휘갈긴 글씨 몇 줄로는 페데리코 데 라 페의 계획을 전혀 어림할 수 없었다.

꼬마 메르세드

아빠는 총공격을 준비하고 있었다. 그러나 총이나 박격포를 쏘아대는 공격은 아니었다. 소리도 나지 않고, 거의 움직일 필요도 없었다. 우리는 토성을 조용하고 맑은 하늘에서 추방할 테지만, 폭력으로 산산조각내지는 않을 것이다.

1단계는 프로기 없이 시작하기로 했다. 아빠는 모두에게 그가 집에서 등유를 마셔서 창자에 달라붙은 기생충을 흐물거리게 한 다음, 기생충을 몸 밖으로 배출하고 돌아올 것이라고 말했다. 그러나 샌드라와 나는 진실을 알고 있었다. 그는 집에서 오악사카 새의 노래를 듣고 있었다.

언제나처럼 우리는 도미노 테이블에 둘러앉았다. 나는 샌드라 옆의 프로기의 빈 자리에 앉았다. 펠론과 리틀 오소는 닭싸움을 하고 염소젖과 치즈를 팔아 모은 돈뭉치를 내놓았고, 샌드라는 돈을 세어 고무줄로 묶었다.

스마일리는 전쟁에 뺏긴 시간을 한 시간당 금 한 개씩 긋고 다섯 개를 한 묶음으로 표시했다. 그는 숫자를 두 가지로 집계했는데, 하나는 토성과 교전하는 데 든 실제 시간이었고, 다른 하나는 앞으로 또 희생해야 할 시간을 예측한 수치였다. 스마일리가 하는 일이라곤 사라진 시간을 기록하는 것뿐이었으므로, 호주머니가 네 개가 아니라 세 개 달린 검은색 구아이아베라 셔츠를 입었다. 빠진 호주머니 하나는 손실을 강조하는 의미였다.

시간과 인원을 집계하고 기록한 다음, 펠론과 리틀 오소는 새 코크블레이드 칼 세트, 구덩이를 팔 갈퀴, 올이 성긴 얇은 무명 2야드를 살 돈을 청구했다. 스마일리는 필요한 것이 없었고, 샌드라는 신참들의 상처에 바를 아르니카 연고가 필요하다고 했다.

아빠는 현금을 나눠주고 이렇게 말했다. "나머지는 기계공 몫이야. 거북 껍질이 더 많이 필요하게 될 테니까." 아빠는 돈을 셔츠 주머니에 감추었다.

스마일리

나는 전쟁이 일어나기 이 년 전 EMF에 들어왔다. 겨우 열여섯 살 때의 일이었다. 그러나 토성에 대해 알게 된 후로, 내 셔츠 왼쪽 호주머니를 잡아 뜯었다.

데 라 페가 오기 전에는 유제품도, 닭싸움도 없었다. 우리는 국경선을 넘고 뇌물을 먹여 돈을 벌었다. 티후아나에서 돌아올 때는 거북 껍질과 농장 가축이 아니라 하얀 코카 잎 가루와 큐란데로들까지도 우리한테서 사갈 정도로 끈적끈적하고 진한 마리화나를 가지고 왔다. 우리도 마리화나를 좀 피우고 냄새를 맡았지만, 대부분은 구릉지대에서 엘몬테 북쪽 아르카디아 경기장에 말을 구경하러 오는 분 바른 할리우드 사람들에게 팔았다. 그때는 재의 환도 없었다. 신발에 시키면 숯검댕이 묻히지 않고 엘몬테 밖으로 나갈 수 있었다.

나는 언제나 회계 보고를 맡았다. 나는 수 세는 기호는 물론이고 무와 모든 것의 기호까지도 발명해낸 펭굴라 부족의 후예다. 내 일은 EMF를 위해 장부를 기재하는 것이었다. 하지만 페데리코 데 라 페가 온 후로는 샌드라에게 그 일을 넘기고 나는 보이지 않는 것을 계산하게 되었다.

프로기는 우리가 중요한 의미가 있는 전쟁을 하는 중이며, 나중에 늙어 퇴역하게 되면 코카인을 밀수하거나 세력권을 지킨 것보다 이 전쟁에 참전한 일을 더 자랑스러워하게 될 것이라고 말한다. 우리는 토성의 시선으로부터 자유로워질 것이다.

"하지만 토성이 어쨌다는 거야?" 나는 프로기에게 이렇게 물었다.

"넌 토성이 네가 가는 데마다 따라다니면서 너를 내려다보면 좋겠냐?"

나는 이렇게 말하고 싶었다. '난 상관 안 해, 프로기. 누군가는 우리를 감시해야지. 하늘을 올려다보면서 그 위에 아무것도 없다고 생각하기는 싫단 말이야. 뭔가 나를 지켜보고 있구나, 그렇게 믿고 싶어.'

그러나 그 말은 하지 않았다.

토성

페데리코 데 라 페는 꼬마 메르세드의 방에서 천장 선풍기를 떼어냈다. 그는 침대 위에 그것을 놓고 움푹 팬 날개를 돌려보며 금속을 만져보고, 곧 화학 주기율표의 82번 원소라는 것을 알았다. 그는 침대와 독서용 의자, 책상을 거실로 끌고 왔다.

그는 라임나무를 쪼개어 만든 두께 2인치 폭 4인치의 널빤지와 큐란데로 아폴로니오한테서 사들인 납으로 된 못 주머니를 가져왔다. 페데리코 데 라 페는 침실 바닥에 널빤지를 깔고 망치를 한 번씩 내리쳐 나무에 못을 박았다. 그는 소형 톱만을 이용하여 장식용 못을 자른 다음 두께 2인치 폭 4인치의 널빤지 두 장을 나란히 깔아놓고 그 사이에 못을 박았다. 다 박고 나면 못 박은 나무 틀을 들어 벽에 기대어 놓은 다음 또 마룻바닥 위에 널빤지들을 놓았다.

정오 무렵에는 못이 세 개만 남았다. 페데리코 데 라 페는 꼬마 메르세드의 방 안에 녹로, 벽판, 기계 거북의 껍질에서 잘라낸 두꺼운 납판을 지탱할 수 있는 틀을 짜 넣었다.

페데리코 데 라 페는 마룻바닥 위에 먼저 납을 놓은 다음 절단용 토치로 조각들을 납땜했다. 바닥 공사를 끝낸 다음, 페데리코 데 라 페는 천장과 벽에 납을 대고 고정시키고 납땜질을 하여 제자리에 붙였다.

경첩 달린 문은 없었다. 대신 손잡이를 돌리면 로프와 도르래가 움직여 납판을 들었다 내렸다 했다.

문을 내리면 그 누구도, 토성조차도 꼬마 메르세드의 납으로 두른 방 안을 들여다볼 수 없었다.

꼬마 메르세드

그날 밤 나는 납 문을 내리고 내 방에서 잠을 잤다. 다음 날 사람들은 내 방 안으로 도미노 테이블을 가져와 게임을 하고 이야기를 나누었다. 문을 들어올릴 때와 샌드라나 스마일리가 부엌이나 화장실에 갈 때는 대화를 중단하고 말없이 도미노 패만 내려놓았다. 문이 열렸을 때는 카네이션과 장미 따는 일에 대한 얘기만 했다. 가끔씩 펠론이 닭싸움 얘기를 했지만 아빠는 문을 내리지 않은 상태에서는 그런 토론도 해서는 안 된다고 했다.

날이 저물어 저녁 바람이 향수 냄새와 스테이크 소스 냄새를 싣고 할리우드의 구릉지대에서 불어 들어올 때면, 펠론과 리틀 오소, 스마일리는 나무판자와 못 주머니를 가져왔다.

이틀 밤이 지나고, 그들은 집 전체 내부에 맞게 틀을 짜고 벽과 천장에 납을 대고 땜질하기 시작했다. 그들은 내 방의 무거운 문짝을 떼어다가 집 앞에 달았다.

공사가 끝나고 푸르스름하게 빛나는 납이 집 안을 온통 둘러싸자, 우리는 토성에 대한 두려움 없이 내키는 대로 마음껏 생각하고 말할 수 있게 되었다.

우리는 테이블 주변에 둘러앉아 지폐와 동전을 셌고, 스마일리는 자기 구아이아베라 셔츠의 왼쪽 주머니에서 꼬깃꼬깃 접은 종이를 꺼냈다. 아빠는 엘몬테의 집을 모조리 납으로 두르자고 했다.

이렇게 하여 우리는 집 안에서는 자유를 얻었지만, 아빠는 우리에게 납의 보호막이 없는 곳에서는 말도 생각도 하지 말라고 단단히 일렀다.

"뭔가 꼭 생각을 해야겠다면, 장미와 카네이션 따는 일이나 감자 같은, 토성이 전혀 관심을 보이지 않을 일에 대해서만 생각해야 해."

옥수수 장사꾼

잔디밭마다 널빤지와 금속 판이 널려 있었다. 나는 후추 탄 물에 껍질째 삶은 달콤하고 부드러운 옥수수와 옥수숫대 요리 냄새를 맡고 굶주리고 지친 사람들이 몰려올 것이라고 예상하며 톱과 망치 소리를 따라왔다. 나는 포장을 벗기고 옥수수 열매에서 붉은 수염을 뜯어낸 다음, 옥수수를 꼬챙이에 꿰었다. 손님이 오면 그때그때 낱알에 크림을 바르고 간 치즈를 뿌렸다.

나는 손수레를 끌고 길을 이리저리 왔다 갔다 하며 나팔을 불어댔지만, 아무도 오는 이가 없었다. 나온다 해도 자재를 도로 가져가거나, 금속과 나무를 어깨에 메고 안으로 운반할 때뿐이었다.

"오늘은 필요 없어요." 그들의 말에, 나는 손수레를 밀고 자리를 떴다.

허공에 망치 소리가 울려퍼지고 톱밥이 날리고 있는데도 불구하고 신축중인 건물은 하나도 없었고, 이층을 올린다거나 거실을 증축하는 것 같지도 않았다. 다들 자기 집 벽 속에만 뭔가를 짓고 있었다.

십장은 예전에 살을 지지는 모습을 한 번 본 적이 있는 사람이었는데, 집집마다 돌아다니며 건축 자재를 점검하고 일꾼들의 귀에 대고 지시사항을 속삭였다. 그는 신중하고 꼼꼼하게 점검을 하면서 금속 표면이 매끈한지 손으로 쓸어보고, 나무에 흰개미가 뚫은 구멍은 없는지 눈을 가늘게 뜨고 보았다. 그는 십장이면서도 하늘을 끊임없이 올려다보고 구름과 뇌우를 살피는 옥수수 농사꾼들 특유의 버릇을 갖고 있었다.

그들은 어찌나 눈코 뜰 새 없이 바쁜지 내가 아무리 나팔을 불어도 들은 척도 하지 않았으므로, 나는 계속 걸어 엘몬테를 빠져나와 포장과 아스팔트가 눌어붙은 선을 넘어 아르카디아 시로 들어갔다. 그곳은 청소기가 빙빙 돌면서 파란 잔디밭과 거리를 청소하는 동네였다.

토성

보름이 지난 후 페데리코 데 라 페와 EMF는 엘몬테의 집을 하나도 빼놓지 않고 철통 같은 소재로 둘러쳤다. 오악사카 새의 힘을 빌려 마음의 상처를 다스리느라 다른 데 마음 쓸 겨를이 없는 프로기조차도 모래로 덮은 판자와 납판을 실은 수레를 밀고 들어오는 일꾼들에게 문을 열어주었다.

토성은 여전히 사람들이 길을 건너고, 잡초를 뽑고, 고랑에 엎드려 있는 모습을 볼 수 있었지만, EMF 단원들이 집 안으로 들어가면 더 이상 뒤를 쫓을 수 없었다. 그들이 부엌에서 밥을 먹거나 침대에서 잠을 자거나 타일 바닥 위에서 사랑을 나누는 모습을 관찰할 수도 없었다.

차폐물이 없는 열린 공간에서조차 엘몬테 사람들은 앞뒤 맥락이 전혀 닿지 않는 엉뚱한 생각들만 반복하여 속마음을 감추었다. 그들이 생각하는 것은 모조리 카네이션과 농장 가축과 볕에 지나치게 탔거나 형태가 없어서 아무런 의미도 없는 물건들과 관련된 것뿐이었다.

페데리코 데 라 페가 납 밑에 감춘 메모를 볼 수 없었으므로, 토성은 이런 유형의 공격을 미처 예상치 못했다. 데 라 페의 계획은 납으로 된 벽 뒤에 자기들의 삶을 숨겨버림으로써 이야기 중간에 토성을 곤경에 빠뜨리자는 것이었다.

꼬마 메르세드

술 같이 생긴 꽃잎과 초록 줄기들. 단단히 말린 봉오리에서 분홍과 흰색 카네이션이 활짝 꽃피고, 공기에는 비료 냄새와 꽃향기가 떠돈다. 농약 살포 비행기들은 꽃잎에 살충제를 뿌리고, 비료는 꽃 따는 이들의 손을 타고 줄기 아래로 흘러내린다.

펠론

페데리코 데 라 페는 나를 보며 이렇게 말했다. "펠론, 일단 밖에 나가면 여기에서 보고 들은 것은 단 한 가지라도 입 밖에 내는 것은 물론이고 생각해서도 안 돼. 수탉들한테 먹이를 줘. 깃털을 쓸어주고 암탉들하고 떼어놔. 휘파람을 불어. 밭갈기, 수탉의 벼슬 색깔, 수탉의 다리에 묶은 많은 고리와 끈 생각만 해. 그리고 꼭 해야겠다면 수탉 싸움에 대해서 생각하는 것까지는 괜찮지만, 그 돈이 어디로 가는지, 어디에 쓰이는지는 생각하면 안 돼.

일을 끝낸 다음 여기로 돌아와. 오늘 밤에는 우리 모두 여기서 잘 거야. 내일은 힘 닿는 데까지 많은 집에 납을 붙일 거야. 그러면 너도 네 집에 가서 잘 수 있게 되는 거지."

그는 이런 얘기를 했지만, 나는 더 이상 그 얘기에 대해 생각해서는 안 되었다. 안 돼, 펠론. 갈색 흙, 공중에 떠 있는 검은 재, 투계장에 대해서만 생각해. 그다음에는 갈퀴, 수탉의 붉은 볏, 싸움닭의 벼슬을 자르는 면도날에 묻은 붉은 피, 잘린 벼슬을 쪼는 암탉의 뾰족한 부리, 암탉들이 낳은 갈색 알, 알에서 갓 깨어난 눈먼 새끼들을 덮은 실처럼 끈적이는 점액, 껍질을 벗긴 옥수수 위에서 질식한 노란색의 보송보송한 병아리들, 병아리들이 묻힌 밭이랑, 병아리들의 입에서 자라난 옥수수 줄기, 흙에서 무기물을 빨아올려 꽃잎으로 보내는 카네이션 줄기들, 방수포 위에 꽃을 모아서 저울로 끌고 갔다가 저울에서 2톤 트럭으로, 그다음에는 꽃집으로, 꽃집에서 결혼식으로, 긴 식당 테이블 중앙의 꽃병으로 옮기는 꽃 따는 일꾼들의 튼 손, 중앙 장식물이 아니라면 감사의 표시로 현관이나, 아니면 추모의 표시로 무덤에 놓는 꽃다발, 꽃, 플로레스, 엘몬테 플로레스 갱단, 안 돼, 그 생각은 하면 안 돼, 갈색 흙, 공중에 떠 있는 검은 재, 투계장, 그다음에는 갈퀴, 수탉의 붉은 볏, 싸움닭의 벼슬을 자르는 면도날에 묻은 붉은 피, 잘린 벼슬을 쪼는 암탉의 뾰족한 부리, 암탉들이 낳은 갈색 알, 알에서 갓 깨어난 눈먼 새끼들을 덮은 실처럼 끈적이는 점액, 껍질을 벗긴 옥수수 위에서 질식한 노란색의 보송보송한 병아리들, 병아리들이 묻힌 밭이랑, 병아리들의 입에서 자라난 옥수수 줄기, 흙에서 무기물을 빨아올려 꽃잎으로 보내는 카네이션 줄기들, 방수포 위에 꽃을 모아서 저울로 끌고 갔다가 저울

토성

그들은 꽃과 개구리 생각만 했다. 어쩌다 생각이 딴 길로 빠지면 잽싸게 카네이션과 흙의 꿈으로 되돌아오거나, 아니면 납으로 두른 집으로 달려 들어가 문을 내렸다. 들판 깊숙이 들어가 진흙 속에서 발을 빼기 힘들 때면, 고통과 피로 머릿속이 뒤범벅이 되어 아무 생각도 읽어낼 수 없게 될 때까지 혀를 꽉 깨물었다.

그러나 엘몬테에 페데리코 데 라 페와 EMF만 있는 것은 아니다. 갱단과 침대에 오줌을 싸는 슬픈 남자가 전부가 아니다. 때와 장소를 가리지 않고 관찰할 것이 널려 있다. 작물이 자라는 계절 딱 한철에만도 수많은 비극을 볼 수 있다. 꽃대가 흙을 뚫고 올라오면서 뿌리가 옆의 식물과 얽힌다. 잔뿌리는 땅속 보이지 않는 곳에서 엉켜 단단히 뭉쳐서, 줄기를 밀어내고 무성한 잎을 느껴보려고 서로를 서서히 끌어당긴다.

비료가 뿌려지고 햇볕이 내리쬐면, 잎은 시들어 축 늘어지고 줄기는 바싹 말라 썩어 들어간다. 밭이랑 가의 식물은 이파리 밑에 아침 이슬을 머금고 팔을 뻗어 옆의 식물 껍질에 난 딱지로 물기를 떨어뜨린다. 물방울이 떨어지면 갑자기 칼날이 빛을 번득이며 줄기를 베어 바구니에 던져넣는다. 사 주 후면 수확이 끝나고 트랙터 날이 밭을 갈아엎어 빽빽이 뒤엉킨 채 아직도 뭉쳐 있는 뿌리를 땅 위로 드러낸다.

꼬마 메르세드

하늘에는 두 대의 농약 살포용 비행기가 떠 있었다. 한 대는 수평을 유지하면서 엘몬테 전역을 돌았다. 또 한 대는 뒤에서 더 낮은 고도로 날면서 들판으로 급강하하여 싹이 돋은 밭이랑에 살충제를 뿌렸다. 밭이랑 끝에 비행기가 멈추어 수평을 잡더니, 두 번째 비행을 하기 위해 방향을 돌렸다. 이번에는 바람을 안고 지면에 더 가까이 날아서 긴 줄기를 스쳤고, 프로펠러에 꽃잎이 날렸다.

샌드라

딱 엿새 동안만 계속되는 장마철에는 밭이랑에 물이 고인다. 신발끈을 풀고 양말을 벗고 맨발로 진흙과 물을 헤치고 걷는다. 올챙이들이 발가락 사이로 빠져나간다. 알을 찢고 나와 꼬리가 사라지고 다리가 나오고, 젤리 같은 막은 살갗으로 바뀌고, 물속에서는 아무것도 보지 못하다가 껌벅이는 눈이 생긴다. 물이 증발하여 마르면 올챙이들은 개구리가 되어 뛰어오르고, 개굴개굴 울음소리가 밤새 울린다. 사람들은 여섯 살 때 관개 도랑에서 온종일 왔다 갔다 헤엄치는 그를 꼬마 올챙이라고 불렀다. 그는 과속으로 달리는 트럭 짐칸에 뛰어오르면서 꼬리를 벗어던졌고, 사람들은 그를 프로기라고 불렀다. 여름에 개구리들은 방수포와 버려진 나일론 비료 부대 밑에 남은 습기를 찾아 숨는다. 비닐을 잡아당겨보면 당황한 양서류들이 정상위든 후배위든 다 좋다는 자세로 긴 다리를 쫙 벌리고 엉거주춤 앉아 눈을 껌벅이고 있다.

토성

갈라진 도시 중심가의 지붕들, 햇볕에 허옇게 색이 바랜 나무, 밝은 위성들, 가까운 데 있는 고리 달린 행성. 타일이 벗겨진 곳에 합판 조각을 못질해 박고 틈새를 뱃밥으로 메워 기운 자리.

주변의 금이 간 회벽 집, 신문지와 타르에 적신 헝겊 조각으로 만든 지붕들. 끈적이는 여러 겹의 종이와 헝겊들은 아침 햇살을 받으면 담요처럼 부풀었다가 서풍이 불면 식는다. 빗자루와 대걸레에서 묻은 타르로 끈적이는 발에서 벗겨낸 작업용 장화와 양말. 발 사이즈 9인치 반인 짝짝이 신발 여섯 켤레, 보존 상태로 있다가 4세기 후 화석으로 발굴되는 왕풍뎅이 떼.

제일 오래된 점토 지붕은 엘몬테가 공식적으로 마을이 되기 수십 년 전에 지어졌다. 껍질에 싼 옥수수 케이크와 나란히 스페인식 오븐에서 구운 진흙으로 만든 지붕들. 벽돌이 일단 구워지면, 이교도 일꾼들은 등에 타일을 지고 사다리를 올라가 종탑과 교회 꼭대기에 타일을 붙였다. 이백 년 후, 교구 목사관 안에서 물이 새면서 점토 벽돌이 아니라 옥수수 케이크를 놓았던 자리가 드러났다.

꼬마 메르세드

비행기들이 엘몬테 밖으로 날아가 점으로 작아졌다가 사라지는 모습을 지켜보았다. 그러고 나서 안으로 들어와 문을 닫았다.

스마일리

페데리코 데 라 페는 짤막한 납 관을 손에 쥐고 전쟁 담화를 전했다. 그는 내 귀에 관의 한쪽 끝을 꼭 누르고 다른 끝에 자기 입술을 꼭 붙인 채, 그 속에 대고 소곤거렸다.

"나한테도 예전에는 아내가 있었지. 아내의 몸에는 스물세 개의 모반이 있었고 재채기할 때는 마치 피리를 불 때 나는 것 같은 소리를 냈어. 그런데 토성이 아내를 쫓아버렸단 말이야. 바로 그 때문에 이 이야기가 시작된 거지. 그래서 내가 라스토르투가스에서 위험을 무릅쓰고 나오게 되었고, 토성이 내 뒤를 따라와 나를 조롱하게 된 것이지.

스마일리, 언젠가 자네한테도 아내가 생길 걸세. 아들딸도 생길 테고. 토성이 위협하듯 어른거리며 자네를 감시하는 건 원치 않겠지. 우린 지금 공격해야 해. 자네 집으로 가서 문을 닫게. 토성을 차단해야 하네. 우리가 토성의 독재로부터 해방되어 자유와 독립을 찾을 수 있다면, 이 일은 우리가 반드시 해야만 하는 것일세. 하늘을 가리지 않은 곳에서는 입도 벙긋하지 말게. 쓸데없는 생각만 해서 머리를 뒤죽박죽으로 어지럽히게. 우리는 지금 자유로워지기 위해 싸우고 있는 거야."

그는 할 말을 다 마치고 내 어깨를 두드려주고는 가버렸다. 나는 그의 말을 묵묵히 들었지만, 집까지 먼 길을 빙 돌아오면서 뻥 뚫린 하늘 아래서 그가 한 말을 곰곰이 생각했다. 어떻게 페데리코 데 라 페는 자기 아내를 쫓아낸 존재가 토성이라는 것을 알게 되었을까? 토성이 정말로 그렇게 불길하고 위협적인 존재일까? 토성이 우리를 보호해줄 수는 없을까?

하늘이 점점 어두워지면서 흐리고 음침하게 변하고 있었다. 기상학자들은 기상도를 깨끗이 지우고 노란색 햇빛 표시를 회색의 자기 구름으로 바꾸었다.

페데리코 데 라 페와 EMF는 은신처에 몸을 숨긴 채 자질구레한 일을 처리할 때만 잽싸게 나왔다가 다시 문을 닫아걸었다. 스마일리만 집 밖에 나와 있었지만, 경멸이 아니라 경이로움에 가득 찬 눈으로 자주 하늘을 올려다보곤 하던 그조차도 종국에는 안으로 들어가 납 문을 내렸고, 남은 것은 기계 거북뿐이었다.

탈출한 거북은 남쪽으로 향했다. 앞으로 엉금엉금 기어 나아가는 것이 아니라 다리 뒤로 흙을 밀어내면서, 한 번에 한 삽만큼 티후아나로 더 가까이 전진해 나갔다.

흙먼지는 아침 안개에 젖어 질척이며 무거워졌다. 거북은 머리와 발을 껍질 안으로 넣고 꼬리만 밖으로 내민 채 휴식을 취하며 햇살이 비치기를 기다렸다. 모두가 납에 에워싸여 생각이란 생각은 모조리 가려버려서 들을 것도 볼 것도 전혀 없었다. 기상학자들이 예보했던 대로 온 세상이 토성을 피하는 외로운 날이었다.

페데리코 데 라 페와 EMF도 마찬가지로 납을 투시할 능력은 없으니 눈치채지 못했지만, 뭔가 벌어지고 있었다. 토성은 궤도에서 벗어나 엘몬테의 지붕들로부터 멀리 떨어진 곳, 태양계 안으로 점점 더 깊숙이 들어오고 있었다. 토성은 마침내 태양에서 가장 먼 행성이 되었다. 타오르듯이 선명하게 빛나던 고리는 녹과 적운으로 흐릿하게 퍼져 대기를 뒤덮었다.

0000011100011001110010001011110010
0101010101010111100001001001010100
0100100101010101010011001000001000
1010001000001111100010101010101100
1001010000000100001111100000100001
010100101011100010000100101001010
1001001000111010001001000010100010
0001001001010000001010110111100101
0101001000101001101000011001001001
0101010010010100010000100101010000
0101000010100001010010000010000000
0000111100101010001110101000001010
0001000010101001011101101000100100
0100010100001010000001110001100011
1001000101111001001010101010101111
0000100100101010001001001010101010
1001100100000100010100010000111110
0010101010101001001010000000100001
1111000001000010101001010111000010
0001001001010100100100111010001001
0000101000100001001001010000001010
1101111100010010010101010010010100
0100001001010100000101000010100001
0100100000100000000000111100101010
0011101010000010100001000010101001
0111011010001001000100010100001010
0000001110001100011100100010111100
1001010101010101111000010010010101
0001001001010101010100110010000010
001010001000011111000101010101010
01000101000000010001111110000010000
1010100101011100001000010010010101
0010010001110100010010000101000100
00100100101000000101011

PART TWO

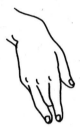

흐린 하늘과 외로운 아침

CHAPTER EIGHT

●

스마일리

나는 페데리코 데 라 페가 한 말을 모조리 무시했다. 차폐막 없는 곳에서도 말하고 생각했다. 페데리코 데 라 페와 EMF를 존중했지만, 육중한 광택을 발하는 납 아래에서 살기는 싫었다. 나는 데 라 페가 오기 한참 전부터, EMF가 토성에 맞서 일어서기 전부터 플로레스 갱단의 일원이었다.

나는 원치 않으면서도 EMF의 일원으로서 부과된 의무에 따라 자유의지를 지키기 위한 전쟁, 독재에 맞서는 혁명에 참여했다. 내 뜻대로 결정할 수 있었다면 나는 토성 편을 택했을 것이다.

나는 토성의 패배가 우리 자신의 종말을 가져오리라는 것, 즉 토성의 붕괴와 함께 모든 것이 끝장나리라는 것을 알고 있었다. 그러나 은하계나 위성이 추락하건 말건 관심 없었다. 나는 나의 존재, 이 소설에서 나의 자리만을 생각했다. 그래서 토성에 관해 알아보러 큐란데로 아폴로니오에게 갔다.

언제나처럼 보수를 지불해야 했다. 그래서 가게를 나와 장미를 한 가득 담은 바구니, 계란 세 꾸러미, 아폴로니오가 자기 산테리아 책을 제본하는 데 필요하다며 부탁한 납판 두 개를 다 구해가지고 다시 돌아갔다. 아폴로니오는 계란, 장미 가시와 줄기, 납의 비중과 유연성을 모두 꼼꼼히 살펴본 다음에야 나한테 용건을 말해보라고 했다.

나는 큐란데로들이 흔히 그러듯이 장황한 대답으로 나를 속여 넘기거나 헷갈리게 만들지 못하도록 단도직입적으로 물었다.

"토성이 뭡니까?"

"가명이지. 뒤에 숨기 위한 이름이야."

아폴로니오는 여전히 납판을 살펴보며 대답했다.

"그럼 토성의 진짜 이름은 뭐지요?"

그는 양피지나 양초 연기가 만드는 형상을 확인해보지도 않고 한 치의 망설임도 없이 선뜻 대답했다.

"토성의 진짜 이름은 살바도르 플라센시아라네. 더 정확히 말하면 살바도르 플라센시아 데 곤잘레스지. 자기 어머니 이름은 이미 오래 전에 떼어버렸지만."

"어떻게 하면 그를 찾아낼 수 있을까요?"

아폴로니오는 아무 말도 하지 않았다. 대신 몸을 돌려 찬장과 벽 감 선반을 한참 뒤지더니, 이윽고 수십 년 동안 펼쳐보지 않고 접은 채 두더라도 조각조각 떨어지지 않도록 접힌 곳을 기워놓은 지도를 찾아냈다.

"이 지도를 보려면 추가 요금을 내야 하는데."

아폴로니오가 지도를 조심스레 펼치며 말했다. 하지만 추가 요금을 받지는 않았다. 그 대신 지도 위에 트레이싱페이퍼를 놓고, 만년필의 날카로운 펜촉을 이용해 길과 번호가 매겨진 지시문들을 베끼기 시작했다. 그는 작업을 하면서 그 지도를 갖다 준 수도사의 이야기를 들려주었다.

아폴로니오는 신앙심은 물론이고 방랑하는 프란체스코 수도사들의 일족인 교단의 행진 대형까지 저버린 그 배교한 수도사로부터 살바도르 플라센시아에 대해서 알게 되었다. 수도사는 행렬에서 자기에게 배정된 쉰세 번째 자리를 버렸으나, 자신의 결정을 후회하며 수치스럽게 여겼다. 그는 참회하는 뜻에서 본명을 버리고 자기가 저버린 것을 영원히 기억하고자 자기 이름을 그저 오십삼으로만 썼다. 그는 용서를 구하려 『백열광의 서』라는 책을 집필했다. 조사에만 삼십 년이 걸렸고 꼬박 스물여섯 달 신들린 듯이 집필한 끝에 완성한 원고였다. 그 책은 사후에 출판되었으나, 추방당한 치품천사 후안 비센테가 혈서로 쓴 글 이후로 가장 위대한 속죄의 글로 칭송받았다. 후안은 자기 혈관을 잉크 삼아 검지로 피를 찍어서 썼으며, 잉크의 색이 희미해지면 물구나무를 서서 손목을 흔들었다고 전해졌다.

그러나 『백열광의 서』는 수도사가 콘크리트 블록 벽에 자기 피로 글자를 다 쓴 후에도 오랜 세월이 지나서야 바티칸에서 모습을 드러냈다. 우편물을 받는 복사들은 그 오랜 세월 동안 더 전통적인 교리문답 팸플릿을 지지하는 책만 찾아서 바티칸 인쇄소로 발송했다.

수도사는 행진하는 프란체스코 수도회 교단을 찾던 중 우연히 토성의 거처를 발견했다. 그는 원고에는 이를 언급하지 않았으나, 아폴로니오에게 손으로 꼰 심지와 천연 밀랍으로 만든 벨라도라 양초 백 개와 약실 한 개짜리 피스톨 권총을 받고 이를 넘겼다. 그는 이 권총을 자신의 왼쪽 귀 뒤에 대고 쏘았기 때문에, 벽 전체에 피가 튀어 벽 아래쪽에 쓴 '아멘'이라는 단어를 제외하고는 벽에 쓴 글 전부를 읽을 수 없게 되었다.

아폴로니오는 내게 지시문과 트레이싱페이퍼에 그린 지도를 주었다. "하느님이 함께하시기를." 그는 내가 가게를 나설 때 이렇게 말하며 내게 성자의 침을 조금 뿌려주었다. 나는 그 지시문을 그대로 따라 숯검댕을 넘어 재로 덮인 엘몬테의 경계선 밖으로 걸어나와 구불구불한 길로 접어들었다. 그 길은 아르카디아에서 시작되어 경기장을 돌아 언덕배기를 올라 산가브리엘 산맥 정상에서 끝났다.

숫자를 매긴 지도가 지시하는 대로 손을 들어 올려 표면이 거칠거칠한 지점을 더듬어 찾았다. 일단 찾아내자 푸른 하늘에서 질이 좀 떨어져 보이는 부분을 벗겨냈다. 그러자 하늘의 일부가 무너지면서 종이 반죽으로 된 층이 드러났다. 조각들이 떨어져 덤불에 걸리거나 땅 위에 내려앉고, 내 구아이아베라 셔츠 주머니 속으로도 부스러기들이 떨어졌다.

내가 선 자리 바로 위가 옛날에 수도사가 하늘을 기워 붙인 장소였던 것이다. 나는 캘리포니아의 하늘에 구멍을 다 뚫은 다음 카네이션 칼을 숨기고 신문지와 풀로 만든 층 사이로 고개를 내밀었다.

나는 구멍 테두리를 꽉 잡고 토성의 집 안으로 몸을 들이밀었다.

그 순간은 창조주가 내 존재의 필연성과 목격자로서의 독자의 역할 모두를 인정하는 순간이 되어야 마땅했다. 그러나 예상처럼 장엄한 만남은 아니었다. 저자는 온박음질한 칼라가 달린 빳빳이 풀 먹인 드레스 셔츠를 입고 의자에 앉아 손으로 만 담배를 피우며 방문객을 기다리고 있어야 마땅했다. 누가 뭐래도 저자는 어떤 놀라운 일도 전부 다 미리 알고 있는 전능한 자니까.

그러나 내가 토성 앞에 나타났을 때 그는 이미 통제력을 상실한 상태였다. 그는 내가 오는 것을 볼 수 있는 통찰력도 없었지만, 오든지 말든지 관심도 없었다. 그는 화자로서의 힘과 이야기를 포기한 뒤였다. 그는 벌거벗은 채 대자로 뻗어 엎드려 잠들어 있었다. 머리 밑에 베갯잇은 있었지만 베개는 벽에 내팽개쳐진 채였다. 그는 자기 이야기에는 절과 장의 형태로 질서를 부여했으면서, 자신의 침실에는 아무런 논리도 적용하지 않았다. 셔츠와 바지는 구겨져 구석에 처박혀 있었고, 수건과 시트는 더럽혀진 채 널려 있었다. 책은 알파벳순이고 크기고 다 무시하고 아무렇게나 뒤죽박죽 쌓여 있다가 무너져내려 마구 뒤섞였다. 종이들이 낱장으로 아무 데나 나뒹굴었다.

그의 벽에는 로스앤젤레스 지도, 연필로 휘갈긴 엘몬테 시, 검은 머리가 액자 밖까지 흘러나온 여자의 사진, 손에 궐련 물부리를 들고 〈길다〉에서 입었던 어깨끈 없는 드레스를 입은 리타 헤이워스의 포스터가 붙어 있었다.

토성은 드디어 잠에서 깨어났으나, 나를 알아보지 못했다. 나는 그의 방구석에서 종이와 옷 나부랭이 밑에 신발을 파묻고 서 있었다. 토성은 돌아보지도 않고 수화기로 손을 뻗어 다이얼을 돌리기 시작했다.

—

"여보세요." 그가 말했다.

—

"우리 얘기 좀 할까?"

—

"그럼 언제 괜찮아?"

—

"그 녀석 거기 있어?"

토성은 전화를 끊고 재빨리 다시 다이얼을 돌렸다.

—

"잠깐만. 네가 나한테 이러면 안 되지."

—

"지금은 안 된다고? 그게 무슨 소리야?"

나는 그가 눈치채지 못하게 천천히 그의 침실에서 걸어나와 거실로 향했다. 거실에서는 아직도 벽난로에서 장작이 타고 있었다. 나는 엘몬테에서 아주 멀리 떨어진 곳에 있었다. 캘리포니아의 날씨와 야자나무 대신 눈이 덮여 있었다. 얼어붙은 나뭇가지들이 바삭거리는 소리를 내고, 길에 덮인 고운 소금 냄새가 풍겨왔다. 십칠 년이지나서야 마침내 겨울을 찾아낸 것이다.

토성의 집에 가게 된다면 EMF 단원이 반드시 해야 하는 일이 있다. 우리는 납 지붕 밑에서 작성한 지령문을 받았다. 누군가 운이 좋아 적 가까이 가게 되면 해야 할 일을 적은 것이었다. 만일 그런 기회가 오면 카네이션 칼을 허리춤에서 꺼내 토성의 목구멍에 찔러 넣고 칼날을 획 그어 목을 따서 그의 잉크를 뿌려야 했다. 그가 글을 쓰고 싶다고 하면 매트리스 위에 자기 피로 글씨를 쓰게 해주어야 하니까. 마룻바닥에 얼룩을 남기고, 시간이 흘러도 여섯 겹의 물감으로 다시 나타날 찐득하고 훈김이 나는 글귀. 그 어떤 소설보다도 더 오래오래 남을 그 무엇.

급히 서둘러야 한다면, 적어도 줄거리와 지금까지 써둔 백스물여덟 페이지는 훔쳐와야 한다. 속표지와 차례 말고는 아무것도 남겨두어서는 안 된다. 그 위에다는 이렇게 써놓는다. "당신은 그리 강하지 않아."

그러나 나는 카네이션 칼을 주머니 속에 그대로 넣은 채, 아무것도 건드리지 않도록 주의했다. 아무것도 망가뜨리지 않고 그저 토성이 일어나서 거실로 나오기만 기다렸다.

페데리코 데 라 페의 대의명분과 토성의 몰락을 믿는다 해도, 전쟁에도 지켜야 할 예의는 있는 법이다. 자고 있거나 슬픔에 잠긴 사람을 죽이거나 약탈할 수는 없다. 사랑과 전쟁에는 수단 방법을 가리지 않아야 한다고들 말하지만, 사랑과 전쟁이 동시에 일어나는 경우에 이 격언은 무효다. 그때는 전투의 규칙이 더욱 엄격해진다. 전쟁을 불러일으키는 정책에 대해서는 항상 논란의 여지가 있지만, 여자한테 버림받은 남자에게 동정을 베풀어야 한다는 데는 이론의 여지가 없다. 토성은 메르세드가 페데리코 데 라 페를 떠난 뒤 십 년을 기다리고서야 페데리코 데 라 페의 사생활에 개입하기로 결정했다.

나도 똑같은 예의를 갖추려는 것뿐이다.

토성은 이제 이야기가 어떻게 전개되고 앞으로 무슨 내용이 올지 몰랐지만, 내 모습을 보고도 놀라지 않았다. 그는 팬티 바람으로 거실로 들어왔다.

"당신도 길 잃은 수도사인가?" 그는 눈가에 묻은 잠을 떨어내려 애쓰며 엄숙하게 물었다.

"아니, 난 스마일리야."

"스마일리?"

아버지가 자식을 알아보지 못했을 때 그 자식이 느끼는 통렬한 슬픔과도 비슷한 감정이 밀려왔다. 손톱과 발톱이 쑤셨고, 으깬 레몬씨를 문 듯 쓴맛이 입안 가득 차올랐다.

토성은 내가 낙담한 눈치를 채고 자리에 앉아 등장인물과 플롯, 기교들이 너무 많다보니 이것저것 뒤섞이다보면 저자조차도 중요하지 않은 인물은 까먹기도 한다는 변명을 늘어놓았다. 그는 자기한테 모든 책임을 다 뒤집어씌울 수는 없으며, 자기가 이야기를 포기한 지금 같은 때에는 더더욱 말도 안 되는 일이라고 했다. 그러나 나는 그가 뭐라건 내 할 말만 했다.

"난 EMF의 스마일리라고. 호주머니가 세 개 달린 장례용 구아이 아베라셔츠를 입고 있고."

나는 셔츠 주머니에 손가락을 넣어 하늘 조각을 끄집어냈다. 내 신원을 밝혀줄 수 있을 만한 특징이면 생각나는 대로 다 주워섬겼지만, 토성은 전혀 나를 알아보는 기색 없이 어깨만 으쓱했다.

"스마일리, 페데리코 데 라 페랑 다른 EMF 단원들한테 너희들이 이겼다고 말해줘. 납 집을 버리든 때려부수든 좋을 대로 해. 이젠 내가 내려다볼까 봐 걱정하지 않아도 좋아."

토성이 한 얘기는 그게 다였다. 그는 부엌으로 걸어가 물을 한 잔 마시고 속옷을 벗더니 다시 침대로 쏙 들어가버렸다.

CHAPTER NINE

● ● ●

토성

토성의 증조부인 돈 빅토리아노는 한 세기를 꽉 채우고도 이 년을 더 살았는데, 항상 티후아나인이나 집시들과 사랑에 빠지는 위험한 짓은 삼가라고 경고했다.

"그자들은 고향도 없이 보헤미안 기질에만 충실하게 사는 족속들이야."

돈 빅토리아노는 이렇게 말했는데 그 부족들을 비난하는 뜻에서 한 말은 아니고 원래 천성이 그렇다는 말이었다. 그러나 증조부의 경고에도 불구하고, 토성은 집시 핏줄에 티후아나인의 핏줄까지 물려받은 황갈색 피부의 여자에게 홀딱 반해버렸다. 이 책의 헌사에 올라 있는 그녀의 이름은 헬렌의 엘리자베스지만, 줄여서 간단히 리즈라고 했다.

토성은 모든 집시와 티후아나 핏줄을 담은 가계도를 조사했다. 그리고 아직도 피가 섞이다보면 묽어져서 축과 바퀴 위에 얹은 집이 아니라 안정된 단 하나의 집을 갖고 싶다는 퇴행적인 욕망이 생겨날지도 모른다는 희망을 버리지 않았다.

유전적 소인에도 불구하고 때로는 가장 그럴 법하지 않은 데에서 충실함이 나오기도 했다.

"가계도에 따르면 전부 다 네가 떠날 거라는데." 그는 그녀에게 이렇게 말했다.

"가계도에 뭐라고 나오는지 다 알아. 하지만 난 아직 여기 있잖아."

"그럼 내일은?"

그리고 내일이 왔다.

"여전히 여기 있잖아." 그녀가 말했다.

"그럼 내일은?"

또 내일이 왔다.

"걱정 안 해도 된다니까." 그녀가 말했다.

그리고 토성은 전쟁을 하러 나갔다. 마침내 집시의 DNA와 모든 티후아나인의 XY 정자 세포에 역사 전체를 통해 미리 각인되어 있던 소식이 왔다. 그녀가 떠나겠다고 말한 바로 그날, 페데리코 데 라 페와 EMF는 납으로 하늘을 가리고 토성을 향해 진군했다. 그날 토성은 침대에서 시트를 걷어 코에 바싹 들이대고 오줌 냄새를 맡으면서 마지막으로 침대를 적셨던 때가 언제였는지 기억해내려고 애썼다.

"웬 오줌이람? 침대에 오줌 싼 적은 한 번도 없었는데."

134

리즈는 이렇게 말했지만, 토성은 미심쩍은 마음이 가시지 않았다. 그는 다시는 이런 짓을 하지 않겠다고 약속했다. 그는 물을 마시지 않고 팬티 속에 손을 넣은 채 잠을 잤다. 자기 빨래를 직접 했고 섬유유연제도 꼭 넣었다. 절대 침대 위에 신발을 올려놓지 않았다. 그는 멀리 떠난 남자들이 전화선과 케이블이 미친듯이 타래에서 풀려 나가다가 너무 팽팽해져 견디지 못하고 마침내 탁 끊어져서 되튀는 바람에 길을 따라 늘어선 전봇대들이 몽땅 무너지는 것을 느낄 때 하는 약속들을 모두 했다.

전봇대들은 앤 여왕 시대 양식의 현관, 피츠버그의 공장, 시카고의 도살장, 그다음 남쪽으로 가서 성서 지대*, 옥수수밭, 그다음에는 애리조나의 석영 모래와 선인장을 덮치고, 마침내 엘몬테까지 덮쳐서 리즈의 할머니가 당뇨병도 무시하고 설탕 넣은 빵을 씹으면서 녹슨 커피 깡통에 정성껏 심었던 식물 위로 무너졌다.

전화선은 불통이 된 데다, 토성의 변명은 너무 무거워서 전서구傳書鳩가 감당할 수 없었다. 결국 남은 수단은 전보뿐이었지만, 전보는 너무 짧아서 적합지 않았다. 그래서 그는 페데리코 데 라 페와 EMF에게 오랫동안 소망해온 사생활과 자유의지를 즐겨도 좋다고 허락하고 전선戰線을 떠났다. 토성은 비행기에 올라 뉴욕에서 엘몬테까지 줄줄이 무너진 전봇대의 자취를 따라갔다.

---

*미국 남·중부의 근본주의를 신봉하는 지역.

랠프와 일라이저 랜딘

뉴욕의 펜트하우스에 사는 백만장자 랠프와 일라이저 랜딘은 토성이 페데리코 데 라 페와 EMF와 벌인 전쟁 소식을 뒤늦게 받았다. 그들은 밤늦게 서재에 앉아 마테 차를 홀짝이며 부정한 집시 바이올리니스트의 이름을 딴 초콜릿 페이스트리인 '리고 얀시'를 먹고 있던 참이었다.

랠프 랜딘은 예전에는 자기 고향 헝가리에서 스와스티카* 수프를 떠먹으며 국수의 날카롭게 구부러진 모서리가 뺨을 찢기 전에 그 맛을 느꼈다. 그는 벽돌과 모르타르로 지은 건물의 갈라진 틈과 구멍, 그리고 몸에서 흘러나온 잉크가 그린 자국들을 보았다. 그 핏자국들은 보도에 피로 물든 스노우 앤젤**의 형상으로 필사적인 연서戀書를 써놓았다.

랠프 랜딘은 젊은 시절 천둥 같은 대포 소리와 벽이 무너지는 소리로 귀가 멀지 않도록 귀를 꼭 막고 황설탕을 뿌린 딱딱한 츠비벡***을 씹으면서 이 년을 보냈다. 그리고 이제 전쟁을 생각하면서 귀에 발포 귀마개를 밀어 넣고 산화마그네슘을 넣은 우유를 홀짝였다. 그러나 전쟁의 기억이 불러온 소화불량과 어지럼증을 느끼면서도, 그는 토성의 전쟁은 다르며, 어느 정도는 사랑에 관한 전쟁이라는 것을 알고 있었다. 배경에서 귀마개 너머로 들려오는 교향곡 소리를 들으며 수염에는 우유를 묻힌 채, 랠프 랜딘은 전쟁을 후원하

---

* 만卍자 무늬.
** 깨끗한 눈 위에 대자로 누워 팔다리를 움직여 만드는 천사의 형상.
*** 소금으로 간을 한 딱딱한 비스켓.

기로 결정했다.

"EMF에 맞서도록 토성을 도와줘야 할 것 같아."

랠프는 입술을 훔치고 보청기를 끼면서 아내에게 말했다. 일라이저는 깊은 생각에 잠긴 눈으로 응시하더니, 고개를 끄덕이고 자기 회계사를 불렀다.

돈 빅토리아노

토성의 증조부 돈 빅토리아노는 백두 살이 되도록 아메리카 대륙을 떠나본 적이 없었으나, 항상 은 세공한 자루와 방아쇠가 붙은 스페인산 머스킷총, 프랑스 포도원에서 난 와인, 그리고 기념품 가게에서 성 베드로 대성당까지 이어진 바티칸의 조약돌에 입 맞춰보기를 꿈꾸었다. 비록 돈 빅토리아노의 눈은 백내장으로 온전치 못했고, 손에는 오랜 세월 밧줄과 낫을 다루느라 굳은살이 박였으며, 혀는 수십 년간 라임 주스에 길들었지만, 싸구려 까베르네 와인이나 조각한 나무 자루, 로마의 공기 속에서 수세기 동안 묵은 분위기를 흉내 내려고 사향 기름을 넣은 세제로 씻은 돌에 절대 속아 넘어가는 법이 없었다.

그는 자기를 속여 먹으려는 사기꾼들을 물리치고, 작은 테이블에서 지팡이를 집어 들고 공원으로 걸어갔다. 돈 빅토리아노가 공원에 닿아 자리를 잡고 앉으면 칠십 먹은 노인네들이 카드를 섞다가 그에게도 한번 고르라고 건넸다.

손에서 손으로 카드를 건넬 동안만큼은 노인들도 딱딱하고 엄숙하게 굳어 있던 포커페이스를 풀고 과달라하라의 새 대주교라든가 몇 주나 거리 청소부들이 오지 않아서 쓰레기가 쌓였다든가, 최근에 태어난 손주들 이야기를 나누곤 했다.

어느 날, 자원 딜러의 청에 따라 돈 빅토리아노는 자기 집안 족보 두루마리를 가져왔다. 수정 사항을 테이프와 풀로 덕지덕지 붙인 두루마리가 포커 테이블을 가득 메우고 바닥까지 흘러내렸다. 가계도는 돈 빅토리아노로 시작되어 임신한 5대 손녀딸 세 명으로 끝났다.

이천여섯 명에 이르는 돈 빅토리아노의 후손 중에는 라스토르투가스에 최초로 정착한 주민, 변호사 여덟 명, 프로 축구 선수 한 명, 최초의 오리가미 외과의, 복사 두 명과 신부 한 명, 은행가, 소설가, 빵집 주인 네 명과 전문 요리사 한 명, 목수 여섯 명이 있었다. 목수들은 여섯 명 모두 돈 빅토리아노의 죽음이 임박하여 나타난 무시무시한 유령을 피하기 위해 관 짜는 일을 거부했다.

돈 빅토리아노는 금이 가고 아직도 털구멍에 털이 삐죽삐죽 나 있는 말린 돼지가죽을 쫙 펴서 만든 거칠거칠한 양피지를 손으로 훑은 다음, 다시 둘둘 말아 끈으로 묶고 결혼 초야에 처음 배운 식으로 매듭을 졌다. 그날 밤 그는 세대나 유산 따위는 전혀 염두에도 없이 아내의 드레스 끈을 풀고 밀짚 매트리스로 데려갔다.

돈 빅토리아노의 백 번째 생일날 무선 마이크가 온 집 안을 메우고 기자들이 그가 조상이 된 세대에 대한 질문을 던졌을 때, 그는 대답 대신 삼십삼 년 전 죽은 아내의 이름을 들먹였다.

"그런 얘기는 우리 마누라한테 해야지."

토성

비행기에서 그는 완벽한 문장을 쓰려고 애썼다.

너 없이는 아무것도, 이슬비조차도 없어.
~~너 없이는 아무것도, 이슬비조차도 없어.~~
네가 늘 원했던 그런 서가를 만들어줄게.
~~네가 늘 원했던 그런 서가를 만들어줄게.~~
너를 그리워하는 건 피츠버그보다도 더 나빠.
~~너를 그리워하는 건 피츠버그보다도 더 나빠.~~
내 포피를 매일 씻을게.

토성은 엘몬테에 도착했다. 이 엘몬테는 전쟁과 납 집이 있는 엘몬테가 아니라, 그가 처음으로 그녀의 허리를 만지고 끝이 갈라진 머리카락과 비듬을 맛보았던 바로 그 엘몬테였다. 이제 남은 것은 그녀의 자취뿐이었다. 담요의 머리카락과 그녀가 책에 그었던 희미한 밑줄은 앞으로도 오랫동안 발견되지 않은 채 남아 있게 될 그녀의 흔적이었다. 토성은 아스팔트에서조차 그녀의 부재를 느낄 수 있었다. 그가 운전을 할 때면 길이 울퉁불퉁해지고 구멍투성이가 되었다.

엘몬테에는 병원도, 유모도, 분만용 침대도, 그곳에서 태어난 아들딸도 없었다. 동네가 통째로 외부에서 들어왔다. 엘몬테는 자기만의 것을 낳을 수 없었으므로, 애정을 느끼고 자기 것이라 주장하게 된 이들이 빠져나가면 더 큰 슬픔을 느꼈다. 그녀가 잘 정돈된 관목

숲과 페인트칠한 우체통이 있는 도시로 떠나자 활짝 피었던 레몬꽃은 시들었고, 그녀의 할머니의 뒷마당에 모여들던 까마귀들도 더는 모이지 않았다. 매일 수레를 밀고 다니던 옥수수 장사꾼은 수레를 놓고 파업에 들어가 나팔도 불지 않았다.

엘몬테가 부재를 실감하고 있는 동안에도 가장 고통 받은 이는 토성이었다. 그는 식음을 전폐하고 어머니가 한 요리에도 고개를 돌렸다. 그는 매일 거리를 돌던 산책 대신 몇 시간이나 계속해서 달리기를 했다. 달리기를 끝내고 돌아와서는 대낮부터 밤까지 내처 잤다. 농약 살포 비행기의 윙윙대는 소음에도 깨어나지 않았다.

그의 어머니는 당연히 걱정을 했다. 그러나 큐란데로가 음식 피라미드 도표를 보여주면서 몇 년 동안 슬픔을 맛본다 해서 죽지는 않는다고 알려주어 근심을 좀 덜었다.

우유 — milk

야채 — vege tables

지방 — fats

설탕 — sugars

고기 — meats

과일 — fruits

빵 — breads

슬픔 — sadness

엘몬테는 아수라장이 되었다. 전봇대는 두 동강이 나고 길은 파괴되었다. 까마귀 떼는 뿔뿔이 흩어지고, 수레꾼들은 파업에 들어가고, EMF 꼬리표가 나무고 창문이고 빵집 벽이고 가리지 않고 아무데나 새겨져 있었다. 무사한 곳은 과달루페 교회 벽뿐이었다. 토성은 꼬리표가 눈에 띄는 족족 가위표를 쳐놓았다.

토성은 그녀가 EMF와의 전쟁 때문에 떠났다는 사실을 알고 있었다. 툭하면 자리를 비우기 일쑤인 데다 지도와 도표를 검토하느라 바쁘고 머릿속에서 전략을 풀어내느라고 제정신이 아닌 군사령관을 언제까지고 기다려줄 수야 없는 일이었다. 그래서 토성이 페데리코 데 라 페와 EMF를 추적하는 동안, 리즈는 엘몬테에서 서쪽으로 12마일 떨어진 로스앤젤레스 시내에서 러시아 양식의 아파트를 둘러보고 있었다.

"여기에서 제가 요리를 한답니다." 키 큰 남자가 말했다. "여기서는 잠을 자고요."

페데리코 데 라 페가 계속 늘어나는 군대를 이끌고 납 껍질과 널빤지를 넘치도록 잔뜩 모으면서 진군하고 있을 때, 리즈는 토마토소스와 감자 부대 등속이 든 찬장 안과 깃털 이불이 홀렁 뒤집혀 담요와 시트가 다 드러난 잠자리를 들여다보았다.

리즈처럼 메르세데는 다른 이의 목소리와 수염 난 얼굴에 넘어가 작은 창문 너머 들려오는 목소리에 끌려 점차 페데리코 데 라 페에게서 마음을 거두었다. 메르세드는 지린내와 젖은 침대에 분개했지만, 결국은 페데리코 데 라 페의 페니스에서 똑똑 떨어지는 방울에 쫓겨난 셈이었다. 페데리코 데 라 페가 꼬마 메르세드 옆에서 축축한 습기로 딸의 몸을 덮혀주면서 잠을 잘 때, 메르세드는 부엌으로 가서 라임을 먹으며 어도비 벽에서 옥수수 속대를 뽑아 작은 창을 뚫었다. 메르세드가 구애를 받은 것도 그 구멍을 통해서였다. 페데리코 데 라 페를 떠나던 날 메르세드는 창문을 넓히고 흙을 적셔 진흙으로 만들었다. 예전에는 손가락 세 개 정도 폭이었던 구멍이 이제는 주먹 두 개가 너끈히 드나들 정도 크기가 되었다. 메르세드는 남자와 삼 년 동안 벽을 통해 속삭임을 주고받았다. 남자는 박하향을 풍기며 각운을 맞춘 2행 연구의 연시를 읊어 메르세드에게 남편으로부터 도망치라고 졸라댔다. 벽을 사이에 둔 채 그들의 정사는 절정에 이르렀다. 그들은 어도비 벽돌에 얼굴을 대고 누른 채, 입술이 아니라 구운 벽돌과 밀짚 맛을 느끼며 관계를 가졌다. 땀이 그들의 이마와 겨드랑이에서 흘러내려 서로의 몸이 닿은 곳에 고였다. 벽은 땀의 습기로 부드러워져 진흙이 되었고, 그들의 다리 사이 털에는 젖은 흙과 밀짚이 달라붙었다.

페데리코 데 라 페는 일주일 뒤에 구멍을 발견했지만 아무런 의심도 하지 않고 구멍을 막았다. 바깥쪽 벽 진흙에 반쯤 눌어붙은 턱수염과, 구멍 주위에 남은 헝클어진 곱슬머리와 털의 모양을 자세히 들여다볼 생각도 하지 않았다. 페데리코 데 라 페는 메르세드가 자기 오줌을 못 참아 떠났다고 믿어 의심치 않았다.

토성이 마침내 나무들과 변호사들의 집으로 둘러싸인 패서디나 시의 새 아파트에서 리즈를 찾아냈을 때, 그녀는 오줌에 대해서는 한마디도 탓하지 않았다.

"그이는 키가 큰 데다 수염도 있고, 얼마나 재미있다고. 게다가 포피도 없어." 그녀의 말이었다.

'또 피부도 희지.' 하지만 그녀는 이 말은 입 밖에 내지 않았다.

토성은 항상 나폴레옹에게 공감했지만, 리즈가 키 큰 애인을 따라 자기를 버리고 떠난 뒤에야 몸집 작은 나폴레옹이 온 세상을 뒤흔들고 난 다음 눈물을 흘리도록 몰아간 충동을 완전히 이해했다.

"셀, 이제 떠나줘야겠어."

그녀는 이렇게 말하면서 그에게 문을 열어주었다. 토성은 연애사에 자신이 그저 고개만 끄덕이고 조용히 자리를 떴다고 남기고 싶었지만, 그렇게 하지 못했다. 토성은 그녀의 몸을 더듬고 키스하려고 했다. 그녀가 거부하자, 그는 이곳을 떠나지 않겠다고 버텼다. 토성은 그녀의 손으로 엮은 깔개가 흠뻑 젖도록 울고, 그녀가 여섯 차례나 채근한 다음에야 결국 그녀의 말을 따랐다.

그녀는 빗장을 걸고, 문을 잠근 다음, 블라인드 치는 끈을 당기다가 손을 깊이 베었다.

랠프와 일라이저 랜딘

랠프와 일라이저는 페데리코 데 라 페와 EMF에 맞서 싸우도록 토성에게 자금을 대주기로 동의했다. 그러나 백만장자들은 토성을 믿어도, 그들의 변호사들은 믿지 않았다. 충족시켜야 할 조항이 한두 가지가 아니었다. 첫 번째 할부금을 토성에게 주기 전에 모든 것을 목록에 기입하고 정리해야 했다. 수치와 목록으로 가득 찬 법률 서류철을 들고 돌아온 변호사들은 스포츠 코트의 단추를 풀고 일렬로 늘어서서 자기들이 찾아낸 결과물을 랠프와 일라이저 랜딘에게 읽어주기 시작했다.

　　'슬픈sad'이란 글자가 나온 횟수('슬픔sadness'은 포함시키지만 '패서디나pasadena'와 '그슬린asada'은 제외) : 53회

　　'행복'이란 단어가 나온 횟수: 4회

　　비탄 목록:

　　　1) 마리셀라와 납

　　　2) 페데리코 데 라 페와 메르세드

　　　3) 라몬 바레토와 메르세드 데 파펠

　　　4) 프로기와 샌드라

　　　5) 『백열광의 서』

　　그들은 손에 계산기를 들고 슬픔이 나올 때마다 계산기를 누르고 행복은 빗금을 그어 횟수를 기록하며 한 장씩 모든 내용을 상세히 훑어주었다. 종이로 접은 심장이나 빈 거북 껍질처럼 아주 살짝 애수를 불러일으키는 것일지라도 다 기록했다. 슬픔의 폭을 따지고 토성이 전쟁에 이길 가능성을 계산해본 다음에야 계약서 초안을 작성하고 금액을 할당했다. 랠프와 일라이저 랜딘은 전쟁을 믿었고, 찬

성하는 의미로 토성과 악수를 나누었지만 백만장자들이 나올 때마다 다음과 같은 문구를 넣어야 했다.

이 책을 완성하는 데 랠프와 일라이저 랜딘 재단의 기금이 일부 도움을 주었습니다. 그들은 이 책 속에 표현된 관점과 관련해서는 아무런 책임도 없습니다.

돈 빅토리아노

토성의 증조부는 가톨릭이 지배하는 동네에서 오래 살았지만 한 번도 기적을 목격한 적이 없었다. 부활절 예복을 입고 칼라를 빳빳이 세운 늙은 시장이 물러나고, 바티칸에 대한 서약보다는 배수로와 거리 청소부를 더 걱정하는 세속적인 빵집 주인이 그의 뒤를 이었을 때에야 비로소 돈 빅토리아노는 신과 친교를 나누게 되었다.

돈 빅토리아노가 한 손에는 메스칼 술병을 들고 옆구리에는 신문지에 싼 생선 여섯 마리를 끼고 시장에서 집으로 돌아갈 때, 일련의 기적적인 변화 중 첫 번째 기적이 있었다. 기적은 시장과 부엌 식탁 사이 어디쯤에선가 일어났다. 돈 빅토리아노가 메스칼 술을 찻잔에 부어보니, 술은 이미 수돗물로 변해 있었다. 다음 날 그가 냉장고에서 신문을 꺼내 포장을 열어보니, 꼬리가 검은 잉어 여섯 마리는 간데없고 달랑 물고기 한 마리와 강가의 자갈 두 줌만 들어 있었다.

주님의 두 번째 기적은 돈 빅토리아노가 가스레인지에 20파운드짜리 칠면조를 넣어두고 칠면조가 구워질 동안 공원에서 저녁 산책

145

을 하고 오는 사이에 일어났다. 돌아와보니 기름받이에는 허브를 넣은 수프가 가득 담겨 있었지만, 뜨거운 선반 위에는 버터 바른 새고기 대신 진흙으로 구운 과달루페의 성모 인형이 있었다.

돈 빅토리아노는 자신이 신과 이토록 가까운 관계였음을 새삼 깨닫고 특별 대우를 받는 기분이 들었지만, 교회에 가서 제단 앞에 무릎을 꿇었다. "주여, 기적도 좋지만 저는 굶어죽겠습니다." 그는 불경한 투를 쓰지 않도록 주의하며 이렇게 말했다.

그래서 기적은 멈추었다. 이십 년이 지나 인디언 해먹에 누워 있던 그에게 아들 안토니오가 신문지를 대고 기워 되살린 고양이를 안고 왔을 때 비로소 기적의 삼부작이 완결되었다. 나사로*의 부활은 아닐지라도, 이번만큼은 저녁 식탁에 오를 찬거리를 대가로 치르지 않은 기적이었다.

그러나 끝내 이루어지지 않은 기적도 있었다. 어느 날 그의 아들 안토니오가 달리는 택시 뒷좌석에 앉아 자기 손을 내려다보며 종이를 매만지고 접어 폐를 만들고 있었다. 그동안 돈 빅토리아노의 아내는 다리는 밧줄로 감고 병원 침대에 묶여 있었고, 돈 빅토리아노가 지켜보는 가운데 의사와 간호사들은 빨대와 부풀어오른 라텍스 고무장갑을 이용하여 그녀의 폐가 쪼그라들지 않게 하려고 애쓰고 있었다. 안토니오가 마침내 도착하여 손에 종이로 만든 폐 두 개를 들고 병실로 들어왔을 때는 돈 빅토리아노만 침대 옆에 서 있었다.

"네 엄마는 죽었다."

---

*죽은 지 4일 만에 예수가 살려낸 신약성경의 인물.

돈 빅토리아노는 이렇게 말하고 아내가 그 위에서 죽은 시트를 아무도 건드리지 못하도록 병원 침대에서 시트를 끌어당겨 장바구니에 쑤셔넣었다. 그날 밤 돈 빅토리아노는 시장에서 돌아와서 죽음의 냄새를 없애기 위해 아내의 관에 넣을 사탕수수 껍질을 벗기고 꽃을 빨았다.

토성

토성이 엘몬테를 떠나 추운 북부 지방인 뉴욕행 비행기를 탔을 때, 엘몬테는 슬픔에 젖지 않았다. 파업에 들어간 사람도 아무도 없었고, 레몬은 평소처럼 익어갔다. 그가 뉴욕에 도착하니 토성의 마음이야 찢어지건 말건 눈이 단 하루도 그치지 않고 내렸다. 흰 눈이 소복소복 쌓여갔고, 토성이 자주 앉아 봄날을 보냈던 현관의 그네는 이제 언 눈의 무게를 이기지 못해 사슬이 끊어져 요란한 소리를 울리며 포치에 떨어졌다.

랠프와 일라이저 랜딘

이 책을 완성하는 데 랠프와 일라이저 랜딘 재단의 기금이 일부 도움을 주었습니다. 그들은 이 책 속에 표현된 관점과 관련해서는 아무런 책임도 없습니다.

돈 빅토리아노

돈 빅토리아노는 아내의 죽음을 너무 오랫동안 애도한 나머지, 상복을 벗기로 결정했을 즈음에는 그의 옷 전부가, 심지어 축구 양말까지 진한 검은색으로 물들어 있었다. 그러나 마침내 상주 노릇을 그만두기로 결단을 내렸으므로, 수년 동안 피워온 향내 나는 초를 불어 끄고 하루라도 더는 검은 옷을 입고 외출하지 않으려고 베갯잇과 창문 커튼으로 셔츠를 지었다. 그는 이제는 상주가 아니었지만, 여전히 묘지에 가서 참배를 하고 죽은 아내에게 조언을 구했다.

"교황을 보러 유럽에 갈까 생각중이라오. 스페인산 머스킷총으로 사냥을 해보는 건 어떨까도 싶소. 당신만 괜찮다면 와인도 좀 마셔볼까 하고."

그는 아내에게 이런 이야기를 했다. 그는 아내가 항상 남편이 세상 구경하기를 바랐다는 것을 알고 있었지만, 매년 여행을 미뤄왔다. 돈 빅토리아노는 고해할 때만 빼고는 누구에게도 인정하려 하지 않았지만, 아내로부터 멀리 떨어진 곳에서 죽을까 봐 두려워서 비행기를 타지 못했다.

CHAPTER TEN

● ●

토성

어제 지붕이 무너졌어. 오늘은 식탁 다리가 부러
졌고. 욕조가 샌 지는 벌써 며칠째야.

부엌 서랍을 열어보니 냅킨 홀더에서 나온 녹과
플라스틱 고리 말고는 아무것도 없더라.
너에게 편지를 쓰느라 밤을 꼬박 샜어. 완전한 문
장으로 이루어진 편지였어. 내 삶에서 긴 세월을
앗아간 문장들. 너에게 하고 싶었던 모든 이야기
들. 그러나 잠에서 깨어보니 편지는 재처럼 변해
있었어. 손을 대보니 산산이 바스라졌어.

넌 헌사 밖으로는 나오지 않기로 했었어. 그런데
모든 것을 망쳐놓았어. 내 천장에 구멍을 뚫어놓
고, 내 갈비뼈에 금이 가게 하고, 내 옷가지는 전
부 먼지로 만들었어. 다 백인 사내놈 하나 때문에.

지금 일어나는 일은 이 세계의 자연스러운 물리
적 현상이야. 네가 백인 사내와 붙어먹는 바람에
내 천장널이 느슨해지고, 내 뼈의 칼슘이 감소하
고, 내 옷의 솔기가 풀려나가고 있어.
모든 것이 약해지고 있어. 난 통제할 힘을 잃었
어. 이야기가 제멋대로 엇나가고 있어. 소설이 그
리던 궤적이 그놈 때문에 바뀌어버렸어. 그놈들
이 모든 것을 다 식민지로 만들고 있단 말이야.
아메리카 대륙도, 우리 이야기도, 우리 소설도,
우리 기억도….

유감이야.

내가 그러려고 한 건 절대 아니야.

다 내가 한 건 아니야.

넌 데 라 페와 싸우러 떠났고 ▇▇▇ 는 여기
있었어.

그놈 이름은 꺼내지도 마. 그놈이 여기에 있는 거
싫어. 파내버릴 거야.

넌 돌아와야 해.

네가 없으면 슬프단 말이야.

너 없이는 아무것도, 이슬비조차도 없어.

네가 늘 원했던 그런 서가를 만들어줄게.

너를 그리워하는 건 피츠버그보다도 더 나빠.

내 포피를 매일 씻을게.

모든 것을 예전처럼 되돌려놓을 거야.

초 사이의 간격을 뭐라고 부르는지는 모르겠지
만, 하여간 그 사이에도 언제나 너만 생각해.

넌 정말 너무해. 리타 헤이워스보다도 더 나빠.
너무 잘나신 몸이라 우리 상추 수확꾼들하고는
그짓도 못 하겠단 말이지.

이 배신자. 말린체*보다도, 포카혼타스보다도 더
나쁜 여자야. 백인놈들이랑 놀아나서 다락에서
석면이 떨어지게 만들다니.

그럼 그를 누군가라고 불러야겠군.

그럴 수는 없어.

내 잘못이 아니야.

…….

너무 늦었어.

피츠버그보다 더 나쁜 건 아무것도 없어.

이제 그만해.

난 가야 돼.

유감이야.

지금 그 얘기가 왜 나와.

네 여자는 어떻고? 네 백인 여자는?

---

*멕시코 인디언 추장의 딸로 코르테스가 멕시코를 정복
할 때 그의 정부이자 가이드로 많은 도움을 주었다.

██

그녀는 네가 가고 나서 왔어. 네가 전화도 안 받고 내 편지도 안 받을 때 왔단 말이야.

가끔 그녀의 이름이 아닌 이름을 부를 때가 있어. 그러면 그녀가 이렇게 말하지. "그건 내 이름이 아닌데."
그러면 다시 그녀의 이름이 아닌 이름을 말해. 내 몸에 손대지 마. 그녀가 말하지. 그러면 그녀에게 손을 대지 않거나, 아무 이름도 말하지 않고 손을 대지. 하지만 아직도 그녀의 이름이 아닌 이름을 생각해. 그래도 네 지붕은 무너지지 않아. 어쩌면 그녀의 이름을 불러야 할지도 몰라.
내일은 네 지붕을 무너뜨리고 말겠어.
네 부엌 의자는 아직도 튼튼한데 내 것은 톱밥더미야. 네 숟가락 대신 먼지만 있고, 벽장에는 흙이 가득하고, 네가 입은 옷은 실오라기가 되었으면 좋겠어. 네 것은 죄다 부서지고 산산이 해체되었으면. 네 손길이 닿는 것마다 전부. 네 창턱, 네 문으로 가는 계단도 다 무너졌으면. 그리고 네 손이 그에게 닿으면 그의 뼈가 부러져 파편이 췌장이며 폐에 박히고, 골반 뼈가 뚝 부러져서 피가 녹에 튀었으면 좋겠다. 그놈이 썩어 문드러져서 희미해졌으면.

넌 사정을 무시하고 있어. 난 ▮▮▮ 를 사랑해.

CHAPTER ELEVEN

● ● ●

카메룬

그녀는 뉴욕의 아파트에 홀로 앉아 꿀벌이 든 병을 들고 팔뚝에 벌침을 놓고 있었다. 밤이 되어 독으로 인해 열이 오르면, 그녀는 셔츠를 벗고 팬티를 내리고, 몸을 쭉 뻗어 발로 토성을 침대에서 마룻바닥으로 밀어냈다.

침대 밑에는 신발, 뒤엉킨 브래지어, 고독의 냄새, 침을 쏘고 죽어 말라비틀어진 꿀벌들이 조그만 무더기로 쌓여 있었다.

"카미, 이건 뭐야?" 토성이 손바닥을 둥그렇게 오므려 오그라든 벌 두 마리를 담고 물었다.

"나도 몰라."

카메룬은 벌 항아리를 수건으로 싸서 벽장 깊이 넣어 숨겼다. 그녀는 욕실에서 면도를 하는 척하면서 팔에서 침을 뽑았다. 열 때문에 체온이 올라가고 땀이 나면 폐렴 탓으로 돌렸다.

그러나 밤이면 벽장 안에서 희미하게 웅웅대는 소리가 들려왔다. 그녀가 잠이 들면 몸의 열로 시트와 벽이 더워지고, 창문의 얼음이 녹았다. 벽처럼 쌓였던 눈이 무너지자 토성은 침대에서 일어나 벽장에서 항아리를 꺼내고 물을 부어 벌들을 모두 익사시켰다. 아침에 잠에서 깨어난 카메룬은 벌을 구하려고 해보았지만, 침은 힘을 잃고 말랑말랑해져 살에 박히지도 않았다. 그녀는 침 끝에서 독을 빨아먹으려고도 했지만, 물과 꿀 탓에 독이 묽어져 있었다.

"더는 벌을 안 쓸게, 약속해." 그녀는 열이 오르다 못해 정수리에 후광이 떠오를 지경인데도 이렇게 말했다. 그래서 토성은 몇 주 동안 함께 침대에 누워 몸을 덜덜 떠는 그녀를 꽉 끌어안아주고, 그녀가 삼켜보려고 한입 가득 물고 씹던 빵과 과일을 치워주었다. 그는 만사니야 차를 끓여주고 아르니카 연고로 그녀의 배와 가슴을 문질러주었다. 그는 가시들을 뽑아내고, 살 속 깊이 박힌 것은 이로 뽑았다.

마침내 후광이 희미해졌다. 토성은 딱 두어 시간 방을 비웠다. 밖으로 걸어나가 염화칼슘 뿌린 잿빛 눈 위를 걸어, 흙이 드러난 길을 따라 얼음을 녹이며 슈퍼마켓으로 들어가 유제품이 있는 통로를 지났다.

"너한테 서가를 만들어줄 수도 있었는데." 그는 호주머니에서 헌사를 꺼내 타이프로 친 글 밑에 휘갈겨 쓴 식료품 목록을 보며 생각했다.

그는 목록에서 '감자빵'에 쌍줄을 긋고 바구니에 빵을 넣었다. 그는 다른 것들에도 쌍줄을 그었다.

~~달걀~~

~~우유~~

"그리고 ~~우리는 모두 종이로 만들어졌다고 내게 가르쳐준~~ 리즈에게"

그런 다음 이렇게 적어넣었다.

"모든 것을 다 망쳐버린 리즈에게."

토성이 바구니에 든 것을 꺼내놓고 계산원이 계산을 하는 동안 카메룬은 아파트에서 전화 다이얼을 돌리고 있었다. 그들은 이십 분 후 도착하겠다고 말했다. 잠시 후 그들은 철망으로 된 덮개를 쓰고 방금 전에 불을 끈 훈연 상자를 들고 왔다. 그들은 이십 달러짜리 지폐 석 장을 받고 꿀벌이 든 메이슨 병 두 개를 건넸다.

이번엔 대놓고 했다. 그녀는 아무것도 숨길 생각을 하지 않았다. 그는 카펫과 쓰레기통에서 죽은 벌들을 발견했다. 나머지는 커튼 위로 기어오르고 있었다. 그는 아무 말도 하지 않았다. 그녀에게서 등을 돌리고 침대에 누웠다. 윙윙대는 소리가 메이슨 병에서 새어나왔다. 카메룬은 천천히 벌을 피부에 갖다 대고 침을 박아 한 병의 소음을 가라앉혔다. 머리카락이 그슬고 후광에서 나는 빛으로 방 안이 후끈해졌다.

나탈리아

나탈리아의 요구는 딱 하나였다. 그녀는 키노네스에게 신혼여행 기간 동안 늘 손만 뻗으면 닿을 곳에 진짜 눈을 갖다 놓아달라고 했

다. 그녀는 예전에는 깎은 얼음 위에 에그노그*를 덮고 으깬 아몬드
와 계피 가루를 뿌려 먹었지만, 기계로 만든 얼음은 아무리 해도 용
솟음치는 나이아가라 폭포를 보면서 즐기는 혀끝에 닿는 신선한 눈
송이만큼 부드럽거나 달콤하지가 않았다.

언제나 여름뿐인 엔세나다**에서 서른다섯 해를 살았으므로, 나
탈리아는 스웨터를 입고 뜨거운 커피를 마시는 즐거움을 만끽하고
싶어 했다. 한 번만이라도 시트를 땀에 젖은 걸레로 만들지 않고 키
노네스와 함께 누워 있어보고 싶었다. 놀라서거나 손톱으로 칠판 긁
는 소리 때문이 아니라 추워서 소름이 돋는 경험을 해보고 싶었다.

"우리에겐 앞으로 누릴 수 있는 겨울이 아주 많아." 그녀는 키노네
스에게 말했다.

키노네스는 나탈리아를 사랑한다고 죽 생각해왔지만, 일광욕과
열대의 왕새우 맛, 따듯한 해변의 백사장을 포기해야 할 상황이 닥
치자 비로소 사랑의 대가를 이해하게 되었다. 그리하여 추운 나라에
서 일주일로 예정했던 신혼여행은 얼어붙은 조지언 베이 강둑에서
오십 년간의 체류로 길어지게 되었다.

조너선 미드

조너선 미드는 삼 년에 걸친 수색 끝에 마침내 딸이 있는 곳을 찾

---

*달걀에 설탕, 우유 따위를 넣은 음료.
**아르헨티나 부에노스아이레스 주에 있는 도시.

아냈다. 수사관이 그에게 딸의 전화번호와 머리카락 색과 길이(검은색이고 등 가운데까지 내려오는 길이), 대강 167센티미터에서 172센티미터로 어림한 키, 그리고 폭설이 내릴 때만 빼고 늘 운동화를 신는다는 것을 알려주었다.

그는 딸을 일곱 살 이후로 한 번도 보지 못했다. 십육 년이 지난 지금, 그는 자식과 멀어져 양심의 가책에 시달리는 아버지들이 누구나 원하는 것, 즉 자기가 버린 자식과의 화해를 원하고 있었다. 조너선 미드는 종이를 들고 전화번호를 돌려 딸의 목소리를 듣게 되면 어떤 기분일까 상상해보았다. 그는 말할 내용과 어조를 연습해본 다음 다이얼을 돌리기 시작했다.

카메룬

백만장자들이 침을 발라 봉한 첫 회분 기금이 왔지만, 토성은 그 돈을 페데리코 데 라 페와 EMF와 싸우는 데 쓰지 않았다. 대신 전쟁 보고서를 날조하여 일정한 간격을 두고 뉴욕에 보내놓고, 기금은 벌에 쏘인 카메룬을 간호하고 자신의 슬픔을 달래는 데 썼다.

그는 만사니야 차를 보온병에 채우고 스웨터와 바지 사이에 빈 메이슨 병을 꾸려 넣은 카메룬에게 아르니카 연고 두 개를 챙겨주었다. 의사와 큐란데로들은 휴식을 취하고 젖은 수건을 쓰도록 권했다. 종기와 근육 경련에는 그렇게 해야 한다는 것이었다. 그러나 토성은 길을 택했다. 벌통이나 양봉가가 없는 길. 그리고 한 가지 계획이 더 있었다. 그는 나폴레옹 보나파르트의 진짜 임무는 언제나 정복이 아니라 여행이었음을 알고 있었다. 외국 땅을 구경하며 자기에게 상처 입힌 여자들을 잊으려는 것이었다. 여행길에 오르면 토성도 정신을 집중할 수 있을 것이다. 카메룬을 만지고, 그녀를 바라보며 그녀의 것인 이름으로 부르게 될 것이다. 그는 화장품과 식품류 말고는 그 어떤 다른 것도 암시하지 않는, 다른 종이에 장 볼 목록을 적을 것이다. 그녀도, 그의 기억을 식민지로 만든 백인 사내 생각도 않게 될 것이다. 자신의 제국주의를 온 사방에 퍼뜨린 놈. 그녀의 몸 전체에, 가슴과 배에 온통 제국주의를 흩뿌리고, 입술을, 목구멍을 제국주의로 뒤덮고, 식도와 내장까지 제국주의로 덮어씌운 놈.

"이제 넌 없을 거야." 그는 마치 그녀가 그 자리에 있기라도 한 것처럼 말했다. "카미뿐이야, 카미뿐이라고."

카메룬과 토성의 여행의 첫 번째 기착지는 애초에는 세계의 일곱 번째 불가사의로 알려졌으나 감사관들에 의해 플라밍고 카지노와 지상 최대의 온도계라고 주장하는 바늘의 도시에 밀려 아홉 번째로 강등된 곳이었다.

카메룬과 토성은 호텔 창으로 세계의 아홉 번째 불가사의에서 부서지는 물살을 보았다. 허니문스위트 객실의 방음 유리창 덕분에 폭포 소리는 잘 들리지 않았다.

"사람들이 진짜로 여기에서 허니문을 보낼까?" 그녀가 물었다.

"신혼부부들도 오고 여행객들도 오겠지 뭐." 토성이 대꾸했다.

"그럼 우리는 뭐야?"

"그냥 지나가는 이들."

그는 카메룬에게 오럴 섹스를 해주면서 사랑에 관해 아는 것을 전부 다 그녀에게 전해주었다. 그의 머리에 더 이상 장 볼 목록이나 백인 사내놈 따위는 없었다. 존재하는 것이라곤 그녀의 부드러움과 온기, 녹아내리며 사라지는 종이의 맛뿐이었지만, 그녀는 『백열광의 서』만큼이나 희었다. 그는 혀로 그녀를 핥으면서 부드러운 살 외에는 아무것도 느끼지 못했다. 그는 그녀의 귀에 대고 속삭였다.

"카미, 발기를 해야 해."

"왜?"

"뭔가 느끼는 게 좋거든."

그다음에 오럴 섹스를 해준 쪽은 그녀였다. 포피 맛이 입안을 가득 채우자, 천천히 몸을 빼고 손으로 잡은 다음, 포피를 접어 내려 토성을 아프게 하면서 살을 드러냈다. 소금 탄 우유는 흘러나오지 않았다. 교회에서도 허가한 정상위를 취하여 베개를 태워먹고 침대 머리판을 휘게 만든 후광이 그들의 몸에서 흐른 땀으로 꺼질 때에야 비로소 그의 정액이 흘러나왔다.

토성은 몇 년 동안이나 교황의 영역에 발을 들이지 않았지만, 사랑에 대해서는 지극히 가톨릭교도다운 생각을 지니고 있었다. 그는 절차를 충실히 따랐으며, 교회의 모든 권고사항과 독실한 증조부가 준 충고를 반드시 지켰다. 애무하되 털을 잡아당기지는 말고, 삽입하고 올라타서 부드럽게 흔들어야 하지만 절대 쿵쿵 박지는 말아라 등등. 물론 구체적으로 그런 말을 하지는 않았지만.

"항상 앞으로만 하고 절대 다른 여자 이름을 부르면 안 된다." 증조부가 한 말씀이었다.

적절한 방식으로 사랑을 나누었다는 증후들이 있었다. 땀에 젖은 이마, 쑤시고 멍든 팔다리, 채신머리없이 까진 포피, 좀체 만족할 줄 모르지만 약해진 성욕, 성교 후를 위해 특별히 고안된 허기, 토성에게는 결코 오지 않았던 그런 허기.

나이아가라 폭포는 칼레돈 언덕, 콜라포레의 비탈, 킴벌리의 석회 동으로 이어져 브루스 반도 끝에서 끝나는 신혼부부들의 여행 코스에서 시작점일 뿐이었다. 나이아가라 절벽에서 토성은 언제 먹었는지 기억도 나지 않는 식사를 토했다. 카메룬은 꾸룩거리는 속을 달래기 위해 샌드위치를 샀고, 그들은 빙하 녹은 물을 마셨다.

신혼여행길이 끝나는 브루스 반도의 최북단에는 나탈리아와 키노네스 에르난데스가 세운 '연인들의 호텔'이 있었다. 신혼부부만을 받는다는 원칙을 가장 엄격하게 고수하는 호텔이어서, 결혼한 지 이주를 넘지 않은 결혼증명서를 제시하는 손님만 받았고, 지혼식*과 금혼식을 맞은 부부에게만 드물게 예외를 허용했다. 그러나 햇수가 얼마나 되었건 결혼기념일은 신혼부부에게 밀렸다.

토성은 전쟁 보고서를 날조한 것과 똑같은 종이에 카메룬의 필적을 흉내 내 결혼증명서를 꾸민 뒤 프런트에 내밀었다.

방에는 텔레비전도 없이 일기예보 속보와 사랑 노래만 쉬지 않고 번갈아가며 틀어주는 FM채널 두 개가 나오는 라디오 한 대만 달랑 있었다. 침대는 다리를 튼튼하게 강화했고, 침구류는 딱딱하게 풀을

---

*결혼 1주년 기념일.

먹였으며, 침대 위에는 네 가닥의 밧줄로 꼰 웨딩 라소*가 걸쳐져 있었다. 욕실에는 프랑스제 비데와 나무를 때는 보일러가 설치되어 있었는데, 카메룬이 석탄을 너무 많이 때는 바람에 샤워기 꼭지를 틀자 끓는 물이 쏟아져나와 그녀는 어깨를, 토성은 가슴을 데었다.

연인들의 호텔에서 토성은 교황청의 지침을 버리고, 카메룬을 구부렸다 폈다 했다. 토성은 그녀가 수건걸이와 의자 등받이를 꽉 움켜쥐고 버티면서 흐느끼고 울부짖어도 못 들은 척했다. 그녀는 이에 앙갚음이라도 하려는 듯이 토성 위에 앉아서 그의 몸을 구부리고 그의 피부가 빨개지다 못해 벗겨질 때까지 비벼댔다. 그러한 마찰에 후광처럼 불빛이 번득였고, 나중엔 바지를 입어도 앞섶이 열기로 후끈할 정도였다. 바티칸 선언을 깨끗이 버리고서, 카메룬과 토성은 손톱만큼이라도 점잖게 사랑을 나누는 방식을 연상시키는 체위라면 어떤 것도 피했다.

카메룬은 그의 밑에 있을 때 토성을 사랑한다고 되풀이해 속삭이고 또 속삭였지만—위에 올라타고 있을 때는 한 번도 그런 적이 없었다—욕실로 가서는 비데 위에 앉았다. 그녀는 보일러에 작은 나무토막을 하나 던져넣고 수도꼭지에서 따뜻한 물이 나오자 낮은 목소리로 비데의 기도를 읊조렸다.

"제 털에서 이 남자를 씻어내겠나이다, 저에게서 이 남자를 씻어내겠나이다. 그가 가게 될 조지언 베이에 사죄를 바치나이다."

---

*멕시코에서 결혼을 축하하는 뜻으로 쓰는 묵주의 일종.

나탈리아

나탈리아와 키노네스는 결혼 생활 내내 서로와 호텔 경영에 헌신했다. 프랑스의 푸에블라 침공*을 결코 용서하지 않는 프랑스 혐오주의자로서, 그들은 나폴레옹 보나파르트가 널리 퍼뜨린 많은 격언들을 무효로 만드는 데 여가의 대부분을 바쳤다. 키노네스는 장작더미를 채우고 결혼증명서의 진위 여부를 검사하는 등 나탈리아를 도와 호텔 일을 했고, 할 일을 다 마치면 마호가니 책상에 앉아 몬트리올의 프랑스 박물관과 파리 공문서 보관소에 편지를 썼다.

그는 나폴레옹이 한 모든 선언을 논박한 끝에 드디어 보나파르트의 최대 주장 "나는 사랑이 세상에, 그리고 사람들의 개인적 행복에 해롭다고 믿는다. 즉, 사랑은 득보다는 실이 많다"는 말의 검토에 착수했다.

그래서 나폴레옹이 알렉산더 1세에게 보낸 외교 서한에서 "나는 세상의 그 어떤 여자 때문에도 단 한 시간이라도 허비하는 일은 없을 것입니다"라고 쓴 것을 보고, 키노네스는 읽는 데만도 석 달 엿새하고도 두 시간은 걸릴 세상 모든 여자들의 이름을 올린 목록을 작성하는 대신, 딱 한 이름만 적었다. "마리 루이즈**."

또 "사랑 말고도 생각할 것이 있다"라고 한 나폴레옹의 주장에 대한 답변으로, 키노네스는 나폴레옹의 군대가 입었던 제복 사진과 전투 대형 도표를 보냈다. 제복마다 마리 루이즈가 나폴레옹을 처음

---

*1862년 멕시코의 푸에블라에서 자유주의 정부군과 나폴레옹 3세가 파견한 프랑스군 사이에 치러진 전투.
**오스트리아의 황녀이자 프랑스의 황후. 나폴레옹 1세의 두 번째 아내.

만났을 때 주었던 것과 똑같은 장식 핀이 붙어 있었고, 군대는 전투에 나설 때마다 항상 그녀의 머리글자를 본뜬 형태로 배치되었다.

프랑스인들은 언제나 그러듯이 묵묵부답이었다. 키노네스에게 파리 신문지로 포장한 도자기 비데를 때때로 보낸 것을 제외하면, 그들이 편지를 읽어보았다고 공식적으로 인정한 적은 한 번도 없었다. 키노네스는 결코 낙담하지 않았다. 아침이면 호텔 욕실에 비데를 설치한 다음, 다시 책상에 앉아 밤늦도록 편지를 썼다.

나탈리아는 좀더 섬세하게 호텔 장식과 메뉴를 통해 보나파르트를 비판했다. 호텔에는 화장대용 의자가 전혀 없었고, 벽에는 지형도가 단 한 장도 걸려 있지 않았으며, 부엌의 요리사들은 크레페나 나폴레옹이 제일 좋아했다는 페이스트리인 밀푀유를 절대 만들지 못했다.

조너선 미드

그는 전화벨이 한 번 울린 다음 곧바로 수화기를 내려놓았다. 그는 무슨 말을 할지, 어떻게 말할지 미리 연습해두었다. 뉘우치되 죄책감은 없이 말할 생각이었다.

리허설과 모의실험을 거쳤다. 자기 번호에 전화를 걸어 통화중 신호음을 들어보고, 전화벨이 언제까지 계속 울리는지 보려고 폐점 시간이 지난 식당들에 전화를 해보기도 하고, 전처들에게 전화를 걸어 자동응답기의 딸깍 하고 탁탁거리는 소리를 들어보기도 했다. 목소리를 들어보려고 옛 친구들에게 전화를 걸었다. 잘못된 번호로 전화를 걸어 급하게 인사만 하고 끊는 연습도 했다.

카메룬

토성이 전화를 받았다. 전화기 반대쪽에서 호텔 주인이 토성에게 프런트로 내려와달라고 했다.

"결혼증명서 말인데요……."

"네?" 토성이 되물었다.

"유감스럽게도 가짜군요. 우리 호텔은 신혼부부만 받습니다."

토성은 이의를 달지 않았다. 그는 카메룬에게 짐을 꾸리라고 말하고 손에 가방을 들고 프런트로 내려가 방 열쇠와 매듭을 지은 웨딩 라소를 반납했다.

"손님께는 아무런 유감도 없습니다. 사랑하는지 여부도 묻지 않습니다. 단지 그것을 입증할 공식 근거를 요구할 뿐입니다."

"무슨 말씀인지 알겠습니다." 토성이 말했다.

브루스 반도를 빠져나오는데 먹구름이 끼어 모든 것을 뒤덮어버려서, 토성과 카메룬은 폭설 밑에서 오도 가도 못 하게 되었다. 그들은 차를 길가에 대고 엔진을 껐다. 가방을 풀어 구겨진 옷가지를 마구 껴입었다. 그들은 덜덜 떨면서 한숨도 자지 못했다.

토성은 카메룬에게 키스하고 제대로 이름을 불러주었다. 이번만큼은 마땅히 느껴야 할 찌르는 듯한 허기를 느꼈지만, 그것이 사랑 탓인지 굶주림 탓인지는 알 수 없었다.

"네 배 속에서 천둥이 치는구나. 눈이 녹으면 뭘 좀 먹어야겠다."

카메룬이 이렇게 말하면서 그의 머리칼을 매만졌다.

제설기가 오고 눈이 녹아서 그들은 천 개의 섬으로 산산이 흩어진 땅을 지나갔다. 다리로 접어들었을 때는 땅이 굳어지고 봄 날씨가 다가오기 시작하여 차 지붕에서 눈이 녹아내렸다. 그들은 온종일 차를 몰아 필라델피아에 닿았다.

필라델피아에서는 벌에 쏘여 빨갛게 부은 자리도 가라앉고, 카메룬의 머리에 뜬 후광도 완전히 사라졌다. 토성은 그녀의 몸에서 남은 가시를 뽑는 일을 마쳤다.

"왜 하필 꿀벌이야?" 토성이 물었다.

카메룬은 슬플 때는 곤충이나 섹스를 이용하는 수밖에 없다고 대답했다.

"꿀벌을 쓰든가 섹스를 하든가." 카메룬의 말이었다.

카메룬의 슬픔은 페데리코 데 라 페처럼 성서에 나오는 것이 아니라, 불이나 꿀벌, 아니면 섹스로 다스릴 수 없는 슬픔이었다. 데 라 페의 슬픔은 더 깊어서 허파꽈리까지 오염시켰지만, 치료가 될 가능성은 항상 있었다—메르세드만 돌아온다면. 그러나 카메룬에게는 돌아올 것도 화해할 것도 전혀 없었다. 외로웠던 어린 시절과 자신을 키워주는 한편으로 자기 옷의 고무줄과 옷자락 밑에까지 손을 밀어넣으려 하던 아버지들의 행진을 잊을 방법은 어디에도 없었다.

필라델피아에는 토종벌이 없었다. 남부에서, 카리브 해의 섬에서, 플로리다 팬핸들에서부터 구멍을 뚫은 신발 상자에, 항아리에, 그물을 친 상자에 넣어 수입해온 것이었다. 그녀는 텅 빈 메이슨 병을 들고 스카프를 바람에 날리며 델라웨어 강둑에 서서 양봉가들이 오기만 기다렸다. 양봉가들은 그물로 짠 보호복과 장갑을 착용하고 도착하여 카메룬의 빈 병을 채워주고 갔다.

나탈리아

세 차례의 증축과 네 차례의 내부 공사를 포함해 오십 년에 걸친 연인들의 호텔의 역사에서, 나탈리아와 키노네스가 가짜 결혼증명서를 발견한 것은 딱 세 번뿐이었다.

첫 번째는 멋진 필체로 조심스럽게 쓰이고 치안판사의 도장까지 찍힌 것이었는데, 여행가방을 든 오십 살 먹은 남자와 그의 팔짱을 낀 열세 살짜리 신부가 가져왔다. 결혼증명서는 진짜였으나, 신랑이 신부의 신분증을 내놓지 못했으므로 나탈리아와 키노네스는 이 부부를 퇴짜놓을 수밖에 없었다.

두 번째는 희미한 싸구려 오징어 먹물로 쓴 결혼증명서를 가져 온 아르헨티나인 부부였다. 글씨를 어찌나 흘려 썼는지, 키노네스는 신혼부부의 이름도 알아보기 힘들 지경이었다. 보충 자료에 적힌 증인들의 이름에는 새똥을 묻혀 고의로 잘 보이지 않게 해놓았다. 키노네스가 양피지에서 새똥을 긁어내려 하자 신부는 증인들이 드러나면 목록에 있는 사람들뿐 아니라, 그 이름을 읽은 사람들의 목숨까지도 위험에 처할 수 있다며 항의했다. 나탈리아와 키노네스는 이름을 그대로 놔두고 증명서를 무효로 처리했다. 그 부부에게는 증거 문서가 필요 없는 모텔을 알려주었다.

세 번째는 나탈리아가 선탠오일 냄새를 맡으며 모래와 코코넛 밀크 수입을 시작하기 전, 호텔 경영 말기에 일어났다. 증명서는 희미한 잉크로 인쇄되었고, 볼드체로 인쇄된 카메룬과 토성의 이름 아래에는 밑줄이 그어져 있었다. 필요한 서명이 모두 깔끔하게 점선 위에 적혀 있었다. 서류는 전혀 흠잡을 데 없이 확실해서, 키노네스가 종이에서 나는 성수 냄새를 맡고 신부의 손이 남긴 사향 얼룩을 볼 수 있을 정도였다. 추위와 바람에 얼굴이 벌겋게 얼고 머리 위에 후광이 비치는 키 큰 신부와, 짐가방과 우산을 든 나폴레옹처럼 작달막한 신랑도 의심의 여지없이 부부 같았다. 나탈리아는 토성의 작은 키와 카메룬의 불그레한 팔에 의심을 품기도 했지만, 그들에게 조지언 베이가 보이는 삼층 방을 내주었다.

처음에는 단순한 오타인 줄 알았다. 그러나 키노네스는 증명서를 다시 읽으면서 지도와 교회 주소록을 참조하여 예식을 올린 장소를 찾아내려고 하다가, 마침내 그 장소가 실제로는 존재하지 않는 곳임을 알아냈다.

나탈리아라면 반대했겠지만, 키노네스는 부부를 당장 내쫓지 않고 아침까지 기다렸다.

조너선 미드

그는 전화벨이 울리도록 놔두었다. 네 번 울리고 나서 전화를 끊었다. 아무도 받지 않을 것을 확실히 알면서 다시 다이얼을 돌렸다. 귀가 따듯해질 때까지 신호음이 울리도록 놔두었다. 그는 사흘 동안 아주 늦은 시간에 전화를 걸었다. 딸은 렌트한 뷰익 차의 조수석에 앉아 세계의 아홉 번째 불가사의를 향해 가는 중이었다.

카메룬

토성은 카메룬이 잠든 모습을 지켜보았다. 메이슨 병은 또 비어 있었고, 그녀의 팔은 벌침 자국투성이였다. 벌 두 마리가 방 안에서 윙윙거렸다. 또 한 마리는 이제는 볼품없어진 카메룬의 거웃에서 헤어나오려고 기를 썼고, 반으로 찢어진 카펫 위에는 침을 잃은 벌들이 무더기로 쌓여 있었다.

그는 카메룬의 거웃을 헤치고 나와 배로 기어오르는 벌을 보았다. 그는 벌의 날개를 집어 자기 팔에 대고 눌렀다. 독이 그의 몸에 들어오자, 갑자기 혈관이 부풀어오르며 피가 느리게 돌기 시작했다. 토성의 마음속에서 이 모든 것들이 사라졌다.

1. 페데리코 데 라 페와의 전쟁
2. 카메룬
3. 리즈

참으로 오랜만에 토성은 아이들이 잔디밭에 홀로 남았을 때 종종 느끼는 기묘한 기분을 맛보았다. 부드러운 잔디 말고는 세상에 아무것도 없는 듯한 그런 느낌이었다.

CHAPTER TWELVE

●

토성

여성에 대한 격렬한 비난. 나폴레옹은 패배로 끝났던 마지막 전투에서, 뻔하디뻔한 군사 전략을 사용했다. 그는 군대에게 라이플총 대신 꽃을 들게 하고, 병사들의 수통에는 마리 루이즈가 가장 좋아하는 향수를 가득 채웠다. 병사들은 장미를 들고 향내 나는 숨을 내뿜으며 전투에 나가 까치발을 하고 포도밭 위를 행진했다. 열기구에서 병사들을 내려다보는 사람의 눈에는 머리글자 ML이 뚜렷이 보였다. 삼천 명의 군대가 도륙당하여 시체가 산처럼 쌓였다. 그들은 마리 루이즈의 정원을 부패시키고 잉크를 흩뿌렸다. 지원군이 주머니 가득 초콜릿과 귀걸이를 넣고 왔으나, 그들 역시 괴멸했다. 그들의 몸에서 나온 잉크가 그녀의 발치에 모여 문자를 이루어 프랑스어 어휘 목록에 새로운 단어, '씹'을 추가하게 되었다.

마리 루이즈는 그 단어의 어원과 사용된 선례를 조사했다. 대부분

성서와 관련하여 쓰였지만, 다른 것도 찾아냈다.

에덴에서의 타락에서
씨팔년.

삼손의 이야기에서
씨팔년.

〈히트〉의 발 킬머의 파멸에서
씨팔년.

토성의 이야기에서
씨팔년.

사랑에서
씨팔년들.

문명의 타락에서
씨팔, 씨팔, 씨팔, 씨팔, 씨팔, 씨팔년들……

CHAPTER THIRTEEN

•

양봉가

그녀는 담배를 피우지 않았지만 시트에는 늘 담뱃불에 탄 자국이 생겼고 주름 속에는 죽은 벌이 있었다. 그녀의 거웃은 손질하지 않아 무성했다.

"토성 때문이야." 그녀가 말했다.

내가 그녀에게 물을 끼얹어도 보았고, 그녀가 불경스러운 짓도 해보았지만, 그래도 후광은 여전히 빛났다. 시트 두 벌을 버리고 벽장에 불을 낼 뻔하고서야 후광이 사라지는 듯했다. 그래도 그녀는 긴장을 풀지 않았다. 앉은 채로 머리를 뒤로 젖히고 천장을 보면서 잠을 잤고, 더 이상 불꽃이 치솟지 않도록 예방 차원에서 싱크대에 머리를 담갔다. 그러나 아침이면 물은 증발해버렸고 도자기로 된 싱크대는 부글부글 거품을 내면서 시커멓게 변해 있었다.

성자와 함께 산다는 건 바로 이런 것이었다.

그러나 예상하지 못했던 일도 있었다. 교리문답에서 가르쳐주기는커녕 언급한 적조차 없는 일들이었다. 그녀는 성자에게는 어울리지 않는 말을 내뱉었고 사랑이라고 할 수 없는 방식으로 사랑을 나누고 싶어 했다. 도대체 수줍어하거나 얌전히 있는 법이 없었고, 조용조용 말할 때조차도 태반이 욕설이었다.

"빌어먹을 토성. 그 새끼는 이야기를 다 하지 않고 있어." 그녀가 말했다. 바로 그 이유로 그녀는 토성을 떠났던 것이다. 그는 거짓말쟁이였다.

우리가 말을 하지 않는 밤도 있었다. 그녀는 내 장갑을 벗기고 두건을 짰고, 우리는 서로의 몸에 벌침을 눌러준 다음 어둠 속에서 그녀의 후광에만 의지하여 사랑을 나누곤 했다. 어떤 날은 나에게 토성이 한 거짓말을 전부 목록으로 기록하도록 시키기도 했다.

63. 리타 헤이워스는 멕시코인이 아니었다.
64. 슬픔을 치유할 방법은 없다.
65. 비데는 프랑스제가 아니다.
66. 금주법 시대에는 텔레비전이 없었다.
67. 나는 그에게 사랑한다는 말을 한 적이 결코 없다.

목록은 예순네 장에 달했다.

"백열광의 서, 읽어봤어?" 그녀가 물었다. 나는 두 번째 문장까지 읽은 것이 고작이었지만, "그 책이야말로 이제껏 내가 읽은 것 중에서 가장 아름다운 책이야"라고 말하듯이 진지하게 고개를 끄덕였다.

"그 책은 다 개소리야. 그런 식으로 생각하는 사람이 어디 있다
고."

그녀의 후광이 한층 더 강렬한 빛을 내뿜었다.

CHAPTER FOURTEEN

●

난 입 다물고 있을게. 네가 이야기를 쓰게 해줄게. 네 역사를 본 대로 풀어봐. 난 인정머리 없고 경박한 여자니까 너한테 무슨 소리를 들어도 싸지. 하지만 이건 소설이야. 더 이상 너와 나 사이에 국한된 것이 아니라고. 너는 너무 많은 사람들을 끌어들였고, 세상일을 너무 많이 끌어넣었어. 그리고 난 악녀가 되지 않을 거야. 네가 나를 미워하고, 분노하고, 심지어 잔인하게 굴어도 할 수 없지. 군소리하지 않을게. 그건 너의 권리니까. 내가 잘못을 저질렀기 때문에 네가 얻은 자격이고, 남과 공유할 수 없는 거지. 그 권리를 다른 사람들에게 넘겨줄 수는 없단 말이야.

그런데 지금 네가 하고 있는 짓이 바로 그거잖아. 독자들을 상추 수확꾼으로, 나를 너의 리타 헤이워스로 바꿔놓다니. 배신자, 의리도 없는 년, 말린체 같은 년, 씨팔년으로 말이야. 물론, 너는 성실하고 친절해. 몬테에게 유일하게 충절을 지키지, 로맨틱한 영웅.

넌 상추 수확꾼 군대를 일으켜 나를 모욕하고 썩은 상추 꼭지를 던지게 했지. 그래서 난 매일 잠에서 깨면 문 앞에 날아든 썩은 상추 꼭지 냄새를 맡아야 해. 그런다고 내가 너한테 한 짓을 한탄할 것 같아? 천만에. 그리고 굳이 시든 양배추 냄새로 내 기억을 일깨우지 않아도 돼. 내가 잘못했고, 나도 알아. 내 죗값은 내가 치러야지.

하지만 셸, 난 너의 리타 헤이워스가 되지 않을 거야.

난 너를 사랑했어. 정말로 사랑했어. 하지만 모든 것이 변했어. 넌 데 라 페와 싸우러 가버렸는데 그때 몬테 출신이 아닌 다른 누군가가 있었어. 스페인어는 한마디도 할 줄 모르고, EMF는 들어본 적도 없고, 메누도* 맛도 본 적 없는 남자였어. 그리고 난 그 사람과 사랑에 빠진 거야. 그 이유 하나 때문에 넌 나를 너에게 상처 입힌 여자일 뿐 아니라 몬테를 등진 여자, 변절자로 몰아붙였지.

그래서 난 집을 옮기고 너 대신 백인 남자를 사귀게 되었지만, 그 정도는 네가 한 짓거리, 네가 팔아먹은 것에 비하면 새 발의 피야. 넌 단정하게 쌓은 종이 뭉치 속에서 네 고향, EMF, 페데리코 데 라 페는 말할 것도 없고 나와 네 조부모님과 그 윗세대, 네 나라 사람들, 친구들, 카미까지도 제물로 바쳤어. 넌 너 자신만 남기고 모든 것을 팔아먹었어. 그러니까 너는 남아 있지만 그 외에는 다 팔아먹고 없다고. 넌 그들의 손에 이 모든 것을 넘겨줬어. 도대체 무얼 위해서? 단돈 이십 달러 받고 책표지에 네 이름을 올린다는 허영심 때문이었지.

---

*다진 돼지고기에 감자, 토마토, 파프리카 등을 함께 넣어 끓인 국.

하지만 난 너를 책망하거나 죄책감을 불러일으키려고 여기 온 건
아니야. 너 좋을 대로 해. 단 부탁이 하나 있어. 이 책 바깥에 내가
존재한다는 사실을 잊지 마. 언젠가, 그때가 언제가 될지는 모르지
만, 나도 아이들을 갖게 될 거야. 내 아이들이 엄마가 부정하고 잔인
하고 영웅을 모욕한 여자로 나오는 책을 보게 되는 건 싫어. 샐, 네
가 아직도 나를 사랑하고 있다면 날 이 소설에서 제발 빼줘. 이 책을
나 없이 다시 시작해.

씨팔년.

종이로 만든 사람들

살바도르 플라센시아 장편소설

Para mi papa, mama y bermana

아빠, 엄마와 여동생에게

PART THREE

하늘이 무너지다

CHAPTER
FIFTEEN

토성

꼬마 메르세데

하늘에는 구름만 끼어 있었다. 아폴로니오는 빗물을 갖고 실험했다. 유리 비커에 염료를 한 방울씩 넣은 다음, 그 용액을 걸렀다. 견본을 세 차례 추출한 뒤 실험을 결론지었다. 대기에는 토성의 미립자가 전혀 없었다.

프로기는 확인차 천문대에 전화를 걸었다. "태양계에는 행성이 여덟 개뿐이에요." 천문학자의 대답이었다.

언제나 어깨 위에 토성의 무게를 느꼈던 아빠도 이제는 몸을 쭉 펴고 걸었다. 발걸음이 얼마나 가벼워졌는지 가장 얕은 웅덩이를 건널 때에도 잔물결 하나 일으키지 않을 정도였다.

그 소식은 천천히 엘몬테 집집마다 퍼졌다. 사람들은 은신처에서 나와서 울타리를 다듬고, 새가 목욕하는 통에 모아두었던 썩은 물을 비우기 시작했다. 그들은 트럭 포장 밑을 살피면서 카뷰레터에 가솔린을 붓고 부식을 긁어냈다.

그러나 우리는 아직 마음을 놓지 않았다. 다른 EMF 대원들이 잔디밭을 치우고 엔진을 손볼 동안, 펠론은 급수탑에 기어올라가 통 위에 사이렌을 설치했다. 프로기, 샌드라, 아빠는 저마다 허리춤에 카네이션 칼과 함께 조명탄을 쏘는 총을 차고 다녔다. 이것이 우리의 경보 체계였다.

아빠는 위험을 무릅쓰고 멀리 나가지 않았다. 아빠는 현관 계단에 앉아 프로기와 줄리에타와 대화를 나누면서도 자꾸 하늘을 올려다보았다.

샌드라는 총잡이처럼 허리띠에 조명탄 총을 매달고 집 앞을 지나갔다. 그녀가 손을 흔들어 인사하면, 줄리에타만 빼고 모두 손을 흔들어 화답했다. 줄리에타는 머리로 프로기의 손을 꽉 눌렀다.

나는 실례를 구하고 샌드라를 따라나서 페리스 로드를 따라 메디나 법원으로 갔다. 아폴로니오는 수건을 흔들어 연기를 문밖의 탁 트인 하늘로 몰아내고 향 가게를 환기시키는 중이었다.

줄리에타

나 이전에 샌드라가 있었다.

쿠션에서 아직도 느슨한 매듭, 비죽비죽 튀어나온 실 등 서툰 바느질 솜씨를 보여주는 흔적을 찾을 수 있었다.

그러나 프로기의 목에 새겨진 무늬는 복잡하고 섬세했다. 『백열광의 서』 사본을 만든 수도사가 썼던 것과 똑같은 화려한 고대영어 서체로 새긴 'EMF'였다.

프로기는 샌드라 얘기를 좀처럼 입에 올리지 않는다. 대부분의 사람들이 그러기를 원할 것이다. 애인이 과거의 상대 얘기하는 것을 좋아할 사람은 아무도 없다. 그래도 여전히 과거를 정리했고 상처를 치유했으며, 곪은 자리도 전혀 없고 남은 사랑의 불씨를 다시 일으킬 거리도 없다는 증거를 찾아다니는 법이다.

나는 실, 낡은 스타킹, 반쯤 쓰고 남은 로션 병을 찾아냈다. 그것들을 프로기에게 들이대자 그는 이 말만 했다. "그건 샌드라 부사령관 거야." 어떻게 해서 집 안에 그런 물건들이 들어왔는지 자초지종은 완전히 무시하고 사실만 말한 것이다.

"아직도 샌드라를 생각해, 프로기?" 내가 물었다.

"응, 물론이지. 전술상의 결정을 내릴 때는 샌드라 부사령관과 상의해."

"그런 얘기 말고, 프로기. 아직도 다른 식으로 샌드라를 생각하느냐고?"

"아냐, 줄리에타. 다 지나간 일인걸."

"그러면 도미노 테이블에서 샌드라를 보아도 그녀와 함께 지내던 시절 생각은 않는단 말이지?"

"우리는 전쟁을 치르고 있어. 그런 생각은 하지 않아. 어떻게 하면 토성을 물리쳐서 너와 내가 우리만의 삶을 살아갈 수 있을까 하는 생각뿐이야. 줄리에타, 나와 샌드라 부사령관이 헤어진 후로 많은 시간이 흘렀어. 네가 묻는 식으로 내가 생각하는 사람은 오직 너뿐이야."

그러나 나는 밤이면 그의 목에 키스하면서 침으로 목을 적셔 그의 피부에서 문신 잉크를 지워내려 애썼다.

어떤 부족들은 우호적이다. 본드 중독자들이나 구호품과 기도 외에는 아무것도 원하지 않는 수도사들이 그렇다. 또 아빠가 나더러 상종도 하지 말라는 다른 부족들도 있다. 손에 얇게 썬 사탕수수 줄기를 들고 바지 뒷춤에는 밧줄로 짠 그물을 숨기고 다니는 집시들이나 부동산 중개업을 하는 티후아나인들처럼, 납치범이라든가 날림 건물 건축업자들로 소문난 부족들이었다.

그다음으로는 아폴로니오처럼 아빠가 신뢰하는 큐란데로들이 있었다. 큐란데로들은 무리를 이루거나 열을 지어 돌아다니지는 않았다. 그들은 혼자 떨어져 살면서 고독을 즐겼다. 그들은 원한을 품는 일은 없었지만 그렇다고 의리를 지키지도 않았다. 뉴턴이나 히포크라테스의 원칙을 따르지 않는 것은 물론이고, 추기경과 교황의 권위도 아랑곳하지 않았다. 그들은 시장경제라는 자기들만의 신조에 따라 움직였고, 오로지 고객 한 사람 한 사람의 요구에만 충실했다. 그들이 의심을 사는 것도 바로 이러한 중립성 때문이었다. 아폴로니오는 토성 편도, EMF 편도 아니었다. 큐란데로는 돈만 받으면 어떤 고객의 무슨 요구든 다 들어주었다. 성난 꽃 수확꾼에게 비소를 팔고, 수년 동안 일꾼들을 속여온 저울 계량인이 며칠 뒤 얼굴이 누래져서 오면 해독제를 파는 식이었다.

그러나 큐란데로는 철저한 직업 정신에 따라 비밀 상담자가 되어주기도 했다. 고해자들은 바티칸에 지켜야 할 아무런 의무도 없었다. 큐란데로들은 자기 귀에 들어온 이야기들은 다른 요구를 받지만 않으면 혼자 속에만 담아두었다.

그러므로 큐란데로의 가게에 들어가서 라임 한 바구니를 달라고 하면, 그는 아무것도 묻지 않고 값을 부른다. 손님이 고개를 끄덕이면 그는 라임으로 터질 듯한 갈색 부대를 건네준다. 흥정엔 긴말이 필요 없다.

엘몬테가 참으로 오랜만에 드디어 평화로운 캘리포니아 농촌 마을답게 근심걱정 없는 생활을 하고 있었다.

나는 페데리코 데 라 페와 앉아서 도미노 패를 섞은 다음 상아로 된 패 일곱 개를 쥐고, 게임을 하다가 패가 막히기 전에 더블식스를 신중하게 놓았다. 전쟁은 우리 머릿속에서 사라졌다. 느긋하게 긴장을 풀고 토성 밑에 있던 시절에는 피했던 장소들을 마음껏 돌아다닐 수 있었다.

우리가 더 이상 생각하지 않게 된 것은 군사 전략만이 아니었다. 어쩌면 그렇게 할 수도 있었을 다른 대안이나 다른 어딘가로 이어졌을지도 모를 길들을 반추하는 고요한 순간도 스스로에게 허락하지 않았다.

돌이켜보며 다른 사랑과 마을을 생각하는 순간들, 우리가 찾아간 적이 있고 어쩌면 우리가 정착해 살았을지도 모를 과수원과 참나무 그늘 속에 자리 잡은 동네들, 진짜 강과 계절이 있는 곳, 아니면 꽃도 재도 없는 다른 마을에서 다른 사람들과 함께, 어쩌면 그녀와 함께 사는 삶. 그중 어느 것도 실현될 가망은 거의 없겠지만, 적어도 기억과 향수의 힘을 한번 시험 삼아 써보는 것이다.

우리가 납으로 두른 집 안에서 자유롭게 생각하고 회상에 잠길 동안, 줄리에타는 늘 혹시 조금이라도 내가 생각에 잠긴 티가 나지는 않는지 촉각을 곤두세우곤 했다.

"프로기, 무슨 생각을 하고 있는지 말해줘." 그녀는 무엇에 관한 전쟁인지도 모르면서 이렇게 말하곤 했다.

그러나 오늘, 몬테 거리를 걸으면서 때때로 다른 곳에 있는 상상에 빠졌다. 꽃과 거름 냄새를 싣고 온 산들바람이 내 정신을 다시 몬테로, 샌드라로, 그다음에는 줄리에타에 대한 생각으로 돌려놓았다. 샌드라가 내 목에 잉크로 문신을 새기고, 나는 그녀의 드레스를 꽃잎으로 채워 카네이션에서 움튼 우리 사랑과 우리 갱단을 축복한 그날로.

토성

꼬마 메르세드

토성도 없고, 학교도 없고, 아빠 말고는 주의를 기울이는 사람도 없었다. 나는 웃자란 카네이션 그늘 밑에서 프로기가 라임 껍질을 벗길 때 쓰라고 준 스위치블레이드를 쓰면서 오후를 보냈다. 이제는 내 방에 갇혀 쑵쓰레한 씨와 밀랍 칠한 껍데기를 씹고 있지 않아도 되었다. 대신 허공에 씨를 뱉고 껍질을 땅에 던졌다.

이런 것이 바로 해방으로 얻은 것, 납 포장 밖에서 산다는 것이었다.

라임을 다 먹고 나자 시큼한 과즙으로 혀는 얼얼하고 무릎과 손은 더러워지고 끈적거렸다. 나는 아폴로니오의 가게에 빈 자루를 들고 되돌아갔다.

"아빠한테 들킬 거예요." 나는 그에게 손가락을 보여주고 혓바닥을 내밀면서 말했다.

그는 말없이 내 손에 라드 비누를 쥐어주고, 속돌 가루를 뿌려주었다.

"거품을 내. 거품이 네 손에서 흔적을 씻어낼 테니까. 네 옷의 얼룩을 뺄 스펀지도 있어. 입에서 나는 냄새는 꽃잎을 씹으면 돼."

나는 그에게 다시 혀를 내밀어 벗겨진 피부를 보여주었지만, 그는 머리를 흔들 뿐이었다. 그가 내 혀를 위해 해줄 수 있는 일은 아무것도 없었다.

---

* 하와이 출신의 유명 가수.
** 셰익스피어 작품에 등장하는 대표적 희극 캐릭터.

스마일리

나는 데 라 페에게는 철저히 함구했다. 셔츠 단추를 풀고 셔츠를 벗어 흔들어서 호주머니에서 하늘 부스러기를 다 비워냈다. 밤에 현관에 서면 하늘에 뚫린 구멍이 보였다. 구멍을 기워놓지 않아 토성의 침실에서 나오는 빛이 꺼졌다 켜졌다 반짝였다.

"스마일리, 토성이 가버렸다고 생각해?" 프로기가 물었다.

"토성은 그저 슬퍼하고 있을 뿐이야." 내가 대답했다.

"행성이 슬퍼하다니 말도 안 돼."

"명왕성은 어때?"

"명왕성이라면 말이 되지. 하지만 아주 작은 행성이잖아."

프로기는 슬픔은 일정량 이상 축적되면 끝난다는 고대 철학을 믿었다. 그러면서 이런 인물들을 예로 들었다.

성 니콜라스
돈 호*
윈스턴 처칠
존 폴스타프 경**

뚱뚱하고 명랑한 인물은 다 해당되었다. 명랑함은 행복의 가장 슬픈 형태이기는 하지만, 어쨌거나 행복은 행복이었다.

그러나 프로기는 돈 호가 밤에 종종 티키 램프가 꺼지고 난 뒤에도 한참 동안이나 하와이 백사장에 눈물을 뿌리고서 일어났다는 말은 하지 않았다. 성 니콜라스가 몇 시간씩 손가락에서 가시를 뽑고 테레빈유 냄새를 맡으며 보냈다는 얘기도 하지 않았다. 늙은 엘비스의 슬픔은 아예 입에 올리지도 않았다. 모든 것 중에서도 가장 슬픈 돈 프란시스코의 이야기도. 항상 배경으로 비누와 대걸레를 광고하는 노래가 흘러나올 동안, 돈을 주고 산 여자들과 함께 벨벳을 휘감고 있던 사람. 그 여자들은 아무리 잘 봐줘도 예쁜 구석이 없었지만, 모두 그의 첫사랑과 닮았다. 그는 그녀들에게 '포르페디아'라고 불러도 괜찮겠느냐고 물었다.

토성

토성은 마침내 나폴레옹과 같은 열정에 넘쳐서 돌아왔다. 그가 돌아오자마자 페데리코 데 라 페는 자기를 땅바닥에 내리누르는 무게로 토성의 존재를 느꼈다. 사이렌이 울리고 하늘을 향해 쏘아올린 두 발의 신호탄이 사방을 붉은 불꽃으로 물들였다.

EMF는 차 덮개 밑에서, 쾌적한 나무 그늘에서, 들판에서 몰려나와 자기들 집으로 뛰어들어갔다.

프로기는 페데리코 데 라 페가 잔디밭에서 고개를 숙이고 있는 모습을 보자마자 무슨 일이 벌어졌는지 알아차렸다. 그는 하늘을 향해 신호탄을 발사한 다음 줄리에타를 찾으러 갔다. 규칙적으로 진동하는 빛이 희미해지기 시작할 때, 샌드라가 두 번째 신호탄을 쏘아올렸다.

페데리코 데 라 페는 자기 집으로 기어들어가 곧장 욕실로 향했다. 그는 싱크대에 총을 쏘아 조명탄이 싱크대를 스치며 빙빙 돌게 했다. 그는 맨손으로 조명탄을 잡아 터질 때까지 손을 오므려 쥐고 있었다. 조명탄의 열기가 그의 마음을 진정시키고 그의 눈썹과 속눈썹을 그슬었다.

"불발이었어." 그는 꼬마 메르세드에게 이렇게 말했다. 메르세드는 혀를 숨기느라 아무 말도 하지 않았다.

밖에서 도미노가 흩어지고, 아직 무게를 달지 않은 방수포와 꽃바구니가 나뒹굴고, 깎은 잔디가 보도에 흩뿌려지고, 카뷰레터와 교류 발전기는 해체되어 가솔린에 젖고, 스크류드라이버는 체인기어와 타이밍벨트 사이에 꽂힌 채로 있었다.

전 EMF 대원들은 안으로 도로 뛰어들어갔고, 화창한 날씨를 즐길 사람은 한 명도 남지 않았다. 다시 말하면 자기 정체를 알리기로 결심한 스마일리만 남았다. 그는 구아이아베라 셔츠를 벗고 내복을 벗고 집 밖에 누워 어깨를 태운 다음, 돌아누워 하늘을 향해 배를 내놓았다.

꼬마 메르세드

날카로운 사이렌 소리가 아폴로니오의 창문을 통해 들려왔다. 그는 내게 작은 라임 자루를 주었다. 나는 돈을 치르고 원피스 밑에 과일을 숨겼다.

"가는 게 좋겠다. 토성이 돌아왔구나." 그가 말했다.

집으로 달려가는 동안, 사이렌 소리와 조명탄 불빛이 느려지면서 엘몬테 전역에 뿔뿔이 흩어졌다.

"꼬마 메르세드, 집으로 가!" 프로기가 줄리에타의 팔을 잡아끌고 가면서 고함을 질렀다. 펠론은 손에 묻은 윤활유를 닦아내고 바지에 문지른 다음, 트럭에 뛰어올라 내 옆으로 몰고 와서 나를 운전석에 태웠다.

집에 돌아와보니 집 안이 온통 붉은색으로 빛나더니 갑자기 연기로 가득 찼다. 아빠가 손에 재가 된 조명탄을 쥐고 화장실에서 나왔다. 아빠는 조명탄에 물을 끼얹고 쓰레기통에 던졌다. 나는 대문을 내리러 갔다.

샌드라 부사령관

나는 조명탄을 쏘았다. 조명탄이 정점까지 이르렀다가 별무리가 되어 꽃밭으로 떨어지는 모습을 보았다.

회색 구름이 흩어진 자리에 캘리포니아의 여름 열기와 대기를 짙게 하고 기후 패턴을 바꾸는 어렴풋한 존재가 대신 들어섰다.

서쪽에서 불어오는 시원한 산들바람이 엘몬테를 에워싼 재의 환 주위에서 방향을 바꾸었다. 기상도에서 한랭전선은 한 특정 원을 주의 깊게 피해 가는 화살표로 표시되었다.

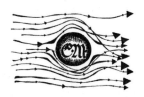

바로 그때, 오랫동안 나타나지 않았던 꽃 회사가 관개작업 팀을 파견했다. 그들은 새는 구멍을 막고 스프링클러를 전부 밭으로 끌어가서 꽃잎이 촉촉하고 시원한 상태를 유지하도록 급수탑의 물을 몽땅 뿌렸다. 그사이 납 벽 안의 수도꼭지와 샤워기에서는 뜨거운 물과 흙먼지만 쏟아져 나왔다. 해거름이 되어서야 밸브에서 물을 다시 집으로 끌어들였다.

그래서 밤새 욕조와 싱크대를 마개로 막고, 주전자, 냄비, 유리잔 할 것 없이 닥치는 대로 긁어모으다가 낮 동안의 가뭄이 시작되기 전에 물을 받아두었다.

마침내 사이렌이 그치자, 엘몬테는 개미 새끼 한 마리 없이 텅텅 비었다. 한 시간마다 치는 종소리와 스프링클러가 쉿쉿 틱틱거리는 소리만 들려왔다. 마을은 쥐 죽은 듯 고요했다. 꽃 수확꾼들과 리타 헤이워스 영화에 나왔던 가락을 흥얼거리면서 오일필터를 때려 부수고 상아 조각을 줍는 보도 수리공들로 북적거리던 마을에서 덜커덕대는 온갖 소음이 한꺼번에 멈춘 것이다.

EMF 대원이 자기 집 문을 열 때는 반드시 입을 굳게 다물고 아무것도 생각하지 않거나, 먼지라든가 물, 금이 간 보도, 발가락 사이의 물갈퀴, 매트리스의 단추, 끝없이 펼쳐진 푸른 하늘 등 쓸데없는 것만 생각했다. 그들은 얼음 덩어리와 선풍기를 집 안에 끌어다놓은 다음, 잽싸게 문을 닫아걸었다.

샌드라는 마지막으로 문을 닫았다. 그녀는 문을 닫기 전 별무리가 떨어지는 모습을 지켜보다 회벽 집과 밭들로 이루어진 도시 풍경을 보면서, 잠시 엘몬테에 꽃이나 밭이랑이 없고 EMF와 전쟁이 없다면 어떤 모습이 될까 생각해보았다.

그리고 스마일리가 있었다. 그는 온종일 집 밖에 나와 있다가 저녁 늦게야 집에 들어가 밤의 절반은 벽에서 납을 뜯어내며 지새웠다. 그리고 말라붙은 땀으로 버석거리는 옷을 입은 채로 녹초가 되어 침대 속으로 미끄러져 들어갔다.

스마일리는 끊임없이 되풀이되면서도 깨고 나면 다 잊어버리는 꿈 속에서, 칼을 뽑아 토성의 목을 베었다. 피가 칼날을 덮고 붉은 잉크 줄기가 마룻바닥으로 흘러 스마일리가 낸 구멍으로 흘러나왔다. 푸른 하늘에서 피가 뚝뚝 떨어져 지평선을 더럽히고 오후를 자줏빛으로 물들였다.

새벽녘에 꾸어서 기억이 나는 다른 꿈에서는 테이블에 그와 토성 단둘이 앉아 있었다. 둘은 때때로 마테 차를 홀짝이고 장미 꽃잎을 씹으면서 도미노를 했다.

"스마일리 사령관." 토성이 이렇게 부르면 스마일리의 잠든 얼굴 가득 미소가 퍼졌다.

꼬마 메르세드

"물은 완전한 생각은 아니야. 그건 형태가 없어. 하고 싶으면 물 생각은 해도 돼." 아빠가 말했다. 그래서 나는 물이 담긴 컵과 욕조, 급수탑, 저수지, 호수와 강을 생각했다. 손에 담을 수 있는 강, 손으로 떠서 뿌릴 수 있는 강, 엄마가 있을지도 모르는 강.

아빠한테서 흘러나와 플라스틱 시트를 가로질러 흐르는 따뜻하고 구불구불한 강, 엄마 쪽을 따라 둑으로 막은 흐름. 그다음에는 강은 없고 대신 관개도랑과 도관과 밭이랑을 타고 흐르는 물길.

유예된 강, 우리가 사각 얼음과 얼음 덩어리를 날라 만든 강.

펠론

트랙터에 쟁기를 달고 있는데 사이렌이 울렸다. 그래서 트랙터와 존 디어스 이전에는 어떻게 쟁기를 끄는 황소 어깨에 나무 멍에를 맸는지를 생각했다. 씨나 줄기를 먹지 못하도록 황소 입에는 재갈을 물렸다. 금속 쟁기 위로 소똥이 떨어져 땅을 비옥하게 했다. 황소들은 천천히 앞으로 걸음을 옮기며 쟁기를 끌어 한 번에 한 이랑씩 팠다.

트랙터가 들어오자 사람들은 황소의 멍에를 풀고 그들을 기계에 밀려 은퇴한 동물들이 가는 목장으로 보냈다. 그곳에서 황소들은 등이 부러진 당나귀들과 전신 기사들에게 쫓겨난 비둘기들과 나란히 자주개자리와 잔디를 씹었다.

사람들은 밭 가장자리에 디젤 드럼통을 놓았다. 꽃이 아니라 과수원이 있는 구릉지대에서 트랙터를 몰고 온 운전사는 드럼통에서 트랙터의 탱크로 기름을 빨아들였다. 운전사는 쟁기를 단 이음새에 기름을 쳤다. 트랙터가 한 번에 네 고랑씩 갈고, 흙을 갈아엎으면서 동시에 씨를 뿌릴 수 있다니, 기계가 이룬 기적이었다. 아마도 갈릴레오가 망원경을 발명한 이후로 가장 위대한 발명일 것이다.

토 성

펠론이 쟁기를 달고 있는 곳에서 여덟 이랑 떨어진 곳에서, 탈출한 기계 거북이 티후아나를 가까이 가져오고 있었다. 거북은 남쪽에서 북쪽으로 흙을 퍼 옮겨 발로 땅을 다진 다음 고랑 위를 비틀비틀 걸었다. 공식 측량기록에 따르면 샌디에이고가 일주일 전보다 로스앤젤레스에 반 마일 더 가까워졌다고 했다. 이것이 기계의 위업이었다. 기계는 도시 사이의 거리를 메우고 있었다. 그럼에도 불구하고 거북을 부수고 본래 대로 해체하여 고철로 만들고 싶어 하는 기계공들도 있었다. 그래서 거북은 등딱지 위로 흙을 퍼 올려 둔덕처럼 위장한 채, 엘몬테와 국경선을 한 시간에 10인치씩 서로 가까워지게 옮겼다.

꼬마 메르세드

스프링클러 꼭지에서 나오는 물, 멀홀랜드 수로에서 파이프로 끌어온 물, 시멘트 수로를 타고 온 물, 용솟음치는 강에서부터 수도를 타고 똑똑 떨어지는 물, 천둥번개를 몰고 온 거친 뭉게구름과 바다 위에서 만들어진 구름에서 쏟아진 폭우가 보충해준 물. 달에 이끌려 높이 올라가다가 토성과 달이 모두 일렬로 설 때 최고점에 이르는 파도가 태평양에서 끌어온 짠물.

CHAPTER SIXTEEN

● ● ●

아기 노스트라다무스

아기 노스트라다무스의 어머니가 죽은 후, 전지全知한 아기가 자기가 태어난 날을 애도하기 시작한 바로 그 죽음 이후, 큐란데로 아폴로니오는 부모를 대신하여 아기를 맡게 되었다. 백내장 환자 할머니들은 모성애에서 우러나온 동정심으로 비록 군데군데 접붙이고 타르 칠을 한 자국이 있기는 해도 아폴로니오를 아기 노스트라다무스와 잇는 족보를 조작해 만들었다. 할머니들은 아기를 족보와 함께 퀼트에 싸서 집에서 집으로 넘겨 마침내 가게 밖에 나와서 마리아 막달레나 도자기 상의 깨진 손을 수선하고 있던 아폴로니오의 손에 전달했다.

아폴로니오는 아기의 기저귀 가방에 꽂힌 익명의 편지를 받았다. 아기 노스트라다무스의 힘을 절대 돈을 버는 데 이용해서는 안 된다는 경고였다.

그는 이 경고를 진지하게 받아들이고 아기 노스트라다무스를 어떤 거래에서든 적어도 10피트는 떨어뜨려 놓았으며, 되도록이면 벽이나 커튼으로 보호했다. 아기 노스트라다무스가 꼬마 메르세드를 자기 팔 밑에 끌어안고 텔레파시로 가르침을 전해준 것은, 아폴로니오가 고객들을 상대하는 사이 꼬마 메르세드가 옆방에서 아기를 보는 동안이었다.

아기는 간단한 가르침으로 시작했다.

아기는 이렇게 말했다. "이것은 생각이다."

세 명의 메르세드가 있다.

1) 너의 어머니

2) 너

3) 메르세드 데 파펠

아기 노스트라다무스는 감정과 판단을 배제하고 상식으로 이루어진 생각, 반박의 여지가 없는 단순한 사실들로부터 추론한 생각을 사용했다.

"그러니까 이것은 생각이다." 아기 노스트라다무스는 입술을 달싹이지도 않고 꼬마 메르세드의 손바닥을 건드려서 이런 말을 전했다. "지금 이 순간에도 토성은 그것을 볼 수 있다. 토성은 너나 내가 하는 생각은 뭐든지 다 알 수 있다. 하지만 우리에게는 납을 쓰지 않아도 스스로를 숨길 힘이 있다."

그러더니 아기 노스트라다무스는 훤히 드러나는 생각을 숨기는 시범을 보여주었다.

토성은 가끔 잊어버릴 때도 있지만, 이 책 속에 담긴 내용들, 즉 『백열광의 서』에 대한 비의적 암시, 카메룬이 바구니 밑바닥에 숨긴 벌 항아리, 엘몬테의 토양의 유기물 구성성분, 이 단어들이 인쇄된 종이의 무게와 결을 비롯해 거의 모든 것을 알고 있었다.

그러나 토성은 아기 노스트라다무스의 검은 칸은 아무리 해도 꿰뚫어볼 수 없었다. 보호막을 투시하려고 시도할 때마다 어둠이 더 멀리, 더 깊이 펼쳐질 뿐이었다. 토성은 다른 이들과 마찬가지로 아기 노스트라다무스의 정신적 능력이 검은색으로 쪼그라들었다고만 생각했다.

그러나 그 방패 뒤에서는 예언 이상의 것이 배태되고 있었다. 아기 노스트라다무스는 미래를 예언하는 이상의 일, 즉 대★학자들 중에서도 가장 순정한 자들만이 쓸 수 있는 무기교의 재능을 발휘했다. 아기의 지식은 이 소설의 플롯과 세부를 뛰어넘어 확장되어나갔고, 미래는 물론이고 그 너머까지 뻗어나가 완전한 원을 그리며 과거와 교차하여 자기가 원하는 어느 지점에나 안착했다.

대재앙, 급수탑의 붕괴, 지식의 나무들을 부주의하게 뿌리째 뽑아버린 사건(대패와 톱으로 다듬어 프랑스식 화장대 의자를 만들려고), 붉은 깃발의 실패한 혁명 – 이 모든 것이 아기 노스트라다무스의 머릿속에 깔끔하게 순서대로 정리되어 있었다. 그러나 아기는 또한 역사가들과 그들의 기록에는 의미 없는 사건들, 결코 글이나 사진으로 남겨지지 않을 사소한 일들에 대해서도 알고 있었다. 타이거마스크가 산토스를 매트에 들어 메친 순간 흔들린 리히터 지진계의 눈금. 아직도 금속 박편을 단 가면을 쓴 채 자기 몸 위에 떠서 주먹을 꼭 쥐고 이를 악문 채 자기 몸을 밑으로 끌어내리려고 애쓰는 산토스의 영혼.

아기 노스트라다무스는 연인들의 내밀한 속사정도 환히 꿰뚫고 있었다. 토성과 이제는 헌사에 이름이 나오지 않는 여자가 침대에서 굴러떨어지면서 여자가 플러그를 꽂지 않은 다리미 위로 떨어져 왼쪽 엉덩이 전체에 멍이 들었던 일. 뒤이어 토성이 멍이 퍼져나간 중심 위치를 찾으려고 검지로 자줏빛 멍자국을 눌렀던 일.

이른 아침에 엄숙한 사령관들이 마음속으로 다짐한, 연대기에 싣거나 입증할 수 없는 무언의 결의들도 있었다. 가끔은 입술을 달싹여보기도 하지만 절대 말하지는 않는 것들. 그러나 아기 노스트라다무스는 그들의 입술과 생각에 잠겨 찌푸린 이맛살을 읽어낼 수 있었다. 이 능력을 통해 아기는 나폴레옹 보나파르트가 키를 몇 인치 늘리고 페니스 두께를 키워보려고 썼던 비밀 시금치 식단과 키 늘이기 섭생법도 알았다. 수세기가 지난 후, 아기 노스트라다무스는 토성이 아침에 한 단언을 들었다. 토성은 잠든 카메룬과 램프 테이블 위에 배를 하늘로 향하고 죽은 벌 무더기를 보면서, 이제 여자는 그녀뿐이라고 스스로에게 다짐했다. 카미뿐이야, 카미뿐이라고.

그러나 몇 달이 지나도 사랑을 나눌 동안 삐져나온 포피는 그대로 축 늘어져 있었고, 나폴레옹은 침대에서 내려올 때면 언제나 화장대 의자를 받침대로 써야 했다. 그리고 요 위에서 라텍스로 몸을 똘똘 말고 잠든 토성은 카메룬의 이름을 제대로 부르려고 필사적으로 노력했다.

아기 노스트라다무스의 지식이 미치는 범위는 가히 서사시적 규모였으나, 이제 아기는 꼬마 메르세드를 교육하는 데 온 힘을 집중했다.

메르세드 데 파펠

메르세드 데 파펠은 '불'을 알아냈다. 불꽃은 순식간에 퍼져 그녀가 변기로 손을 뻗기도 전에 팔꿈치까지 번졌다. 불탄 신문지 냄새가 커튼에 배어들었고, 재 부스러기는 변기물을 내려도 쓸려가지 않고 일주일이 되도록 화장실에 떠다녔다.

그녀는 불에 타고 흠뻑 젖은 팔을 부엌 식탁 위에 놓고, 너덜너덜하고 시커메진 부스러기를 뜯어내 세탁물 바구니 속에 던져 넣었다. 그녀는 가스 회사에 전화를 걸어 서비스 중지를 요청했다. 그들은 이사할 예정이냐고 물었지만, 그녀는 스토브와 뜨거운 물이 필요 없다고 설명하는 대신, 장기 여행을 떠나려 한다고 둘러댔다.

메르세드 데 파펠은 일족들 중 유일한 생존자로 알려져 있었다. 절멸을 눈앞에 둔 자들이 늘 그러듯이, 그녀 역시 모든 것을 연대기로 기록했다. 그녀의 원고는 구강성교에 대한 설명으로 시작하여 인간의 입술이 준 쾌락을 언급했지만, 피와 잇새에서 빼내야 했던 종잇조각 등 사람들이 그녀를 만진 결과에 대해서도 전했다.

마지막 기록에는 화재 위험에 대해 언급하고, 종이봉투와 신문지로 탄 곳을 수선하는 법에 대해 짤막하게 다루었다.

그러나 지금 막 탄 부분을 수리하는 것으로 끝날 일이 아니었다. 그녀의 발은 신발과의 마찰로 너덜거렸고, 포크를 쥐는 정도의 단순한 일로도 손가락이 해어졌다. 그래서 주말마다 그녀는 할리우드에 있는 자기 아파트 2층에서 내려가 모퉁이 두 개를 돌아 가판대로 가서 주말판 신문을 사들고 돌아왔다. 그녀는 부엌 식탁에 앉아 해진 종이를 벗겨내고, 새 신문지를 단단히 말아 벗긴 자리를 수선했다.

창조주 안토니오의 솜씨에 비하면 그녀의 오리가미 기술은 조잡했으며, 풀과 테이프에 의존해야 할 때도 많았다. 그녀는 지저분하게 접은 자국과 풀로 딱딱해진 자리를 블라우스와 스커트로 가렸다. 그녀가 옷을 벗고 남자들의 입술이 풀과 삐뚤빼뚤한 주름을 핥을 때면, 너저분하게 접은 자국과 자른 자리가 드러났다.

스마일리

스마일리는 토성을 알고 있었다. 그는 토성의 진짜 이름, 시트 색깔, 늘 얼굴을 바닥에 묻고 손으로는 매트리스 끝을 꽉 잡고 자는 자세를 알고 있었다.

그러나 스마일리는 한마디도 발설하지 않았다. 그는 바지만 입고 페데리코 데 라 페의 집에 도미노 게임을 하러 왔다. 그의 벗은 등과 가슴에 햇살이 떨어졌다. 페데리코 데 라 페의 집 안에서는 형광등 불빛이 그의 몸을 비추었다. 그가 도미노 게임을 하며 서 있을 때였다. 도미노 게임은 패배로 끝나는 데 최고의 가치를 두는 불합리한 게임이었다. 스마일리는 그 게임을 자기 조상들이 개척한 수학적 원칙의 노골적인 패러디로 보았다. 그는 게임 테이블을 앞에 두고 상아 패를 섞던 중, 전쟁에서 물러나겠다고 선언했다.

"난 더 이상 이런 짓 못 하겠어. 토성이 나를 보건 말건 상관 안 해."

페데리코 데 라 페는 그저 고개만 끄덕였지만, 그의 손목과 손은 뻣뻣이 굳어졌고 우울이 그의 관절에 염증을 일으켰다. 그는 눈을 감고 고통을 다스리려 애썼다.

마침내 페데리코 데 라 페와 EMF는 자기들이 자유의지를 위한 전쟁에 임하고 있다는 점을 감안하여 스마일리를 이해하고 용서하기로 했다. 그들은 스마일리를 도미노 게임과 군사 회의에는 참여하지 못하게 했지만, 여전히 그에게 예의를 지켜 친절하게 대했다. 또 낙농장에 대한 그의 권리와 매달 열리는 닭싸움 무료 입장도 그대로 허용했다. 그러나 스마일리의 EMF 회원 자격은 취소 대상이 되어, 그의 목 옆에 쓰인 문자를 검게 칠해서 지웠다.

아기 노스트라다무스

처음에 꼬마 메르세드의 시도는 성공을 거두지 못했다. 단편적인 생각과 단어 하나씩만 가지고 해본 단순한 연습은 대실패로 끝났다.
아기 노스트라다무스가 시범을 보여주었다.

그다음에는 꼬마 메르세드가 시도해보았다.

문자를 숨기기는커녕, 더 잘 보이게 만든 것이다. 그러나 사흘 후,
꼬마 메르세드가 납 천장 밑에서 연습했을 때는 단순한 문구는 물론
이고 간단한 문장까지도 감출 수 있게 되었다.

내 이름은 꼬마 메르세드이다.

단순한 문장을 성공한 다음에는 세미콜론과 쉼표를 이용한 복문
을 숨길 수 있게 되었고, 곧 문단 전체를 너끈히 처리하는 수준에 올
라섰다. 그녀의 솜씨는 일취월장하여 복잡하고 정교한 생각도 무리
없이 다룰 수 있게 되었다. 가지를 치고 옆길로 샜다가 다시 제자리
로 돌아오지만 결국 또 분열하고 뻗어나가는 생각들. 꼬마 메르세
드는 아주 능숙해져서 아기 노스트라다무스의 눈까지도 피할 수 있
었다.

꼬마 메르세드는 성공을 거두어 자기 생각을 꿰뚫어볼 수 없게 감춘 다음, 선생에 대한 예의로 아기 노스트라다무스의 귀에 내용을 속삭여주었다.

메르세드 데 파펠

남자들은 메르세드 데 파펠을 사랑할 때면 매우 조심했다. 그러나 그녀의 아파트를 나설 때면 그들의 입술과 페니스는 번들거렸고, 속이 비고 납작해진 연고 튜브가 집 안에 굴러다녔다. 연고 뚜껑은 화장실 바닥에 아무렇게나 떨어져 있었다.

남자들은 그녀의 테두리에 벤 채 떠나면서, 다시는 그녀와 함께 앉아 그녀가 자기들의 피와 소금기로 얼룩져서 갈기갈기 찢어지는 모습을 보는 일은 없을 것이라고 생각했다. 테이블 중앙에 구겨진 종이를 모아놓으면서, 남자들은 때때로 그녀가 더러워진 조각들을 약간이라도 그대로 남겨놓기를 바랐다. 오후 동안만이라도.

그러나 메르세드 데 파펠은 절대 과거를 모아두는 법이 없었다. 그녀의 피부는 세계의 뉴스들로 바뀌었다. 그녀는 죽은 삼손을 발굴

했다는 기사를 벗겨냈다. 삼손의 건강한 머리카락이 땅에서 자라나 곡괭이와 삽에 엉켰다고 했다. 그다음 날에는 팔레스타인 고고학자 두 명이 머리카락 다발에 감겨 질식해 죽었다는 후속 기사를 실은 헤드라인을 손가락에 감았다.

그녀는 연인들이 남긴 흔적과 낙서들을 모조리 벗겨내고, 어쩌다가 세탁소에서 셔츠를 찾을 것, 오전 아홉시 치과의사와 약속, 우유, 빵, 시리얼 등등 남자들이 자기 몸에 적어놓은 메모나 장 볼 목록 따위만 남겨놓았다. 한번은 누군가 푸른색 잉크로 리즈라는 이름을 천번이나 적어놓는 통에, 등 전체를 벗겨내야 했던 적도 있었다.

메르세드 데 파펠에게는 연인들의 흔적이라곤 전혀 남아 있지 않았지만, 남자들은 입술과 혀에 흉터가 져서 늙어서까지도 깊이 남게 될 벤 자국을 안고 떠났다. 남자들은 로스앤젤레스의 거리를 걷다가 한눈에 알아볼 수 있는 똑같은 종이에 벤 가는 흉터를 지닌 다른 사람들과 마주치곤 했다. 그들은 서로 인사를 나누고 이따금씩 상처의 깊이와 연륜을 보여주기 위해 자기 입술을 빨았다. 가끔은 갈라진 혀를 도마뱀처럼 날름거리기도 했다.

그러나 이것은 입 밖에 내어 말하지는 않는 동지애였다. 절대 메르세드 데 파펠이나 흉터의 원인을 입에 올리지는 않았다. 그들의 대화는 자기들이 살았던 도시나 하는 일에만 머물렀다. 미뢰가 갈가리 찢긴 탓에 소스를 휘저을 때 기억과 정확한 계량에만 의존할 수밖에 없게 된 전문 요리사만 제외하고, 후회하는 이는 아무도 없었다.

메르세드 데 파펠에게는 애인이 많았다. '무소 & 프랭크' 식당에서 테이블 대기 시간이 삼십 분이 넘었던 어느 날 밤에는, 티스푼에 소금을 붓고 마늘 2클로브*를 다진 주방장, 웨이터 두 명(각각 시저 샐러드 접시와 소금을 치지 않은 렌즈콩 수프를 나르던), 주름 잡은 바지와 울 스웨터를 입고 8번 테이블 시중을 들던 주인, 12번 테이블에서 주방장의 마리네이드를 곁들인 미디엄레어 스테이크를 주문한 손님 두 명, 직접 프랑스와 나파산 와인을 가져온 공급업자, 비상호출을 받는 바람에 고무로 절연 처리한 장화를 신는 것도 잊고 레스토랑 서쪽을 정전시킨 퓨즈 두 개를 갈아야 했던 전기 기술자, 이들 모두가 자기 입술을 빨았다. 그 제스처는 종이에 벤 자들끼리 나누는 인사이자 연대감의 표시이기도 했다.

스마일리

스마일리는 납 껍질을 벽에서 떼어내고 지붕을 열고 거실을 안뜰로 바꾸었다. 그리고 자기 침실의 기하학 문제와 씨름하는 책상 위에 천창을 뚫었다.

이거야말로 개심한 갱단원에게 딱 어울렸다. 그들은 수학자가 되고자 생활을 버린다. 그러나 스마일리는 자취를 감추고 은둔하거나 유랑길에 오를 만큼 학구적인 타입은 못 되었다. 그는 과시벽이 있어서 홀딱 벗고 잠을 자거나 자기가 전개하는 수학 공식과 그래프를 확대해주는 천창 유리 밑에서 정리를 푸는 사람이었다.

---

*양모나 치즈를 재는 중량 단위로 약 8파운드에 해당한다.

아기 노스트라다무스

아기 노스트라다무스는 『종이로 만든 사람들』이 어떻게 끝나는지 알고 있었다. 그 책은 다음의 일곱 단어로 이루어진 평이한 문장으로 끝맺었다. '그리고 그 슬픔에는 어떤 속편도 없을 것이다.' 아기는 모든 등장인물들의 운명을 알고 있었고, 아기의 통찰력은 이 책의 한계를 넘어 뻗어나갔다. 아기는 독자들 중 어떤 이들은 펼쳐진 표지를 아기를 어르듯 다루는 반면, 또 어떤 이들은 테이블 위에 책을 놓고 손가락을 빨면서 한 장씩 넘겨서 책 가장자리에 침을 잔뜩 묻히는 등 각기 다른 식으로 책을 쥔다는 것도 알았다.

혼자 있을 때 책을 펴고 책장 가장자리를 빨면서 자기도 메르세데 파펠의 거기를 빨고 있다는 상상에 젖는 자들도 있었다. 그들의 피는 책등의 골을 타고 모여 한 줄기로 흘러내렸다. 이렇게 종이와 정을 통한 독자들은 입술을 빨면서 흉터와 쓰린 혀를 보란 듯이 내밀고 세상으로 나와 메르세데 파펠의 연인들 틈에 한몫 끼었다.

지식의 무게에 눌려 아기의 근육은 약해지고 예언하는 힘 때문에 팔다리는 짜부라져서, 아기에게는 멍든 팔을 쳐들 힘도 남지 않게 되었다. 모든 것을 아는 힘은 아기 노스트라다무스의 신경 조직을 파괴했다. 아기가 미래를 오십 년 이상 내다보면, 편두통이 머리를 들쑤셨다. 그러나 신체만 이렇게 소모된 것이 아니었다. 엄격하고 힘겨운 도덕 규범도 아기의 양심을 괴롭혔다. 아무도 그녀의 예언을 믿지 않았던 아폴로 신의 예언자 카산드라로부터 어디를 가나 항상 제자들에 둘러싸여 자신의 예언대로 폭포에서 뛰어내려 바위에 부딪힐 때까지도 제자들이 뒤를 따랐던 요한 폰 트리텐하임까지, 항상 모든 선지자들과 모든 도덕적 예언자들이 감수해야 할 원칙이었다.

세 가지 포괄적인 예언의 법칙은 처음에는 사암 벽에 상형문자로 쓰였다가, 나중에 파피루스로 옮겨져 사본이 각 대륙으로 전해졌다. 끝이 나달거리는 파피루스에는 이런 글이 잉크로 적혀 있었다.

별의 축복을 받아 예언의 능력을 타고난 자들이 지켜야 할 처신의 법칙
1. 예언자들은 절대 협박당하거나 고용되어 임무를 행해서는 안 된다.
2. 봉사의 대가로 금품이나 육체적 향응을 받아서는 안 된다.
3. 친족이든 아니든 죽음이 임박했다는 사실을 알려서는 안 된다.

이것은 미래의 예언자들을 위한 규칙이었지만, 아기 노스트라다무스는 미래도 과거도 볼 수 있었다. 아기는 잠가둔 금고 속과 휘장을 옷깃에 장식한 남자들이 해독 불능의 암호로 쓴 문서를 비롯해 텔레파시가 닿는 범위 안이면 어떤 전투계획도 볼 수 있었다. 아기는 모두 같은 여인 앞으로 주소가 적혀 있고, 한 번도 보낸 적 없는 꼭꼭 접은 편지들이 가득한 신발 상자도 꿰뚫어볼 수 있었다. 그 편지의 단어들은 다르게 쓰이고 배열되었다 해도 결국은 다 같은 얘기였다. "언젠가는 너를 용서할 거야. 그때까지는 네가 나를 만졌던 자리마다 딱지가 져 있겠지."

아기 노스트라다무스의 엄청난 힘 때문에, 보완 규칙이 아기의 능력을 통제하고 더 나아가 아기의 행동을 제한했다. 아기 노스트라다무스는 정보를 앞서 누설하고 소설 전체의 진행을 방해하여 토성을 무력화할 힘이 있었다. 그저 등장인물들의 운명을 죽 나열하기만 해

도 이 자리에서 모든 것을 끝낼 수 있다. 누가 전쟁에서 이길지 선언하고, 메르세드가 페데리코 데 라 페에게 돌아갈지 아니면 떠나갔던 리즈의 발길이 결국은 다시 토성에게로 향할지 불어버리면 끝이다.

요약하는 것, 즉 때 이르게 모든 것을 앞당기는 것은 테러 행위였다. 그러나 아기 노스트라다무스는 명예를 중히 여겼으므로 절대 직업윤리를 어기지 않았고, 꼬마 메르세드에게도 규칙이 허용하는 한에서만 가르쳐주었다.

아기는 어머니가 죽을 날을 알았을 때조차도 아무 말도 하지 않았다. 어머니가 숨을 거두었던 비교적 날씨 좋고 습도는 낮았던 화요일, 아기 노스트라다무스는 어머니가 집에서 나가기 전 그저 어머니의 손바닥을 만지며 이 말만 했다. "사랑해요, 엄마." 어머니는 사흘 뒤 체리나무 관 속에 누워 카네이션 화관을 쓰고 뒤를 따르는 수녀들의 행렬과 함께 돌아왔다.

메르세드 데 파펠

메르세드 데 파펠은 영원한 사랑을 절대 믿지 않게 되었다. 로맨스가 단 한 철만이라도 지속될 수 있다는 생각은 그녀에게는 얼토당토않은 헛소리 같았다.

"사랑이란 타서 재로 사라지는 거야." 그녀는 마루를 쓸어 쓰레받기에 신문지 부스러기를 쓸어담으며 이런 말을 했다.

아무리 격렬히 불타오르더라도 결국에는 어떤 불꽃이건 다 꺼지기 마련이다. 어떤 불꽃은 고작 부싯돌을 칠 때만 반짝하고, 어떤 것은 초신성이 되는 날까지 수백만 년 동안 불타오르다가 마침내 타다 남은 불꽃과 차가운 잔해로 변하기도 한다. 사랑도 영원히 불타오를 필요는 없다. 종이를 그슬릴 정도의 시간이면 충분하다.

메르세드 데 파펠은 어떤 남자도 자기 침대에 한 달 이상 머물지 못하게 했다. 그녀는 자기가 쫓아낸 남자들이 슬퍼하는 척하거나, 헤어진 후에도 몇 년 동안이나 끈질기게 편지를 보내는 것을 이해하지 못했다. 소포를 보내는 사람들도 있었다. 그중에는 갈색 종이로만 포장을 한 소포도 있었는데, 완벽한 연가를 쓰려고 이 년 동안이나 은둔 생활을 한 사람이 짓고 연주한 녹음 테이프가 들어 있었다. 그의 노고에도 불구하고, 메르세드 데 파펠은 절대 답장을 보내지 않고 AM라디오의 전파를 타고 흘러나오는 모르는 가수의 목소리를 듣듯이 아무 감정도 추억도 없이 테이프를 들었다. 또 항상 인쇄한 일제 종이로 포장한 선물도 있었다. 꽃, 초콜릿을 씌운 과일, 향수 냄새 풍기는 종이 뭉치 따위였다.

분노와 비탄에 찬 선물도 있었다. 입술에서 흐르는 피 때문에 얼룩이 지지 않도록 플라스틱으로 만든 베갯잇 두 개, '종이 창녀의 화보'라는 제목이 붙은, 입술에 흉터가 진 오십 명의 남자들의 사진 묶음 등이었다. 전동 문서파쇄기가 온 적도 있었다.

차라리 이런 선물들은 이해가 되었다. 그녀도 비통함으로 나방 떼를 풀어 라몬 바레토의 아파트를 망가뜨려놓았다. 그러나 분노나 복수할 희망을 품고서가 아니라 진실한 향수, 바지 주머니 속의 붕대 천과 자동차 열쇠 사이 어디쯤에선가 잃어버린 자존심 때문에 소포를 보내려고 우체국에 줄을 선 남자들을 생각하면 짜증이 났다.

스마일리

스마일리는 천창을 통해 별을 볼 수 있었다. 북두칠성, 진짜 노스트라다무스의 흉상, 비웃는 듯한 토성의 반짝임까지. 낮이면 빛이 방을 가득 채워서, 스마일리는 빛을 쬐도록 화분 식물을 책상과 테이블 위로 옮겼다. 스마일리는 집 안에서 식물을 키우고 이론 수학을 연마하느라 날 가는 줄도 몰랐다.

그는 장미를 카네이션 줄기에 접붙여서 꽃잎이 빽빽하면서도 가시는 없는 꽃을 재배하는 법을 알아냈다. 모눈종이 위에서 모든 다각형 중에서도 가장 슬픈 것을 발견했다. 그것은 전에 생각했던 것처럼 부등변삼각형이 아니라, 사랑의 삼각관계였다.

스마일리는 정수整數를 더하듯 쉽게 비료를 더했다. 그는 기하학 논증의 범위 안에서 광합성에 대해 깊이 숙고했다. 페데리코 데 라페가 공허한 생각들과 무거운 납 밑에서 피난처를 구할 동안, 스마일리는 밖을 돌아다니며 화분에 퍼넣을 염소 똥을 모았다. 화분에 물을 주고 옷을 벗은 다음에는 침대에 누워 근심걱정 없이 평화롭게 휴식을 즐겼다. 그러나 여전히 그는 토성이 아래를 내려다보다가 홀딱 벗고 있는 식물학과 수학의 신동을 발견해낼지도 모른다는 희망을 품고 하늘을 올려다보았다.

CHAPTER SEVENTEEN

●

토성

토성은 카메룬에게 편지를 딱 한 통 썼다. 그녀의 냄새가 그립다고 했다. 꿀, 그녀의 손톱 밑에 낀 밀랍, 젖은 신발을 차내어 침대에 던져놓는 버릇. 다른 때였더라면…… 전쟁이나 집시나 티후아나인들이 없었더라면…….

그는 다음과 같은 말로 편지를 맺었다. 카미, 넌 최고야. 네가 보고 싶어, 사랑해. 토성.

그는 편지를 접어 봉투에 넣고 우표를 붙였다. 토성은 그녀의 우편번호도, 아파트 주소도, 그녀가 간 도시의 이름도 몰랐다. 그는 봉투에 그녀의 이름을 적었다. 이름 아래 그녀가 있을 법한 장소를 묘사했다. 강이 흐르는 도시, 산들바람이 부는 거리, 계단이 있는 아파트, 차양이 달린 방들.

삼 주가 지나도록 아무런 답장이 없었다. 도시와 수로의 지도와 풍속風速을 조사하고 계단을 올라가 낯선 이의 침실을 들여다보는 데 소비된 시간을 보상해달라는 정보통신부 장관 명의의 항목별 청구서가 온 것이 다였다.

CHAPTER EIGHTEEN

●

아폴로니오

도둑들의 교회에는 예배석, 도자기로 만든 성자 상, 고해할 때 쓰는 쿠션 등 모든 것이 다 못으로 박혀 있었다. 자선품 상자를 따라 늘어선 초 앞에도 철창을 쳐서 잠가놓고, 그 상자도 손은 안 닿지만 25센트 동전과 돌돌 만 지폐는 쉽게 던져 넣을 수 있도록 6피트 밖에 놓았다. 예배가 진행될 동안 추기경은 성찬실에 지갑을 보관했고, 헌금 접시는 중무장한 스위스인 경비대가 지켰다.

바티칸 의회에도 한자리 차지하고 있는 추기경은 완고하지만 발갛게 달아오른 따뜻한 손을 가진 사람이었다. 그의 이마는 주름투성이였고 눈가에도 주름이 자글자글했지만, 손만큼은 세월의 흔적이 전혀 없었다. 그의 손바닥은 매끈했고, 검버섯도 없었다. 하도 희어서 교구민들은 코끼리 엄니를 깎아 만들었다고들 할 정도였다. 그러나 제단에 가까이 가서 보면 자연 그대로의 손이었다. 가끔씩은 예복 끈을 묶으려다가 손이 미끄러질 때도 있었지만, 한 손으로 향 램프를 흔들면서 손가락 사이에 깨지기 쉬운 성체를 잘 들고서 뻣뻣한 상아 손가락과 철사 인대로는 어렵없을 만큼 솜씨 좋게 예식을 치러냈다.

나는 팔에 아기 노스트라다무스를 안고 호주머니를 다 비운 채 교회에 들어갔다. 도자기로 만든 소매치기들의 수호성자 상이 문 위에 걸려 있었다. 그 성인은 추기경 못지않게 매끈한 손바닥에 로마에서 훔친 십자가 못 세 개를 쥐고 있었다. 그가 바로 모든 집시들에게 일곱 번째 계율을 면제해준 도둑이었다.

미사가 진행될 동안 신도들은 성경의 가르침에 귀를 기울이는 한편으로 작업 기술을 배웠다. 주머니를 찢고, 금시계를 싸구려 디지털 복제품으로 바꿔치기하고, 지갑을 털고 자갈을 채워 넣는 식이었다. 도둑들한테 명예란 없다는 속담도 있지만, 일단 설교가 끝나고 뿔뿔이 흩어질 때면 도둑들은 밖으로 나가 교회 안마당에 모였다. 거기에서 그들은 시계를 돌려주고, 호주머니를 수선하고, 장미 정원에 자갈을 쏟아부었다. 나의 제일 좋은 광나는 구두도 마당에서 돌려받았다. 끈을 풀 때도 조심스레 풀고, 벗을 때도 구두주걱과 휴지를 이용하여 살짝 벗을 만큼 아끼던 구두였다.

"당신네 큐란데로들은 도둑보다도 더 나빠. 부끄러운 줄 알아야지. 교회에서도 도둑질을 하다니." 한 남자가 이렇게 말하며 능글맞게 웃자 얼굴 가득 주름이 퍼졌다. "내 구두 가져가."

나는 내 발을 내려다보았다. 그가 내 반짝이는 구두를 신고 왔다 갔다 할 동안 나는 타이어 속을 크리넥스로 메워 만든 낡아빠진 신발을 쳐다보았다. 그러자 신도들이 웃음을 터뜨렸다. 도둑의 능글맞은 웃음은 친근한 미소로 바뀌었다. 그는 내가 신발을 바꿔 신고 끈을 맬 동안 아기 노스트라다무스를 한번 안아보자고 청했다.

"이 동네에서는 신발 끈을 두 겹으로 묶어야 한다네." 그는 다시 능글맞은 웃음을 지으며 말했다.

아기 노스트라다무스의 어머니는 미련이 남는 일이 한두 가지가 아니었다. 티후아나에서 평생을 살면서 한 번도 국경을 넘어본 적이 없었다. 항상 희미한 덤불 그늘 아래에서 쉬면서 아기 노스트라다무스를 흔들어 재우다가 잡히기 일쑤였다. 그렇게 끈질기게 시도했는데도 단 한 번도 샌디에이고 주 쪽으로 7야드 이상 넘어가보질 못했다. 샌디에이고 동물원의 홍학과 판다들 사이를 거닐어보고 싶은 꿈을 끝내 이루지 못했다. 다른 회한은 주로 종교와 관련된 것들이었다. 그녀는 자신이 자란 교회를 떠나 주님과 성모의 이름을 함부로 쓰는 대죄를 범했다. 그래서 유언장에 성 안토니오의 전설적인 손으로 접은 종이 백조, 타로 카드 한 벌, 아기 노스트라다무스의 후견인이 될 권리가 다인 자기 유산을 놓고 딱 두 가지 지침만 남겼다. 하나는 아기 노스트라다무스를 해마다 한 번씩 샌디에이고 동물원에 데려가라는 것이고, 또 하나는 세례를 받게 해주라는 것이었다.

나는 독립된 땅에서 멀리 떨어져 있는 도둑들의 교회에 갔다. 나는 트리니다드의 성모의 환영을 보고하지 않았고 큐란데로라는 죄목으로 지명수배중이어서, 교회로부터 도피하고 있었기 때문이다. 나로서도 부인할 수 없는 혐의였다.

가톨릭 교구들 중에서 가장 관대한 도둑들의 교회에서는 빗장 절단기와 곁쇠를 든 턱수염이 헝클어진 늙은 남자들과 위조수표와 가짜 우표로 호주머니가 불룩한 여자들이 세례를 받으러 왔다. 그러나 이 교회가 사기와 절도를 눈감아주고 바티칸 법률을 느슨하게 해석한다 해도, 절대 안심할 수가 없었다. 추기경의 눈길이 계속 나를 향하고 있는 것이 느껴졌다. 예복 속에 손을 찔러넣고 있던 추기경이 몸을 돌리더니 광택이 흐르는 손바닥을 꺼내 복사들에게 손짓했다. 그들은 서로 마주보고는 아기 노스트라다무스와 나에게서 시선을 떼지 않았다.

추기경이 우리 쪽으로 돌아섰다. 그는 타일에서 천장 들보까지 뻗은 스테인드글라스 유리창 발치에 서 있었다. 금속과 색유리에는 여섯 개의 지옥환丸이 재구성되어 있었다. 첫 번째 지옥에는 땜납에서 나는 연기가 들치기꾼과 납과 시계에 금박을 입히는 연금술사들의 발을 달아오르게 했다. 그들의 바지는 연기로 그을음투성이가 되었지만, 얼굴은 금을 희석하고 지갑을 끄집어내고 지갑 끈을 자를 때처럼 미소를 띤 즐거운 표정이었다.

아래로 내려가 두 번째 지옥을 보니, 녹인 납이 흐르다가 갈라져서 노란 화염으로 치솟은 곳에서 대식가들이 실온에서 햄을 굽고 있었다. 맑은 유리에 그려진 고기 지방이 단단한 나무 위로 뚝뚝 떨어지고, 나태한 자들은 라드에 미끄러져 다시는 일어나지 못했다. 그들은 기름이 번질거리는 바닥에 대자로 뻗어 위를 쳐다보며 고기 찌꺼기가 얼굴로 떨어질 때마다 늘어진 내장과 털만 보았다.

열기는 더 심해졌다. 붉은 화염이 노란색 유리와 꼭 맞게 이어져 세 번째 원에서 몸을 뻗은 프랑스인 백작의 머리카락과 눈썹을 태우고 있었다. 백작은 머리핀과 향수 외에는 실오라기 하나 걸치지 않은 채 그의 몸 위에 걸터앉은 여자들 일곱 명을 다 받아들일 수 있다는 자세로 몸을 한껏 뒤틀고 있었다. 그중 곱슬거리는 머리카락에 아몬드 빛으로 윤이 나는 피부를 지닌 가장 아름다운 여자는 백작의 얼굴 위에 앉아 그가 숨도 못 쉬게 만들었다. 그녀의 겉옷은 유리창에 세심하게 새겨져 있었고, 머리타래는 유리 조각으로 이루어졌다.

백작 밑에는 옷깃에 휘장을 장식하고 황갈색 코트 등에 망가진 총검을 멘 한 장군이 군용 지프를 타고 네 번째 원을 돌고 있었다. 길에는 바퀴자국이 나 있고 타이어는 다 닳았다. 그는 아담한 오두막에서 뛰쳐나와 타는 듯한 바람 속에 엄지손가락을 내밀고 있는 여자에게 다가가고 있었다. 더운물을 채운 그 집의 욕조에는 딸들의 시체 세 구가 둥둥 떠 있었다.

붉은색으로 완전히 휩싸인 마지막 원에는 바닥에 석탄이 층층이 쌓여 있었다. 한 독일인 신부가 나무 문에 양피지를 못으로 박고 있고, 생각에 잠긴 노스트라다무스가 자신의 이단적인 예언을 압운 4행시로 쓰고 있었다. 그의 손가락이 녹아내려 종이 위에 끈적끈적한 피부가 떨어졌다. 테이블에서는 부두교 주술사, 산테로*, 큐란데로 들이 쿠키 시트 위에 패를 놓으며 영원히 끝나지 않을 도미노 게임을 하고 있었다. 패 하나하나에 모두 더블식스가 새겨져 있었다.

추기경은 예복 주머니에서 손을 꺼내 팔을 뻗었다. 그의 윤나는 손에서 번득이는 빛이 스테인드글라스를 비추어 큐란데로의 발밑에

---

* 산테리아 의식을 집행하는 사제.

219

불꽃을 일으켰다. 그 불은 도미노 테이블로, 장군의 지프차 엔진으로 번져 납 축전지를 폭발시켰다. 불꽃은 백작의 방으로 튀었고, 파도치는 연기와 재는 햄과 잠든 사람들이 빼곡히 들어찬 부엌을 지나 연금술사들과 종을 단 인형을 놓고 기술을 연습하느라 열심인 소매치기들의 작업장까지 흘러들어갔다. 연기 일부는 푸른 하늘로 날아가 구름을 지나 대기를 뚫고 종소리에 맞추어 새로이 날개가 돋아난 첫 번째 천사들의 무리까지 닿았다. 천사들은 어깨 견갑골의 피부가 까져 있었다. 천사들은 소매치기들이 실패할 때마다 울리는 종소리가 자기들의 등에서 날개를 찢어냈다는 것을 기억하고 질겁하며 움츠렸다.

세례식은 조촐했다. 아기 노스트라다무스, 연구에 실패한 은퇴한 무신론자(그는 외로움 치료약을 합성하지 못했다), 백인 신 때문에 자신의 선禪 사상을 포기한 중국인 여인, 이들이 토성 삼위일체를 이루었다.

우리는 제단을 둘러싼 난간을 잡았다. 제단 가로대 덕분에 우리는 난간을 통해 손바닥의 열기를 서로에게 전하며 하나가 되는 한편, 추기경은 모두의 손을 한눈에 다 확실히 볼 수 있었다.

"이 아기의 이름을 뭐라고 하겠는가?" 추기경이 물었다.

"노스트라다무스요." 내가 대답하자, 추기경은 세례반에서 물을 한 컵 떠서 아기 노스트라다무스의 머리에 뿌렸다.

"번영뿐 아니라 정의도 예언하는 축복을 받기를." 추기경은 이렇게 말한 다음, 과학자의 머리에 물을 뿌리며 말했다.

"시험관 속에는 신이 없다는 사실을 부디 깨닫기를."

마지막으로 추기경은 중국 여인에게 물을 뿌리고 침묵을 지키는 그녀의 전통을 존중하는 의미에서 아무 말도 하지 않았다.

예식이 끝나자 추기경은 세례증명서에 서명하고 인주를 준비한 다음, 우리에게 지나가는 말처럼 고향이 어디냐고 물었다. 나는 그가 아기 노스트라다무스의 손과 발을 검정 스펀지에 대고 누르도록 도와주면서, 우리는 동쪽의 귤과 대추야자 과수원이 있는 마을에서 왔다고 말했다.

"자네 옷에서 꽃마을 향기가 나는구먼." 추기경이 메모지에 손가락을 문질러 닦으면서 말했다. 그런데 지문은 남지 않고 엄지와 약지 윤곽만 시커멓게 찍혔다.

추기경은 아기 노스트라다무스를 증명서 위에 서게 했다. 왼발 자국을 보니 내가 늘 의심했던 대로 평발에 가까웠다. 반면 오른발 자국은 내가 꿈에도 생각지 못했던 것을 드러냈다. 복잡한 세계지도와 시각표, 절대 우리가 보아서는 안 되는 운명이었다. 나는 추기경이 발자국의 지형도를 알아채기 전에 양피지를 집어 들어 손가락으로 그 미래를 문대어 시커먼 잉크 자국만 남겼다.

나는 증명서를 둘둘 말고 기부금을 넣은 봉투를 추기경에게 건넸다. 그의 매끄러운 손에서 반사된 불빛이 봉투 속을 비추어 백 달러짜리 녹색 지폐가 드러났다.

"고맙네." 추기경이 말했다. 나는 도둑들의 교회를 걸어나왔다. 등 뒤에서 발 끄는 소리가 희미하게 들리기에 돌아보니 복사 두 명이 내 뒤를 따라오고 있었다. 그래서 밀감 밭을 향해 동쪽으로 걷다가 해질 녘이 되어서야 서쪽으로 발걸음을 돌려 엘몬테로 향했다.

CHAPTER NINETEEN

●

『백열광의 서』에서 발췌 번역

배반의 발라드

눈淚과 벌蜂의 시대에 부르는 침묵의 찬송

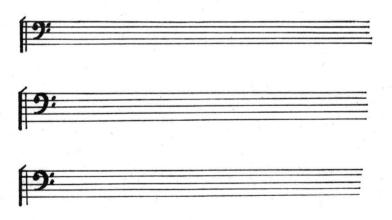

CHAPTER
TWENTY

프로기를 덮친 것은 열이었다. 차가운 산들바람은 건조한 바람이 되었고, 구름이 온통 마을을 에워쌌다. 마루 위에 젖은 수건들을 펴놓았다. 납 벽에서 페인트가 부글부글 기포를 일으키며 벗겨졌다. 줄리에타가 신문지로 싸놓은 초록색 과일들은 씨까지 푹 익었다. 그녀는 프로기를 불러 세우고 그의 팔을 잡아끌어 마지막 남은 얼음 조각을 그의 입속에 넣어주려 했다.

프로기는 줄리에타의 손에서 팔을 빼내고 반바지만 입은 채 구슬 같은 땀방울을 줄줄 흘리며 집에서 걸어나갔다. 그는 밭에 털썩 주저앉아 고랑에 얼굴을 갖다 댔다. 진흙이 얼굴을 식혀주었다. 스프링클러에서 뿜어져나온 물안개가 꽃에 맺히고 그의 등에서도 방울져 떨어졌다.

페데리코 데 라 페는 프로기를 데리러 밖으로 나왔다. 마당을 벗어나기 전에 페데리코 데 라 페는 현관 계단에 깨끗이 살균한 못을 세우고 왼발로 꾹 밟았다. 못이 그의 발바닥을 깊이 꿰뚫는 순간 머릿속이 하얘지면서 그의 마음속에 모든 전략과 전투계획이 쓸려나가고 고통스러움 이외에는 아무 생각도 남지 않았다. 페데리코 데 라 페는 바지 주머니 속에 종이 성냥과 넣어둔 채 잊고 있던 잔돈 약간만 갖고 프로기에게 갔다. 그는 몸을 구부려 프로기를 일으켜 세우려 했다. 진흙이 그의 신발 속으로 스며들어 피와 섞였다.

"프로기, 안으로 들어가세. 토성이 돌아왔어. 여기 이렇게 나와 있으면 안 돼."

그러나 프로기는 거부했다. "싫어요. 여기 있을래요." 프로기는 진흙을 뭉쳐 덩어리로 만들면서 흙먼지와 스프링클러 말고는 아무것도 생각지 않겠다고 다짐했다.

프로기는 깨어 있을 동안에는 다짐을 지켰지만, 눈을 감고 머리를 이랑 둔덕에 기댄 채 잠에 빠졌다.

곧 밖으로 뛰쳐나와 땅에 쓰러진 사람은 프로기만이 아니었다. EMF를 토성으로부터 보호해주었던 납이 공기중에 유출되어 욕조와 싱크대에 받아놓은 물에 녹아들었던 것이다. 물이 나오지 않을 때를 대비해 비축해 둔 물이 납에 오염되고 말았다. 사람들이 물을 마시자 납이 몸속으로 들어와 혈관을 타고 돌면서 피를 진하게 만들어 혈관을 막았다.

꼬마 메르세드

아빠는 항아리에 알코올을 부은 다음 끓였다. 아빠는 항아리 안에 손을 넣어 긴 못을 꺼냈다. 아빠는 나갔다 올 테니 자기가 나가면 바로 문을 닫고 안에 있으라고 했다. 그러나 문을 닫자마자 모든 것이 무거워지고 실내 공기가 탁해지면서 목구멍이 바짝바짝 말랐다. 나는 밖으로 나가서 집 현관에 앉았다. 계단 위에는 방금 흘린 핏자국이 나 있었고 시멘트의 갈라진 틈에 얼룩진 못이 끼어 있었다. 나는 피를 보다가 고개를 돌리고 잔디밭에 토했다.

프로기

줄리에타가 데 라 페에게 전화를 걸어 내가 밖에 나갔다고 말했다.

"프로기, 일어나." 그가 말했다.

나는 처음에는 아무 말도 않고 있다가, 그에게 안으로 들어가지 않겠다고, 진흙탕 속에서 스프링클러의 물보라를 맞으며 있겠다고 말했다.

화창한 아침이다. 수도꼭지에서 물이 나오고, 내 침대 협탁에도 물이 한 잔 놓여 있다. 활짝 열어놓은 창문으로 산들바람이 흘러들어온다. 줄리에타가 침대 위에 있는데 어떨 때 보면 샌드라다. 샌드라의 아버지가 들어온다. 나는 카네이션 칼로 손을 뻗지만, 찾을 수가 없다. 그래서 그의 목을 베지 못한다. 대신 그를 침대에서 밀쳐낸다. 주먹질과 발길질을 퍼부어 그를 회벽 집에서 잔디밭으로 쫓아낸다. 샌드라의 뜨개실로 짠 완벽하게 잘 다듬어진 잔디밭. 하늘은 쾌청하고 토성은 이제 없다.

샌드라의 아버지는 매달 다시 돌아온다. 매달 그의 코를 피투성이로 만들지만, 샌드라는 그 자리에 있다. 내 집에 오악사카 새는 없지만 나무에서 들려오는 새들의 지저귐, 샌드라가 좋아하는 그 노랫소리를 들을 수 있다. 소리가 들어오도록 창문을 활짝 연다. 그들은 나무에 앉아 있다가 밭이랑을 스치며 부리에 애벌레와 풍뎅이를 물고 날아간다. 가끔씩 부리의 힘이 느슨하게 풀려 흙 위에 먹이를 떨어뜨리기도 한다.

토성

곤충들이 진흙에서 기어나와 그의 등에 자국을 남기고, 그를 깨울세라 조심스레 그의 얼굴과 귀 주변을 돌아다녔다. 그는 마침내 구토하는 소리에 정신을 차렸다.

EMF 대원들 전부, 심지어 펠론(나무껍질이라도 먹고 소화시킬 수 있는)까지도 문을 열고 잔디밭으로 뛰쳐나와 몸을 웅크리고 풀 위에 구토를 했다.

꼬마 메르세드는 담즙이나 고약한 냄새를 풍기는 소화되다 만 음식이라곤 전혀 없이 물과 라임 씨만 게워냈다. 페데리코 데 라 페도 몸을 웅크리고 잔디밭에 먹은 것을 다 게워내느라고 딸의 숨결에서 감귤 냄새를 맡지 못했다.

납 벽을 뜯어낸 스마일리와 아예 처음부터 납 벽을 치지 않았던 아폴로니오만 빼고 몬테 사람들 전부가 납 중독에 걸렸다. 프로기가 제일 오래도록 토했다. 자정쯤 되었을 때는 빵과 돼지고기와 씹은 꽃잎 찌꺼기가 부근 밭이랑의 물 위에 둥둥 떠 있었다.

EMF는 더 이상 납 보호막도 없이 목구멍과 갈비뼈에 쑤시는 통증을 느끼며 잔디밭에 대자로 뻗은 무력한 모습이었다. 구토와 욕지기로 기력을 다 소모해버린 나머지, 그들은 마구 뒤집히는 위장 말고는 아무것도 생각할 수가 없었다.

스마일리는 목구멍을 긁어내는 듯한 구역질 소리가 들려오자, 수학 정리와 식물들을 내팽개치고 주전자와 플라스틱 컵을 들고 나가 페데리코 데 라 페와 샌드라에게 물을 갖다주었다. 그는 주전자의 마지막 한 방울까지 다 따라주고 나서, 꽃밭에서 스프링클러를 끌어내 지붕 위에 설치하여 온 잔디밭에 물보라가 고루 뿌려지도록 했다.

6월 13일부터 16일까지 사흘 동안, 스프링클러의 딸깍이는 소리와 물 떨어지는 소리, 그리고 왝왝거리는 소리가 무더운 엘몬테의 대기를 채웠다.

내가 제일 먼저 회복되었다.

스마일리가 새는 곳을 막고 스프링클러를 돌릴
동안, 나는 아폴로니오를 도와 작은 종이컵에 숙
성시킨 우유를 따랐다. 때때로 비가 내려 무더운
여름날의 열기를 식히고 토사물의 악취를 누그
러뜨렸다.

우유는 아폴로니오의 지시에 따라 낙농장 처녀
들이 숙성시켜 밀랍으로 테를 두른 통 속에 밀봉
해 두었던 것이다. 우유는 끈적끈적하고 씁쓸했
으며, 삼킬 때조차도 응고된 상태였다.

아빠는 잔디밭에 앉아 있었는데, 우유가 입술에
닿기만 해도 토할 지경이었다.

"좀 더 쉬시게 놔두렴. 좀 있다가 드려봐." 아폴로
니오가 말했다. 그는 아기 노스트라다무스를 등
에 단단히 매어 업고 우유컵을 돌렸다.

샌드라는 셔츠를 갈아입지도 않았다. 물보라를
맞아도 과일과 쌀, 씹은 씨와 점액으로 엉망진창
이 된 블라우스 꼴은 여전했다. 그녀는 웅크리고
있다 천천히 일어나 앉아 우유를 꿀꺽꿀꺽 마셨
다. 우유가 쉽게 넘어가면서 졸음이 걷히기 시작
했다. 샌드라는 곧 일어서서 아폴로니오가 준 바
나나 조각을 먹을 수 있게 되었다.

샌드라는 바나나를 씹으며 아빠 쪽으로 걸어왔다.

"납을 뜯어내는 수밖에 없어요." 샌드라가 말했다.

아빠도 이의를 제기하지 않았다. 아빠는 고개만
끄덕이고 다시 우유를 마셔보려 했지만 잔디 위
에 토하고 말았다.

우왜엑.

토성

스마일리와 프로기는 데 라 페의 집에서 납 벽을 뜯어내고 잔디밭의 토사물 구덩이 옆에 납판을 쌓아놓았다.

꼬마 메르세드는 페데리코 데 라 페를 부축해 방으로 옮기고, 침대에 눕도록 도와주었다. 그녀는 우유컵을 들어 아빠의 입술에 대고 기울였다. 처음으로 그는 우유를 마실 수 있었으나, 꼬마 메르세드가 침대 협탁에 빈 종이컵을 놓자 우유가 데 라 페의 입에서 그의 셔츠와 무릎으로 쏟아졌다.

페데리코 데 라 페는 꼬마 메르세드가 그의 긴소매 셔츠 단추를 풀고 칼라를 열어젖혀 자신이 오랜 세월 딸에게 숨겨왔던 화상 자국과 흉터를 드러낸 바로 그 순간만큼 간절하게 사생활의 자유, 토성의 눈을 피해 몸을 숨길 권리를 원한 적이 없었다.

하지만 그는 몸을 빼고 꼬마 메르세드를 제지할 힘이 없었다. 결국 포기하고 딸이 셔츠를 벗기도록 내버려두었다. 그는 항상 긴 소매를 고집했다. 꼬마 메르세드에게는 햇빛에 너무 민감해서라고 둘러대고, 딸이 깊이 잠들 때까지 절대 작업복 셔츠를 벗지 않았다.

꼬마 메르세드는 시커먼 흉터와 물집을 보고, 납 중독이 속에서 곪다가 피부 밖으로 드러난 더 심각한 징후라고 생각했다. 그러나 페데리코 데 라 페는 딸을 속이려 하지 않았다.

"가끔씩 네 엄마가 미치도록 보고 싶단다."

꼬마 메르세드

"요즘처럼 네 엄마가 그리웠던 적이 없구나." 아빠는 제일 깊은 상처 두 군데를 만지면서 말했다. "어떻게 그런 짓을…?" 내가 물었다. 아빠는 침대 밑의 상자를 가리킬 뿐, 아무 말도 하지 않았다. 나는 나무 상자를 끌어내어 가죽 끈을 풀고 뚜껑을 열었다.

안에는 날이 휘고 연기로 새까맣게 그을린 칼, 포장하지 않은 성냥개비 수백 개, 석유가 든 작은 마요네즈 병, 흰색으로 테를 두른 초록색 원피스를 입은 엄마의 사진이 든 액자가 있었다.

"네 엄마는 언제나 내 마음속에 있단다. 어떤 날은 그냥 침대에 누워서 네 엄마 생각만 하고 싶지. 생각하는 것만으로도 충분해. 하지만 네 엄마를 찾으러 가고 싶어지는 날도 있어. 찾아서 이렇게 말하고 싶단다. '나요, 페데리코 데 라 페.' 그리고 다시는 침대에 오줌을 싸지 않겠다고 약속을 하고."

추억과, 무엇보다도 엄마를 만져보고 싶다는 갈망으로 괴로운 나날이었지만, 아빠는 차마 엄마를 찾으러 갈 수 없었다. 아빠는 행여나 엄마가 다른 남자의 손을 잡고 거리를 걸어가는 모습을 발견하게 될지도 모른다는 생각에, 상자를 열고 칼날을 불에 달구어 살을 지져 감염과 악취에 시달리는 쪽을 택했다.

아빠는 아마 이런 두려움 탓에 아폴로니오에게 가서 엄마에 대해 물어보지 못했을 것이다. 나는 아빠에게 엄마에 대해 알고 있는 사실, 내 손바닥을 들여다보고 그날 알게 된 사실에 대해 절대 말하지 않았다. 엄마는 아직도 라스토르투가스 강가에 살고 있지만, 창백한 얼굴에 키가 크고 턱수염을 잘 다듬은 남자와 함께였다.

샌드라 부사령관

페데리코 데 라 페가 휴식을 취하고 있을 동안, 우리는 엘몬테의 모든 집에서 납을 뜯어내 픽업트럭 짐칸에 쌓았다.

우리는 트럭을 몰아 엘몬테를 벗어나, 남쪽의 휘티어 구릉지대로 갔다. 거기에 납을 부려놓자, 협곡에 푸르스름한 빛이 감돌았다.

이틀 후 페데리코 데 라 페가 회복되어 비상대책을 강구하기 시작했지만 엘몬테는 다시 한 번 토성의 시야에 무방비로 훤히 드러났다. 우리는 앞뒤가 안 맞고 의미 없는 생각들로 머릿속을 채워 일시적으로는 생각을 감출 수 있었지만, 결국은 속마음을 드러내게 될 것이었다.

우리는 마지막 짐을 협곡에 내려놓았다. 엘몬테로 돌아갈 때는 스마일리가 웃통을 벗은 채 운전대를 잡았다. 그의 EMF 문신은 얼룩으로 뭉개져 있었지만, 그는 여전히 우리와 한패였다.

"스마일리, 플로레스에 돌아올 생각 없어? 다시 EMF의 일원이 되지 않을래?" 내가 그에게 물었다. 그는 여전히 길에서 눈을 떼지 않은 채 나를 돌아보지도 않고 마침내 입을 열었다.

"샌드라, 나도 EMF에 끼고 싶어. 하지만 토성과 전쟁을 해야 한다면 관둘래."

스마일리가 EMF로의 복귀를 놓고 한 말은 그것이 다였다. 엘몬테에 도착하자, 스마일리는 다시 수학과 화분으로 돌아가 토성이 자신을 알아봐줄지도 모른다는 희망을 품고 천창을 통해 우주를 바라보았다. 스마일리는 우리들과 똑같이 꽃밭에서 자랐고 항상 숨쉴 때마다 꽃잎 냄새를 풍겼지만, 한편으로는 우리와는 달리 사적이고 조용한 삶을 원치 않았다. 스마일리는 어떤 형태의 명성을 원했다. 단지 침대에 벌거벗고 누워 있는 것으로 얻은 명성일지라도.

토성

꼬마 메르세드가 때때로 토성의 위협을 염려하기는 했지만, 언제나 전쟁은 아빠의 몫이었다. 가끔씩 그녀조차도 과연 전쟁을 꼭 해야 하는지 의구심이 들었다. 그러나 그녀는 아빠의 나무 상자를 열고 불 피우는 도구들을 발견한 날 비로소 자기를 내려다보는 토성의 존재를 날카롭게 느꼈다.

그녀는 항상 페데리코 데 라 페를 EMF의 영웅적인 지도자로, 다정하고 자상한 아빠로 알고 있었다. 그러나 그는 그러한 역할을 하는 동시에 아내를 잃은 고통을 끝내 이겨내지 못하고 깊은 슬픔에 빠진 남자였다.

토성은 눈길을 거둘 만큼 점잖은 인물도 못 되었고, 페데리코 데 라 페와 그의 딸에게 공감하고 그들이 누구의 눈에도 띄지 않고 혼자 있을 필요가 있다는 것을 이해할 능력도 없었다. 대신, 토성은 페데리코 데 라 페의 무릎에 쏟아진 토사물에 초점을 맞추고, 천천히 그의 드러난 배와 가슴을 훑어오르며 건조한 잿빛 피부, 흉터, 아직도 물집이 잡힌 화상 자국을 다 보았다. 그런 다음 아픈 아빠를 돌보는 꼬마 메르세드로 눈길을 돌려, 그들의 대화를 하나도 놓치지 않고 다 들었다.

"미안하구나." 페데리코 데 라 페가 딸에게 말했다. "숨겨두는 편이 더 나은 일도 있는 법이란다."

꼬마 메르세드는 토성의 존재를 감지하고 말없이 고개를 끄덕였다. 그녀는 토성뿐 아니라 책장을 내려다보고 있는 자들, 문장을 따라 아빠의 방으로, 침대로 들어와 아빠가 피부에 유황 성냥을 갖다 대는 모습을 보면서 낄낄대고 자기들끼리 "일어나, 늙은이. 계집 하나 갖고 뭘 그래" 같은 소리를 지껄였을지도 모를 자들에 대해 적개심을 느끼기 시작했다.

꼬마 메르세드는 아버지를 보호하고, 낯모르는 이들의 조롱과 동정으로부터 숨겨주고, 자신의 분노를 감추고 싶었다. 그녀는 아직도 아기 노스트라다무스의 훈육을 받고 있었지만, 눈을 감고 혼자 힘으로 방패를 치려는 시도를 해보았다.

꼬마 메르세드

왕진을 항상 거부했던 아폴로니오였지만, 숙성시킨 우유 1쿼트를 들고 아버지를 찾아왔다.
"아버지가 드실 수 있게 될 때까지 계속 드려봐."
아폴로니오가 말했다.
시트를 두 번 갈고 종이 타월 한 롤을 다 쓰고 나서야 아빠는 우유를 마셨다. 아빠는 시트를 장미꽃잎과 비누 속에 담가두었을 때 납 중독에서 회복되기 시작했다.
아빠는 나에게 엄마와 불에 대해 얘기해주셨다. 어떻게 해서 엄마 때문에 불을 피우게 되었는지 말씀하셨지만, 엄마에 대해 얘기할 땐 부드러운 어조를 잃지 않으셨다. 엄마가 그렇게 오래 오줌싸개를 참아준 것이 놀랍다고 말했다.
그리고 나는 ▓▓▓▓▓▓▓▓▓▓▓ 생각해보았다. 하▓▓▓▓▓▓▓▓▓▓▓▓▓자신의 딸과 남편▓▓▓▓▓▓▓▓▓▓▓정함도 발견할 수 ▓▓▓▓▓▓▓▓▓▓▓▓로 그에 대해 얘기하▓▓▓▓▓▓▓▓▓향해 보여준 무한▓▓▓▓▓▓▓▓▓▓ 그 사랑은 화상과 물집의 원인이 되어서는 안 되었다. 나는 아빠를 숨겨주고, 아빠를 다른 사람들로부터 보호하고 싶었다. 다른 사람들이 아빠를 보지 못하게 하고, 내가 아빠에게 느끼는 동정심을 느끼지 못하게 하고 싶었다. 아빠는 EMF의 지도자이자 군사령관 페데리코 데 라 페였다. 그래서 나는 토성이건 다른 누구건 간에 아빠가 화상 자국투성이가 되어 무릎은 물과 토사물로 흠뻑 젖은 채 침대에 앉아 나무 상자 속에 든 성냥과 시커멓게 그을린 칼을 뒤져 엄마의 사진을 찾아내는 모습을 보는 것을 참을 수가 없었다. 몬테에 이제 납은 없었지만, 아빠를 보호하기 위해 나는 온 힘을 다했다.

아폴로니오

나는 페데리코 데 라 페의 집에 숙성시킨 우유를 갖다주었다. 유리 물병에 담아 온 우유를 플라스틱 단지에 따를 동안, 꼬마 메르세드에게 아기 노스트라다무스를 안고 있으라고 주었다.
부엌에서 나와 그의 방으로 가보니, 꼬마 메르세드와 아기 노스트라다무스가 페데리코 데 라 페를 굽어보고 있었다. 그가 엘몬테를 걸어 다니는 모습, 꽃 방수천을 들고 무게 재는 곳에 서 있거나 꼬마 메르세드와 함께 '교황 전당포'에 있는 모습을 여러 번 보았지만, 데 라 페가 화상 수집가일 줄은 꿈에도 몰랐다.
그의 주변에는 늘 희미한 석유 냄새가 떠돌았지만, 엔진 윤활유를 희석할 때 쓰는 용제에서 나는 냄새라고만 생각했다. 그러나 그가 셔츠를 확 열어젖혀 화상과 시커먼 칼자국으로 엉망진창이 된 몸을 드러낸 채 침대에 앉아 있는 모습을 보자, 페데리코 데 라 페가 왜 가연성 물질을 찾았는지 알 수 있었다.
화상 수집가를 본 것도 참 오랜만이었다. 어머니의 집을 떠난 이후로 처음이었다. 그 당시의 화상 수집가들은 대담하고 뻔뻔스러웠던지라, 불로 온몸을 장식하고 인간은 모두 재에서 태어나 재로 돌아가리라는 성경 구절을 인용하곤 했다. 화상 수집가들은 언제나 옳았다. 그들은 재를 흘리며 우리의 궁극적인 운명에 훨씬 더 가까이 있었다.
그러나 페데리코 데 라 페는 부끄러운 마음에 모든 것을 자기 셔츠와 침대 밑에 감추고 있었다.

토성

페데리코 데 라 페가 회복기에 접어들면서, 꼬마 메르세드의 힘은 점점 더 강해졌다. 데 라 페가 빵과 돼지고기를 먹을 수 있게 되었을 즈음에는, 자기 경계선 밖까지 보호막을 펼쳐 다른 사람들의 생각까지 은폐할 수 있었다.

꼬마 메르세드는 페데리코 데 라 페와 EMF 모르게 보호막을 펼쳤다. 그래서 꼬마 메르세드가 방에 앉아 가끔씩 삼베 자루에 손을 뻗어 라임을 한 주먹씩 꺼내면서 정신을 한곳에 집중하고 있을 동안, 페데리코 데 라 페와 프로기는 도미노 테이블에 앉아 다음 공격 계획을 짰다.

"우린 토성을 피해 숨을 수가 없어요." 프로기가 페데리코 데 라 페에게 말했다. "지금이야말로 우리가 통제권을 쥐고 토성을 몰아내야 할 때인지도 몰라요."

페데리코 데 라 페는 아무 말도 하지 않았다. 그는 도미노 상자를 비운 다음 아무 표시도 없는 상아 면이 위로 오도록 패를 엎어놓았다. 프로기가 새로운 전투 전략에 대해 얘기할 동안, 페데리코 데 라 페는 도미노 패 세 개를 집어 이렇게 배열했다.

프로기는 페데리코 데 라 페의 손에서 패를 잡아채더니, 패의 방향을 돌리고 패를 더 넣어 이렇게 바꾸었다.

아무 말도 오가지 않았지만, 프로기와 페데리코 데 라 페는 토성과 싸울 새로운 계획을 고안해낸 것이다.

나는 침대에 앉아 라임 껍질을 벗기고 과육을 먹었다. 아빠와 프로기는 도미노 테이블에 앉아 있었다. 나는 눈을 감고 아기 노스트라다무스가 가르쳐준 대로, 내 자신의 생각을 부인하지는 않으면서 정신을 집중해 막을 펼치기 시작했다. 버스가 꾸불꾸불한 차폴테펙 협곡을 따라 달리

프로기가 우리를 도미노 테이블로 호출했다. 우리는 모두 모여 상아 패를 내려다보았다.

"이것이 토성을 막을 방법이야." 프로기가 도미노를 가리키면서 말했다. "하지만 EMF만으로는 부족할 거야."

"이건 그들의 전쟁이기도 하니까." 페데리코 데 라 페의 말이었다.

데리코 데 라 페와 프로기는 엘몬테를 둘러싼 계선 넘어서까지 신병을 모집하면서 전쟁 준비를 했다.

렇게 준비가 시작되었다. 우리는 머리를 다듬 셔츠 자락을 단정히 옷 속에 집어넣고 영업사 같은 상냥한 미소를 연습했다. 그런 다음 차 몰아 엘몬테를 빠져나가 앨햄브라, 샌가브리 사우스 패서디나 시로 갔다. 우리는 문을 두 리고, 사람들에게 우리와 함께 토성과 싸우지 겠느냐고 물었다.

떤 사람들은 문을 열고 나와 공손히 거절했다. 당신들은 우리를 하나로 묶어주는 유일한 것을 치고 싶어 하는군요." 그들의 말이었다. 우리 사과를 하고 가던 길을 계속 갔다.

리는 또 자기들 나름의 전쟁을 치른 적이 있는 역군인들도 방문했다.

가 크로모스, 로코스, 키메라에서 싸웠다." 그 이 말했다.

들도 모든 전쟁에서 패했다는 이유로 거절 다.

홀 동안 네 개 도시를 돌았지만, 토성과의 전 에 동참하겠다고 나선 신병은 단 두 명뿐이 다.

토성

EMF는 손가락 마디의 살갗이 무르다 못해 멍이 들 때까지 문을 두드리고 다니면서 신병 모집을 계속했다.

이제는 자기 힘을 다루는 데 능숙해져 순식간에 보호막을 펼 수 있게 된 꼬마 메르세드마저 이 집 저 집 라임 씨와 껍질을 떨어뜨리며 도움을 청하러 다녔다.

페데리코 데 라 페의 처음 계획은 인내를 요했다. 토성이 결국에는 제 풀에 지쳐 물러가주기를 바라며 숨어서 기다리는 전쟁이었다. 직접적인 전투가 아니라 느린 방어전이었으나 그나마도 끝내는 남의 독성에 무너지고 말았다. 데 라 페는 총공세를 펼 때가 왔음을 깨달았다. 전면전에 나설 때였다.

토성은 페데리코 데 라 페가 어떤 공격을 해오든 맞설 준비를 했다. 마음속에서 이제는 이름을 말하지 않기로 한 그녀를 쫓아내려 애쓰면서, 토성은 도서관의 전쟁 관련 책 서가에서 무지막지하게 큰 책을 여러 권 뽑아왔다. 그는 아메리카 대륙 역사상 모든 해전, 육지전, 공중전, 편지로 치른 전투에 대해 읽었다. 그는 꼬마 하사*가 유배중에 쓴 나폴레옹 보나파르트의 자서전을 외울 때까지 읽어서 지식을 보충했다. 책은 대부분 공격 철학에 대한 숙고로 채워져 있고, 방어적 사상에 대해서는 짤막한 장 하나만 있었다. 에필로그는 회전식 닭구이와 건강 식이요법 레시피로 이루어져 있었다.

그 식이요법은 나폴레옹이 해방 전쟁에서 5차 연합군에게 패했을 때와 이름을 붙이지 않은 전투에서 마리 루이즈에게 패배했을 때, 마지막 두 차례의 전투만 제외하고 늘 엄격히 준수했던 여섯 가지 기본 원칙으로 이루어져 있었다.

토성은 자서전에서 사령관이 따라야 할 여섯 가지 기본 원칙이 적힌 223페이지를 조심스럽게 뜯어냈다.

1) 아침: 달걀 두 개, 라드 1온스, 우유 한 잔.
2) 점심 전: 엎드려 팔굽혀펴기 백 개, 윗몸일으키기 이백 개, 성모마리아께 기도 한 번.
3) 연애편지는 쓰지 말 것.
4) 그녀를 생각하지 말 것(그녀의 성인 축일에도).
5) 그녀를 생각하고 있다면, 다시는 하지 말 것.
6) 밤에는 수면용 안대를 착용할 것.

---

*나폴레옹의 체구가 작았던 데서 나온 별명.

CHAPTER TWENTY-ONE

●

수학자이자 식물학자인 스마일리의 노트에서.

도량형 환산법

『신약성서』 기준

물 2.482리터	= 와인 1갤런
구운 빵 반죽 68온스	= 빵 서른 바구니
소금에 절인 앤초비 캔 하나	= 물고기가 가득 든 그물 세 개
나사로의 죽음	= 짧은 낮잠 한 번
유실된 흐트러진 후광 한 개	= 불에 탄 숲 300에이커

『백열광의 서』 기준

미소 한 번(벌어진 이가 드러나는)	= 그가 그녀를 어떻게 기억하는가
그녀의 침대에서 눈 뜨는 아침	= 행복

할머니의 털실로 짠 담요,

탁탁거리는 턴테이블,

피임기구 두 개   = 첫사랑

멍든 엉덩이 1/2   = Sana, sana, colita de rana*

수잔B. 앤서니** 달러와

돌돌 만 2달러 지폐 두 봉지   = 그녀의 저축 계좌

눈 16인치   = 슬픔

왕복 차표(뉴욕발 로스앤젤레스행)   = 실패한 임무

벌에 팔을 쏘인 소녀 한 명   = 속죄

소설 한 권   = 변명

그녀가 건 전화: 난 이 책이

  내 인생을 망쳐놓는 걸

  원치 않아.   = 그렇지 않아, 라고 그가 말하다.

---

* '빨리빨리 나아라, 개구리 꼬리'라는 뜻. 라틴아메리카의 동요로 아이가 다쳤을 때 상처를 문지르며 불러준다.
** 미국에서 여성 참정권 운동을 시작한 선구자로, 1979년에 발행된 1달러 지폐에 그녀의 얼굴이 실렸다.

CHAPTER TWENTY-TWO

● ● ●

꼬마 메르세드

프로기는 일요일 아침에 라임 껍질에 둘러싸여 똑바로 누워 있는 꼬마 메르세드를 발견했다. 아직도 이슬이 그녀의 몸 아래 맺혀 있고, 원피스 엉덩이 부분에는 풀물이 들어 있었다. 프로기는 꼬마 메르세드를 일으켰지만 귤 냄새만 날 뿐, 전혀 숨을 쉬지 않았다. 입술은 시디신 라임즙 때문에 벗겨졌다. 프로기가 그녀를 풀밭에서 페데리코 데 라 페의 집으로 옮길 때 그의 셔츠에 차디찬 피가 약간 묻었다. 프로기가 도착했을 때는 말라붙어 소금기만 남은 눈물 자국이 그의 뺨과 턱에 긴 줄을 그렸고, 왼쪽 소매와 어깨는 적갈색의 입술 자국으로 얼룩졌다.

아폴로니오가 아기 노스트라다무스를 등에 업고 페데리코 데 라 페의 집에 도착했다. 그는 꼬마 메르세드의 입을 열어 혀를 꺼내보

239

고, 모두가 이미 짐작한 바를 확인해 주었다.

"감귤 중독이군." 그는 산에 절은 꼬마 메르세드의 혀를 다시 입속에 밀어넣으며 말했다.

장례식 철야를 할 때, 의뢰를 받고 묵주기도를 이끌러 온 수녀와 아기 노스트라다무스만 빼고 모두 울었다. 프로라고 자부하는 아폴로니오마저도 손수건을 꺼내 눈물을 닦고 난 후 집에 가서 도자기로 된 성인 상에 모두의 애도의 뜻으로 벨벳 수의를 씌웠다.

프로기와 EMF 단원들은 타르로 문신을 가리고 장미 꽃잎을 씹으며 사흘 동안 무릎을 꿇고 묵주기도를 드렸으며, 장미 찌꺼기를 뱉을 때만 방을 떠났다. 그들의 숨결에서 풍겨 나온 꽃향기가 방 안을 가득 채웠다. 페데리코 데 라 페의 집 옆을 지나다가 그 냄새를 맡은 사람들은 다들 성인 기념 축제의 철야 광경인 줄 알았다.

그날은 페데리코 데 라 페의 삶에서 가장 슬픈 날이었다. 슬픔을 이기지 못한 나머지 그는 예의범절마저 무시하고 화상 자국이 훤히 보이는 목과 손등에 불을 갖다 댔다. 페데리코 데 라 페는 묵주기도 첫날 낮과 밤 동안에만 무릎을 꿇었다. 이틀째가 되자 자기 방으로 들어가 문구 상자와 결혼 선물로 받았던 만년필을 갖고 나왔다. 종이는 손으로 압착시킨 파피루스로 만든 것이고, 봉투 입구는 천연 밀랍으로 테를 둘렀다. 페데리코 데 라 페는 이십 년이 다 되도록 아내에게 한 번도 편지를 쓴 적이 없었다.

그는 옆방에서 사람들이 입술에서 향내를 풍기며 지친 혀로 여섯 번째 묵주기도에 들어갈 동안, 외동딸의 죽음을 어떻게 알리면 좋을지 골똘히 생각하면서 의자에 앉아 초고를 휘갈겨 썼다.

"사랑하는 메르세드," 그는 이렇게 시작하여 인사말로 편지를 끝맺으면서 오줌 방울이 다리에서 왼쪽 신발로 흘러내려 양말을 적시는 것을 느꼈다. 편지의 내용은 슬펐지만, 그는 긴 세월 내내 사랑해 온 여자에게 편지를 쓰면서 기이한 흥분을 느꼈다. 꼬마 메르세드의 죽음을 메르세드에게 알린 후 페데리코 데 라 페는 틀린 철자는 없나 거듭 살펴보고, 아직도 그녀를 사랑하고 있으며, 이제는 침대를 적시지 않는다는 말을 마지막으로 적었다. "사막처럼 뽀송뽀송하다오." 그는 이렇게 쓰고 나서 편지를 접어 봉투에 넣었다. 그는 손과 목을 지졌던 그 따뜻한 칼날로 밀랍을 녹여 봉투를 봉했다.

페데리코 데 라 페는 엘몬테에서 살면서 한 번도 아폴로니오를 찾아간 적이 없었다. 그러나 자기 편지가 메르세드에게 닿으려면, 과부와 우체부들로 이루어진 큐란데로의 연락망을 통해야 한다는 정도는 알고 있었다.

"아내가 어디 사는지 모른다네." 페데리코 데 라 페는 봉투를 건네며 말했다.

아폴로니오는 고개만 끄덕이고 편지를 받았다.

메르세드

조너선 스미스는 식민지를 개척하고 개신교의 씨를 뿌리는 데 힘을 보태기 위해 영국에서 중남미로 왔다. 그러나 라스토르투가스에서 여러 해를 보내면서, 교황에 반대하는 말은 한마디도 입 밖에 내어보지 못했다. 햇빛을 피하기 위한 캔버스 천 텐트 하나가 고작일

뿐, 식민지를 건설하기는 고사하고 조그만 건물 하나 올릴 엄두조차 내지 못했다. 중남미에서의 재직 기간중 그가 성공을 거둔 일은 딱 두 가지뿐이었다. 1) 유부녀와의 연애, 2) 그녀를 남편한테서 꼬여 내기.

페데리코 데 라 페의 편지가 조녀선 스미스와 메르세드의 우편함에 도착한 날, 메르세드는 과달라하라에서 설탕과 소금 부대를 사고 있었다. 조녀선 스미스는 매우 유럽인다운 예의범절의 소유자여서, 편지를 열어보지 않고 위쪽의 메르세드의 이름이 보이도록 부엌 식탁 위에 그대로 놓아두었다.

집에 돌아온 메르세드는 설탕과 소금 부대를 식탁 위에 놓고 봉투를 집어 조심스레 옆을 찢어 그 틈으로 편지를 끄집어냈다. 꽃향기가 물씬 풍겼다. 처음에 메르세드는 장미 향을 풍기는 연애편지로 오해했으나, 필체는 불안정했고 줄을 맞추려고 기를 썼지만 모든 문장이 푸른 선을 넘어가 있었다.

조녀선 스미스가 잘 다듬은 수염을 쓰다듬으며 부엌에 들어와 보니, 소금과 설탕이 식탁 위에 쏟아져 바닥으로 흘러내리고 있었다. 메르세드는 고개를 숙이고 머리카락으로 얼굴과 반짝이는 설탕 알갱이를 뒤덮은 채 앉아 있었다.

조녀선 스미스는 그녀의 머리를 부드럽게 쳐들고 식탁 위로 그녀의 눈물이 떨어지면서 슬픔이 나뭇결 속으로 깊이 배어드는 모습을 보았다.

메르세드 데 파펠

 로스앤젤레스에서는 드물게 폭풍우가 몰아치던 아침, 메르세드 데 파펠은 자동차 브레이크를 밟았다. 차는 윌셔 대로를 가로질러 미끄러지다가 마주 오던 시보레 자동차 그릴을 들이받고서야 멈추었다. 구급차가 임팔라* 운전자를 운전석에서 끌어내 피투성이가 된 얼굴과 입을 닦고 데려갔다. 다른 차의 운전자는 발견되지 않았다. 청소부들이 와서 두 대의 차량에 소화액을 뿌린 다음 박살난 앞 유리창과 후드에 달라붙은 젖은 종잇조각을 긁어냈다. 펄프 일부는 아스팔트에 떨어져 빗물에 도랑으로 씻겨나갔다. 종이로 만든 사람들 모두가 그러듯이, 메르세드 데 파펠의 죽음에 대해서도 사망 증명서든 부고장이든 아무런 공식 기록도 남지 않았다. 그녀의 존재를 인정하지 않은 사건 보고서뿐이었다. 그녀에 대한 기록은 연인들의 입술, 그들의 입을 째놓은 흉터에만 남았다. 그러나 그것은 연인 메르세드 데 파펠, 사랑을 받았던 여자의 기록이었고, 그녀를 만짐으로써 느낀 고통의 기록이었다. 메르세드 데 파펠은 흉터에 남은 흔적을 신중하게 다루었다. 이런 이유로 자기가 흘린 조각에 적힌 자신의 이야기를 다 모아두었다. 그녀는 자기만의 책을 묶어 내고 모국어인 스페인어로 '종이 인간의 고통과 사랑*Los Dolores y Amores de la Gente de Papel*'이란 제목을 붙였다.

---

*시보레의 차종 중 하나.

꼬마 메르세드

스마일리는 EMF에서 탈퇴한 후로, 다시는 검은색 상복용 구아이
아베라 셔츠를 입지 않겠다고 맹세했다. 그러나 꼬마 메르세드의 부
고를 받아 든 아침, 별빛과 햇빛에 그을린 몸을 침대에서 일으켜 상
복을 입고 다시 한 번 검은색 구아이아베라 셔츠를 걸쳤다. 그는 호
주머니에 장미 꽃잎과 카네이션을 가득 넣고 페데리코 데 라 페의
집으로 향했다.

무릎을 꿇고 기도한 지 나흘째에 접어들자, 무릎은 감각이 없어지
고 장미 꽃잎을 씹으며 성모의 이름을 되풀이해 부르느라 입은 바짝
말랐다. 수녀는 검은 치마폭 아래 두터운 쿠션으로 만든 무릎 보호
대를 차고 속옷에는 수통을 숨기는 등 만반의 준비를 하고 왔다. 마
지막 생존자인 스위스인 성자와 함께 공부한 수녀는 가톨릭의 법을
문자 그대로 따랐으며, 가장 비밀스러운 교리를 지지했다. 그리하여
속도위반한 신부의 결혼식에 참석하기를 거부하고, 자기 도구는 꼭
성수로만 닦았으며, 구약의 관습을 준수하여 삼 년간 격리시켜 청결
하게 한 돼지고기만 먹었다.

그런 수녀가 꼬마 메르세드의 부활을 목격하고 처음으로 취하려
한 행동은 교회 목사에게 경보를 울리고 바티칸 기적 담당국에 알리
는 것이었다.

꼬마 메르세드의 죽음은 짧았다. 닷새하고 세 시간 이십육 분 동안
이었다. 그녀는 깨어나자 눈에서 잠기운을 털어내며 트고 마른 입술
을 빨았다. 페데리코 데 라 페는 딸에게 달려갔고, 프로기는 수녀를

향해 걸어가 무심결에 한 행동인 척 카네이션 칼을 슬쩍 내보였다.

"수녀님은 여기에서 아무것도 못 보신 겁니다." 프로기는 수녀에게 이렇게 말했다. 수녀가 기적을 문서로 남겨 무슨 일이 있었는지 공식기록으로 보관해두는 일이 얼마나 중요한지 설명하려 하자, 다른 EMF 단원들이 허리춤에서 칼을 뽑았다.

"순교자가 되고 싶지는 않으시겠지요." 프로기가 말했다. "봉사해주셔서 정말 감사합니다." 프로기는 수녀에게 교회 기부금이 든 봉투를 쥐여주고 집 밖으로 쫓아냈다.

메르세드

페데리코 데 라 페의 슬픔은 고작 닷새 갔지만, 메르세드의 슬픔은 훨씬 더 짧았다. 편지를 읽고 정확히 세 시간 후 전보가 도착했다. 조녀선 스미스는 메시지를 받아 서명을 하고 메르세드에게 타이프로 친 글을 읽어주었다. "그 애가 다시 살아났소." 전보의 내용이었다.

그녀는 눈물을 닦고 머리카락에서 소금과 설탕을 털어낸 다음 마루를 쓸어 모든 것을 깔끔하게 긁어모았다. 그녀는 조녀선 스미스가 사포질용 나무 블록으로 식탁에 생긴 자신의 눈물 얼룩을 지우는 모습을 보았다. 테이블 위에 쌓인 톱밥이 그의 발 주위의 막 쓸어낸 바닥으로 떨어졌으나, 시커먼 자국은 나뭇결 속 깊이 남았다.

메르세드는 희석한 페인트 시너를 붓고 양모 조각으로 얼룩을 지웠다. 조녀선 스미스는 어쩔 줄 몰라했지만, 메르세드는 그의 서투른 일 처리에 절대 실망하지 않았다. 그가 잡일 중에서 가장 기본적인 것도 할 능력이 없다는 사실은 진작부터 알고 있었다. 그는 매듭을 제대로 단단히 묶는 법이 없었고, 아침에 잃어버린 두레박을 도로 찾아오려고 우물 벽을 기어 내려간 적도 한두 번이 아니었다. 그는 목소리가 메아리치는 우물 바닥에서 메르세데에게 노래를 불러주기도 하고 게일어로 욕하는 법을 가르쳐주기도 했다. 아일랜드의 섬에서 개신교의 가르침을 전파하던 시절 배운 재주였다.

우기에는 조너선은 황소를 마차에 매느라 아침 나절을 다 보내고 저녁 늦게까지 일을 했다. 쟁기 끄는 소에 재갈을 물리는 것을 잊어서, 그가 막대로 찌르고 명령을 해도 소들은 무시하고 맛있는 냄새가 나는 쪽으로 밭을 마구 가로질러 가기도 했다. 그래서 그가 간 밭이랑은 항상 얕았고, 서로 엇갈리게 갈리는 일도 적지 않았다. 그러나 메르세데는 이마저도 낭만적이라고 여겼다. 가끔씩 X자로 교차한 밭고랑 사이에서 그녀는 O자를 찾아냈다. 그러면 조너선은 유럽인다운 재치를 발휘하여 이렇게 말했다. "이거야말로 포옹과 키스의 밭이군."

언젠가는 황소가 그의 매가리 없는 명령을 거역하고 가시 철조망을 넘어 이웃집의 푸른 옥수숫대와 냄새 나는 호박 덩굴과 초록 콩밭으로 그를 이리저리 끌고 다닌 적도 있었다. 그러나 그는 농부로서는 영 빵점이라도, 페데리코 데 라 페는 흉내도 못 낼 자제력과 기술을 보여주었다. 조너선 스미스는 절대 침대에 오줌을 싸지 않았다.

메르세데는 조너선 스미스를 사랑했다. 그녀는 페데리코 데 라 페와 함께 지냈던 그 어느 때보다도 조너선과 보내는 시간이 더 행복했다. 그러나 아직도 그녀에게 첫 남편에 대해 묻는 사람들이 있었다.

한번은 노새 두 마리 등에 사제관을 짊어지고 다니면서 페데리코데 라 페의 첫 영성체를 주관해주었던 순회 신부가 메르세드에게 왜개신교도와 살고 있느냐고 물었다.

"개신교도들은 침대에 오줌을 싸지 않거든요." 메르세드는 이어서 백인 개신교도 남자가 갖고 있는 다른 여러 매력적인 특징들을열거했다. 메르세드는 그들의 키, 진짜 문학에 관해 힘 하나 안 들이고 언급하는 능력, 놀랍도록 재미있으면서도 천연덕스러운 유머 등을 들었다. 또 개신교도들은 교육을 잘 받았고 진짜로 성경을 읽었기 때문에, 성경의 주석에서 찾아낸 광범위한 체위 목록도 알고 있었다.

"이건 다비드 왕이랍니다." 메르세드는 손으로 동작과 올라타는자세를 묘사하며 신부에게 말했다.

그녀는 손가락을 바꾸어 다른 자세를 만들었다. "그리고 이건 사랑을 나누는 가장 슬픈 방법이고요. 욥기에 나오는 것이지요." 정말로 그것은 가장 슬픈 체위였다. 토성도 호텔 방에서 여러 번 써먹은적이 있다. 카메룬에게 오럴섹스를 해주고 나서 그녀의 몸을 뒤집고사지를 쫙 벌려 손바닥과 무릎으로 체중을 다 버티게 했다.

메르세드 데 파펠

메르세드 데 파펠의 책에서 한때는 자신의 복부 피부였던 종이로만든 열여섯 번째 페이지에, 메르세드 데 파펠이 백인 애인들한테

끌린다고 적은 대목이 있었다. 그녀는 다른 남자들의 생각에 반대하지는 않았지만, 창백한 피부에 스페인어의 장모음과 이중 *r* 발음 때문에 혀가 늘어나지 않은 남자들을 더 좋아했다.

그러나 메르세드 데 파펠이 섬유와 펄프 조직으로 녹아버렸을 때, 그녀를 누구보다도 애도한 사람들은 매너 좋고 혀 짧은 남자들이 아니었다. 아주 어렸을 때부터 마리아치 악단에서 일하도록 훈련받은 남자들, 사랑의 비극을 기타 발라드와 바티칸의 순교자 신청서의 이력서 몇 줄로 바꾼 남자들이었다.

다른 남자들은 메르세드 데 파펠의 죽음에 대해 그저 말치레뿐이었다. 얼음 넣은 차를 마시면서 추억에 잠기는 것이 고작이었다. 그러나 악기를 가진 남자들과 슬픔으로 입원한 남자들은 침대에 누워 묵주기도를 음송하며 메르세드 데 파펠의 영혼, 비둘기가 아니라 종이로 접은 백조의 형상을 취한 영혼이 성모의 부드러운 손에서 편히 쉬기를 바랐다.

꼬마 메르세드

페데리코 데 라 페는 기적을 과학으로 푸는 데에는 관심이 없었다. 그는 꼬마 메르세드의 부활을 단순한 믿음으로 받아들였고, 절대 설명을 구하려 하지 않았다.

"신께서 행하시는 방식을 인간이 설명하려 해서는 안 된단다." 그는 이 말 외에는 그 문제에 대해 언급을 삼갔지만, 일요일마다 헌금 접시가 지나갈 때면 평소 내던 헌금에 십 달러를 더 얹어서 냈다. 화요일에는 도자기 성인 상과 고해실에 먼지가 앉자 제단에 초 두 개를 갖다 놓았다.

신이 유일한 설명이었다. 그러나 페데리코 데 라 페는 꼬마 메르세드가 신의 손으로 깨어난 것이 아니라, 아폴로니오의 조제물 덕에 깨어났을지도 모른다는 생각을 떨쳐낼 수가 없었다. EMF가 무릎을 꿇고 묵주기도를 암송할 동안, 아폴로니오는 아기 노스트라다무스를 등에 단단히 묶어 업고 자기 가게에 숨어 가장 복잡한 공식으로 약재를 계량하고 혼합했다. 꼬마 메르세드를 위해 밤샘한지 나흘째 되는 날 그가 페데리코 데 라 페의 집에 고인에 대한 마지막 작별인사를 하러 다시 왔을 때였다. 그는 약지를 작은 유리병에 담았다가, 꼬마 메르세드의 머리를 만져주면서 그녀의 입속에 자기 손가락을 넣었다. 꼬마 메르세드가 깨어났을 때 그녀의 입에서 풍겼던 지독한 악취는 죽음의 자취가 아니라 아폴로니오 쪽에서 보자면 단순한 실수였다. 약에 박하를 깜박 잊고 넣지 않았던 것이다.

꼬마 메르세드는 자기가 죽었던 것을 전혀 알아채지 못했다. 그녀는 정신을 차리고 방에 가득한 문상객들을 보자, 페데리코 데 라 페에게 누가 죽었느냐고 물었다.

메르세드

일요일 아침 조너선 스미스는 난로 위에 우유가 끓고 있는 채로 놔두고, 메르세드의 뒤에 자기 몸을 문대면서 그녀를 흔들어대 마침내 그녀가 자기 위로 올라오게 만들었다. 조너선 스미스는 메르세드와 사랑을 나누었다. 메르세드는 침대 기둥 두 개를 꽉 잡았다. 기둥 하나가 부서지고 우유가 끓어 넘쳐 천장으로 증발했다가 수증기로 맺혔다.

"이건 사사기에 나오는 삼손이라오." 조녀선 스미스는 이렇게 말하고 부러진 침대 기둥을 바닥으로 던졌다.

메르세드가 부엌에 들어가 보니 주전자의 은도금이 다 녹아내리고 천장에 이슬로 맺힌 우유가 바닥에 똑똑 떨어지고 있었다. 조녀선의 부주의로 말미암아 메르세드의 침대 기둥과 이틀간 짠 우유가 다 못 쓰게 되었다. 처음으로 메르세드는 그의 무능함이 사랑스럽지도, 재미있지도 않았다. "천장이 새는 게 틀림없소. 우유 비가 오는군." 조녀선이 말했다. 그러나 메르세드는 웃지도, 평소처럼 고개를 끄덕이며 맞장구를 치지도 않았다. 우윳방울이 그녀의 입술에 떨어져 입속으로 흘러들어가자 비로소 찡그렸던 이맛살이 펴졌다. 조녀선 스미스는 매사에 서툴기는 해도 세련된 유럽식 예법과 뜻밖의 행운을 찾아내는 기막힌 재주를 지녔다. 천장에 맺혔다가 바닥으로 떨어지는 우유가 백색 도료에서 설탕을 뽑아냈다. 그래서 부엌에 도사렸던 잠재적인 화재 위험으로 우유 캐러멜을 발견한 셈이 되었다.

조녀선 스미스는 제철이 되어 수확을 해도 옥수수 여덟 개와 냄새 나는 호박 덩굴 두 개가 고작이었으나, 캐러멜 우유에서 나온 수익으로 기본 식료품과 비둘기 두 무리, 그가 일요일마다 요리할 때 쓰는 포르투갈 양념 세트를 충분히 살 수 있었다.

조녀선 스미스와 메르세드가 사랑을 나누는 아침마다 우유가 끓어 넘쳐 천장에 맺혔다가 간밤에 늘어놓은 항아리들로 떨어졌다. 두

철 동안 증발한 우유가 천장에 맺혀 있었다. 그러나 여름이 되자 벽의 달콤한 성분이 없어졌고, 우유에서는 새 잡는 끈끈이의 씁쓸한 맛이 감돌았다.

메르세드 데 파펠

메르세드 데 파펠의 종이에 맨 처음으로 베인 사람은 늙은 오리가미 외과의 안토니오였다. 그가 종이를 접고 찢은 세월 내내, 어떤 작업도 메르세드 데 파펠이 그의 손에 남긴 상처만큼 깊은 자국을 내지는 못했다.

메르세드 데 파펠은 처음 창조되었던 날, 아직 이름도 없는 채로 공장 밖 빗속으로 걸어 나갔다. 안토니오는 피가 흐르는 손을 신문지로 둘둘 만 채 아주 잠깐 눈을 떴다가 의식을 잃어버렸다. 정신이 희미해지면서 바삭거리던 신문지는 붉게 젖어 부드러워졌다. 그는 그녀의 멀어져가는 뒷모습을 보고도, 슬픔도 모든 것이 끝났다는 절망도 느끼지 못했다. 그는 마침내 자기가 죽고 난 후에도 오래도록 살아갈 존재, 의학 잡지들과 수술실의 뜬소문도 깎아내릴 수 없는 존재를 만들어냈다는 사실을 알았다.

안토니오의 창조물은 우레 같은 폭풍우, 무수한 입술에서 나온 침, 오래된 연인들의 잇단 적의를 이겨냈으나 안전벨트를 매지 않았던 것과 박살난 앞 유리창 때문에 파멸을 맞았다.

사이렌 소리가 충돌 현장으로 다가갈 때, 가볍지만 끈질긴 빗줄기가 종잇조각을 적시고 익명의 배수로 속으로 그녀를 쓸어내렸다. 씻겨 내려가지 않은 종잇조각들은 메르세드 데 파펠의 차 후드에 달라붙어 있다가, 구름이 걷히고 폐차장에 햇볕이 내리쬐자 며칠 후 딱딱하게 말라붙었다.

CHAPTER TWENTY-THREE

●

페데리코 데 라 페

꼬마 메르세드는 되살아난 지 이 주가 지났으나 여전히 기운을 못 차리고 탈수 증상에 시달렸다. 박하 잎을 계속 씹어도 숨쉴 때마다 올챙이가 우글대는 썩은 물 같은 냄새가 났다.

나는 큐란데로 아폴로니오를 꼬마 메르세드의 방으로 반갑게 맞아들이고 조언을 구했지만, 아폴로니오마저도 아무런 해결책이 없었다.

"죽음을 떨어내는 일이 그리 쉽겠습니까. 적어도 한동안은 뭐가 남아도 남아 있겠지요. 시간을 좀 갖고 기다려봅시다. 구강세정제와 치약이 나오기 전 시절이기는 하지만, 나사로의 입내는 두 달을 갔다지 않습니까." 아폴로니오가 꼬마 메르세드의 침대 옆으로 다가오며 말했다.

"기분은 좀 어떠니?" 그는 꼬마 메르세드에게 물었다. 그녀는 입을 손으로 가리고 웅얼웅얼 대답했다.

"좋아요. 하지만 입냄새가……."

"박하 잎을 계속 씹으렴. 프로기한테 장미 꽃잎을 좀 가져다달라고 하고. 곧 성자처럼 좋은 냄새가 나게 될 거야."

아폴로니오와 꼬마 메르세드가 작별인사를 나눈 다음, 나는 아폴로니오를 집 앞으로 데리고 나왔다.

"메르세드한테서는 아무 소식도 없소?"

그는 고개를 저었다.

"편지는 받았을까요?"

그는 고개를 끄덕였다.

"그러면 전보도?"

"네."

"확실합니까?"

그는 재차 고개를 끄덕였다.

아폴로니오는 속임수와 마법을 쓰는 직업을 가졌어도, 솔직한 사람이었고 자기 능력을 넘는 짓은 하지 않았다. 그는 메르세드 얘기를 할 때면 친절하고 겸손한 태도로 어휘 선택과 어조에 주의하면서 전부 다 말해주었다.

"메르세드에 대해서는 잘 모르겠습니다. 여자들은 다 제각기 다르니까요. 하지만 떠나서 다시는 돌아오지 않는 여자들이 있습니다. 그러나 기다리는 편이 좋을 때도 있지요. 그들이 돌아오기도 하니까요. 어떤 여자들은 뒤에 핏자국과 붕대 조각을 남기며 무릎으로 기어서 자갈돌과 아스팔트에 살을 다 긁히면서 돌아와 마침내 옛 연인의 차갑고 매끄러운 스페인식 타일에 닿기도 하지요.

어떤 여자들은 훨씬 쉬운 길을 택합니다. 집까지 다 와서 무릎을 꿇고, 사포로 무릎을 문질러 먼 거리를 온 척하는 거지요. 어느 쪽이든 긁힌 생채기와 상처를 보듬어주어야 합니다. 그다음으로 절대 돌아오지 않고, 다시는 소식도 보내오지 않는 여자들이 있습니다. 부드러운 피부와 로션을 갖고 있어서 회한이나 회개로 생채기가 나지 않는 여자들이지요."

아폴로니오가 한 말은 그게 다였다. 메르세드가 어떤 종류의 여자인지에 대해서는 암시 한마디 흘리지 않았다. 나는 그녀가 천천히 이쪽을 향해 오는 길일지도 모른다고 생각했다. 붕대를 감느라 잠깐 발을 멈추었지만 결국은 집 현관에 와 닿을지도 모른다.

나는 마지막 코스를 되도록 부드럽고 푹신하게 만들어주고 싶었다.

다음 날 꼬마 메르세드가 잠들어 있는 동안, 마당의 흙먼지를 쓸고, 잡초를 뽑고, 잔디 씨를 뿌렸다. 잔디를 키우되 너무 길지 않게, 메르세드의 무릎이 흙에 닿지 않을 만큼만 키웠다. 그리고 계단에는 발포 패드를 깔고 부드러운 깔개로 덮었다.

CHAPTER
TWENTY-FOUR

토성

EMF와 신병들이 공격을 개시한 날, 첫 번째 엽서가 왔다. 벨기에 우표가 붙어 있고 토성이 아니라 '셸 플라센시아' 앞으로 주소가 쓰여 있었다.

엽서 뒷면에는 이런 글이 적혀 있었다.

> 오늘, 모래 언덕에 앉아 초콜릿을 먹고 있었어.
> 네 생각을 했어.
>
> > 사랑을 담아,
> > 카미

토성은 엽서를 뒤집어 노도 없이 밧줄 하나로 기둥에 묶여 운하 둑에 외로이 떠 있는 쪽배가 그려진 번쩍이는 그림을 보았다. 플랑드르어 인사말이 보트 위 벨기에의 하늘을 가로질러 떠 있었다. 무슨 말인지 이해할 수 없었지만, 그 옛날 카메룬의 머리 위에 떠 있던 해처럼 밝은 노란색 글씨가 빛나고 있었다.

잠시 동안, 아주 일순간이지만 그는 카미를 떠올렸다. 반듯이 누운 몸, 손가락으로 벌침을 뽑아냈던 부드러운 분홍빛 가슴, 가시가 너무 깊이 박혀 있어 치아로 뽑아내려다 가끔씩 벌이 꽂아놓은 것을 삼키기도 했던 일. 남은 독이 그의 혀를 자극했지만 뱉어내지 않았다. 대신 카메룬 옆에 누워 입에 남은 곤충의 뒷맛을 느끼며 서서히 잠에 빠져들었다.

그러나 그녀를 생각하고 있을 시간이 없었다. 토성은 그들이 다가오는 소리를 들었다. 페이지로 와글대며 떼 지어 모여들어서 토성을 몰아붙여 자꾸만 책 가장자리로 밀어내려 하는 중이었다.

정신을 집중할 수가 없었다. 내가 씹고 뱉은 장미 꽃잎과 박하 잎 찌꺼기가 쓰레기통을 가득 채웠지만, 아직도 그 냄새가 내 생각 속으로 스멀스멀 비집고 들어왔다. 잠잘 때조차도 쓰레기 더미나 물이 빠져나가 생선과 조개만 남아 태양 아래서 부패해가는 바다 꿈을 꾸었다. 높이 쌓인 굴이 천천히 입을 벌려 비늘을 흘리는 생선을 토해 냈고, 밑에서 게들이 기어나왔다. 마침내 정적이 흐르고 악취만 점점 더 심하게 풍겨왔다.

나는 눈을 감고 검은 막을 펼치려 했지만, 매번 냄새가 집중을 방해하는 바람에 다시 시작해야 했다. 아무리 해도 이 이상 검은 막을 펼칠 수가 없었다.

아폴로니오에게 뭔가 다른 수가 없겠느냐고 물었지만, 그에게도 아무런 대책이 없었다. 그러나 상관없었다. 우리는 더 이상 토성을 피해 숨지 않았다. 프로기는 모든 사람을 불러 모으고 원하는 대로 마음껏 말하고 생각하라고 했다. 말과 생각의 홍수로 토성의 목소리를 삼켜버리려는 목적이었다. 여전히 나는 아빠를 보호하고 싶었다. 아빠를 막으로 덮어 나무 상자와 엄마의 사진과 함께 있게 해주고 싶었고, 아빠가 할 일을 하게 해주고 싶었다. 아빠를 동정하거나 조롱하는 시선으로 보는 사람 없이 아빠 좋을 대로 엄마를 기억하기를 바랐다.

그래서 구역질ᄆ 기 전에 다시 시도해보았다.

첫 번째 시도보ᄆᄃ ᄆ게 펼 수 있었지만, 날카로운 맛이 좀 없어졌다. 모서리가 뭉툭해졌고, 한군데 고정시켜 놓을 수가 없었다. 방어막은 이리저리 흔들렸다.

나는 박하향 구강세정제를 삼키고 박하 잎과 장미 꽃잎을 씹어 재빨리 입속을 헹구었다. 눈을 감고 다시 시도해보았

"우리는 이야기에 맞서, 즉 토성이 쓰고 있는 역사에 맞서 전쟁을 하고 있습니다. 침묵이야말로 토성의 침략에 대한 최고의 무기이며, 우리의 침묵이 다음에는 토성을 침묵시킬 것이라고 믿었습니다.

그러나 납 알레르기를 발견한 후로, 우리는 입을 굳게 봉한 채 역사와 싸울 수는 없으며, 토성을 막는 유일한 길은 우리 스스로의 목소리를 내는 것뿐임을 알았습니다."

내가 한 선동 연설은 그것뿐이었지만, 선동할 필요도 별로 없었다. 납 밑에서 지내거나 탁 트인 공간에서는 어쩔 수 없이 침묵을 지키며 몇 년을 보낸 뒤였으니, 말하고 싶어 다들 입이 근질근질했다. 우리는 모두 밖으로 나가 늘 하고 싶었던 말을 죄다 쏟아내어 말들이 흘러넘치게 만들었다. 너무 수줍음이 많아서 곧장 말을 쏟아내지 못하는 사람들은 하고픈 말을 적은 다음 소리 내어 읽었다. 다른 사람들은 그저 뒷주머니와 매트리스 밑에서 편지를 끄집어내거나, 모서리를 접어놓은 닳아빠진 책에서 밑줄 친 구절들을 읽었다.

토성

EMF의 군대가 전투 체제에 들어갔다. 조직된 대형이 최전선에 서고, 후방에는 예비 부대가 서서 대혼전에 대비했다. 그들은 섹스투스 율리우스 프론티누스*가 『군사에 관하여 *De re militari*』에서 빛으로 적의 눈을 부시게 하고 먼지로 눈을 뜨지 못하게 하라고 한 충고에 따라, 바람과 햇빛을 등지고 섰다. 프론티누스는 자연의 힘을 빌린 다음에는 기병대가 공중을 향해 화살을 쏘면서 앞으로 전진하라고 했다. 실루리아족이 맞받아 화살을 쏘면, 그의 궁수들은 머리 위로 방패를 들어올렸다. 주변에 선 자들은 가슴까지 방패를 올리고 거북 대형으로 전진했다. 발이 오백 개 달린 거북인 셈이었다.

EMF의 전략은 토성을 둘러싸고 포위하여 영토를 내놓게 하자는 것이었다. 토성은 전면전은 결코 원하지 않았다. 사태가 이렇게까지 되는 것을 원치 않았지만 반격할 셈이었다. 그는 자기 위치를 사수하고 공세를 취할 생각이었다. 필요하다면 모든 영토를 다 빼앗을 생각도 있었다. 이렇게 오랫동안 자신의 머릿속을 차지하고 주의를 분산시켜 그녀를 떠나게 만든 자들에 대한 분노를 한껏 불태울 셈이었다. 토성은 페데리코 데 라 페와 그의 꽃마을 때문에 제정신이 아니었다. 그들 때문에 그녀가 자기 침대에서 몸을 일으켜 초록색 드레스를 입고 걸어나가 벽에 창백한 남자들의 사진이 걸려 있고 냉장고 야채 칸에는 깔끔하게 지퍼백에 넣은 상추가 채워져 있는 아파트로 가버리는 줄도 몰랐다. 냉장고 속에 씻은 푸성귀가 있고 초상화 속 케네디의 눈이 자신을 쳐다보는 곳에서, 그녀는 드레스를 벗고 예복 차림으로 포개져 있는 두 명의 나폴레옹 위에 우뚝 선 남자에게 시커먼 거웃을 완전히 내보였다. 그리고 남자가 그녀의 귀에 대고 속삭일 때, 그는 상추 수확꾼들은 죽어도 발음할 수 없는 단어들을 아름답고 분명하게 발음했다.

---

*AD 35경~103경. 로마의 군인이며 브리튼의 총독.

샌드라 부사령관

신병 모집 기간에 남의 집 문을 두드리고 다니다가, 토성과 아는 사이였으며 그와 함께 많은 밤을 보냈다는 여자를 우연히 만났다. 그러나 그녀는 오래전 일이라고 말했다.

"토성이 아주 어렸을 때 알았답니다. 토성이 되기 전의 일이죠. 우리 둘 다 어렸었죠. 미안하지만 별 도움은 못 주겠네요. 당신에게 꼭 말해야 할 의무도 없다고 봐요." 그녀의 말이었다.

내가 자리를 뜨려 하자, 흰색으로 테를 두른 초록색 드레스를 입은 그 여자가 소리쳐 불렀다.

"질문 하나 해도 될까요."

"네." 내가 대답했다.

"그는 지금은 어떤가요?"

"토성 말인가요?"

"네. 토성이요."

"모르겠어요. 토성 쪽에서만 우리를 볼 수 있으니까요. 우리 눈에는 그가 안 보여요."

저녁에 도미노 테이블에 모여 데 라 페를 기다리던 중, 프로기에게 그 여자와 그녀가 한 말에 대해 전해주었다.

프로기는 못 믿겠다는 듯이 고개를 흔들었다.

"그럴 리가 없어. 그녀가 그렇게 가까이, 그의 침대 속까지 들어갔다면, 어째서 그의 목을 베지 않았단 말이야?"

---

*유리문으로 앞뒤를 칸막이한 문 네 개짜리 자동차.

스마일리

재의 환이 엘몬테를 둘러싼 이후 처음으로, 사람들이 꽃이나 닭싸움이 아닌 다른 이유로 마을에 들어오고 있었다. 그들은 토성의 최후를 목격하러 왔다. 어떤 이들은 총알이 토성을 뚫을 수 없다는 사실도 모르고 손에 권총을 들고 왔다. 또 어떤 사람들은 토성이 추락하는 장면을 찍으려고 플래시와 카메라를 들고 왔다.

저녁이 되자 더 많은 사람들이 엘몬테로 몰려들었고, 검은 리무진 한 대가 재 위를 굴러와 검은 숯 자국을 남기며 아폴로니오의 가게 앞에 섰다.

아폴로니오

백만장자들, 주 외곽에서 온 도살업자들, 자주개자리를 한 줌 가득 쥔 목장주인들, 할리우드의 신예 두 명(둘 다 권련 물부리를 손에 쥐고), 여러 장째 모습을 보이지 않은 등장인물들, 추기경, 복사 두 명, 상추 수확꾼들이 차를 타고 혹은 걸어서 엘몬테로 밀어닥쳤다.

그중에는 토성과 싸울 뜻으로 온 사람들도 있었지만, 대다수는 그저 구경하러 온 사람들이었다. 그들은 경기장에 오는 기분으로 마을에 왔다. 자기들이 그저 그 자리에 와서 떠들고 생각하기만 해도 토성을 점점 더 궁지로 몰아넣게 된다는 것도 모른 채 구경거리를 기다렸다.

상추 수확꾼들

우리는 그녀를 따라 여기에 왔다. 할리우드에 있는 그녀의 호화로운 집에서 꽃밭을 지나 엘몬테까지 왔다. 그녀의 타운 카*가 멈추자 우리는 상추 꼭지를 집어던지며 "리타, 배신자"라고 고함을 질렀다. 그녀에게 할리우드의 백인 사내놈들하고나 붙어먹으라고 욕지거리를 던졌다.

운전사가 문을 열어주자, 그녀는 아무렇지도 않게 내려 상추를 옆으로 차버리더니 사인을 해주고 손으로 키스를 날렸지만, 우리에게는 아무것도 해주지 않았다. 그녀는 손목을 부드럽게 튕겨 담뱃재를 털고 하늘을 올려다보며 토성의 흔적을 찾았다.

토 성

토성은 늘 나폴레옹이 처방한 식이요법과 운동 계획표에 따라 훈련
했다. 아침 먹기 전에 주먹 쥐고 엎드려 팔굽혀펴기를 백 개씩 한 다
음, 달걀 세 개를 흰자는 완전히 익히고 노른자는 주르륵 흐르게 요
리해서 소금을 치지 않고 먹었다. 점심 때는 입술 사이에 못 세 개를
물고 윗몸일으키기 삼백 개를 하면서 금속에서 철을 빨아먹어 근육
에 보충했다. 그러나 가장 중요한 것은 나폴레옹처럼 실연을 떠올
릴 만한 일은 모조리 피하도록 주의하는 것이었다.
그러나 샌드라가 모르고 옛날에 헌사에 이름이 올랐던 여자의 집
문을 두드렸을 때, 토성은 사랑이 마음에 들어오도록 놔두어서는
안 된다는 가장 중요한 전쟁 교의를 어기고 말았다.
토성은 페데리코 데 라 페와 EMF에 온 정신을 다 쏟는 대신, 사진과
낡은 편지를 꺼냈다. 그는 책상을 치우고, 전투계획과 지도를 옆으
로 밀쳐놓고 연애편지 초안을 잡기 시작했다.
EMF의 대부대가 토성을 페이지에서 몰아내려고 전진해 오는 마당
인데, 그는 책상에 앉아 군대가 다가오는 소리에도 귀를 닫고 다시
는 귀찮게 하지 않겠다고 약속한 여자에게 편지를 쓰고 있었다.

프 로 기

우리는 막강한 힘으로 이전에는 우리의 존재가 한 번도 나타난 적
이 없었던 곳까지 넘어갔다. 처음에는 완벽한 대형을 이루어 질서
정연하게 진군했다. 그러나 전진해 나가다보니 서로 앞다투어 나가
느라 계획이고 전략적 배치고 새까맣게 잊어버렸다. 우리 목소리만
여기저기에서 제멋대로 돋아난 야생화처럼 무성했다. 엘몬테 플로
레스는 마침내 자유롭게 가고 싶은 곳이면 어디든 가고, 생각하고
싶은 대로 마음껏 생각할 수 있게 되었다. 우리의 이야기는 아무런
제약도 받지 않았고, 토성에게 이용당하지도 않았다.
그리고 그들 모두 이 자리에서 우리의 승리를 목격했다. 영화 스타
들, 고위 성직자와 평신도, 앞치마를 두른 숙련공, 상추 수확꾼, 백
만장자들.
할리우드에서는 수마일 떨어져 있고, 바티칸과는 두 개 대륙과 대
양 하나를 사이에 두고 있는 여기 엘몬테에서, 갈릴레오가 처음으
로 고리를 두른 행성의 횡포한 독재적 본성을 관찰한 지 수백 년이
지난 지금, 바로 여기에서 토성이 추락하게 된 것이다.

펠론

먼지와 꽃, 토양의 광물질 구성, 관계 금수가 흐르는 패턴, 농업의 온갖 중요한 세부들… 토성한테 속마음을 숨기기 위한 것일 뿐 아무 의미도 없는 사소한 것들로만 하도 오랫동안 떠들을 제우고 싶다보니 이제는 그런 소소한 것들을 도저히 내 머릿속에서 믿어낼 수가 없게 되었다. "우리는 자유야, 펠론." 프로기가 말했다.

"뭐든 하고프 대로 말하고 생각해도 좋아." 그러나 나는 세상이 그전에는 어땠는지 잊어버렸다. 세상이 배만 식경과 스프링클러 축기 크기와 관계가 없다면, 세상이 꽃과 무관하다면, 나는 아무것도 아는 것이 없다.

그들은 나에게 모든 가지 방식으로만 생각하고 모든 것을 중요하지 않은 향목들을 나열한 무목으로 보라고 명령했으면서, 이제 와서 나에게 더 멀리, 방이랑과 꽃 수확 너머의 것을 보라고 말한다. 그러나 그리기엔 너무 늦었다. 나는 팔을 잃지도 않았고 유산한테 맞아고 생한 적도 없다. 내가 전쟁에서 부상을 입은 곳은 내 눈이 말라 속이다. 나는 눈을 바짝 들어다면만 볼 수 있고, 모든 것이 확대되어 보인다. 여기 엘론테에서조차 조용한 나날과 잘 다듬은 잔디밭을 볼 수가 없다. 대신 뭉친 나일과 일개이 하나하나, 퇴적암과 화성암의 구성성분, 없는 뿌리로 표토를 27밀리미터밖에는 뚫고 내려가지 못한 잔디 이파리, 누레져서 바람을 쐴 필요가 있는 잔디를 본다. 내 눈에 보이는 것은 이것뿐이다. 땅을 갈고 씨를 뿌리는 그 어떤 세계도 존재하지 않는다.

복사 두 명

성모의 해 6월 14일 화요일인 오늘, 세례를 받고 대전시의 인도를 따르시는 우리 라이언 경남(로스엔젤레스토박이십니다)을 소개해 올립니다. 오늘 남캘옵사는 잊지도 않을 연덕의 이름을 따서 이름을 붙인 도시 엘른테에 납시셨습니다.

이 도시에 축복을
내리소서

성모마리아에게서
축복하소서

루르드의 성모께서
축복하소서

파티마의 성모께서
축복하소서

눈의 성모께서
축복하소서

죄인들의 피난처이신 성모께서
축복하소서

아기 노스트라다무스

좋은 조언을 주시는
성모님

일곱 가지 슬픔의
성모님

월상헌의
성모님

도둑들의 성모님.

카메룬

나의 나폴레옹에게

루브르에서 내가 제일 좋아하는 하사판이 실린 이 엽서를 찾았어. 발판 위에 올라서 있는 것 좀 봐. 제미있지. 비 많이 왔어? 파리에는 마른 휴지로 닦는 곳이 하나도 없어. 온통 비데 천지야. 하지만 난 여기서는 씻어낼 것이 하나도 없어.

나의
가미

토성

토성의 입에 문 못에서 철이 침 속으로 녹아들었다. 토성은 그것이 피라고 생각하면서, 싱크대에 침을 뱉고 나서 다시 책상으로 돌아와 편지를 끝냈다. 맺음말에 이렇게 썼다. "너를 위해 잔디밭을 깔아놨어. 매일 물을 주고 화요일에는 바람을 쏘여. 하지만 아직은 다듬어주지는 않아도 돼." 그는 서명을 하고 편지를 봉한 다음, 봉투에 그녀가 새로 옮긴 동네 주소를 썼다. 넓은 거리와 튼튼한 떡갈나무가 있고, 모퉁이의 약국에서는 아직도 종이 모자를 쓰고 소다수 장수가 아이스크림을 파는 곳이었다. 그녀의 새 동네에는 옥수수를 가득 넣고 끓인 주전자를 밀고 돌아다니는 옥수수 장사꾼도, 햇빛과 비료에 목과 팔을 그을린 채 그늘에서 쉬고 있는 꽃 수확꾼도 없었다. 그러나 토성도 엽서에 나온 것처럼 모서리가 반듯하고 파란 잔디밭을 깔끔하게 가꿀 수 있었다. 보도에는 가로등이 하나도 없었다. 대신 그는 현관등을 환히 밝히고 그녀를 기다렸다.

마호니 추기경

하느님의 눈은 항상 우리를 향해 있다. 우리는 모든 것을 다 아시는 하느님을 피해 숨을 수 없다. 그러므로 토성이 추락한다 해도 그의 위에는 여전히 하느님이 계시다.

수치를 알고 무화과 잎으로 치부를 가리기 이전에도 하느님은 그 자리에서 우리의 첫 번째 부모가 동식물을 가리키며 피조물과 식물에게 이름을 붙여주는 모습을 굽어보고 계셨다. 하느님은 이브가 비늘과 말랑거리는 꼬리를 쓰다듬으면서 혀로 쉿쉿 소리를 내는 것을 듣고 계셨다. 그들의 숨결에서 사과 향이 풍기어 그들을 내치셨을 때에도 하느님은, 그들이 에덴의 푸른 잔디밭을 나가는 모습을 지켜보시며 가뭄이 든 땅으로 가는 뒷모습을 눈으로 좇으셨다.

"난 그저 나를 내려다보는 사람 없이 줄리에타랑 사랑을 나누고 싶을 뿐이라고." EMF 출로 중 한 명이 말했다. 그런 은밀한 자유는 결코 존재할 수 없다는 사실도 모른 채.

조녀선 미드

여기에 카메룬은 없다. 그들은 그 애 이름을 알지도 못한다. "카미입니다." 내 말에 그들은 고개를 가로젓는다. 나는 마치 마지막으로 본 지 불과 며칠밖에 안 된 것처럼 딸의 모습을 설명해주고, 딸 얘기를 한다. 잃어버린 딸이 어떤 모습일지 혼자 상상해보는 것이다. "아름다운 소녀라오." 나는 그 애한테서 꿀 같은 향내가 난다고 말하고 싶지만, 어쩐지 그 말은 해서는 안 될 것 같다.

그 마을에는 줄지어 핀 꽃과 급수탑, 풍향계가 일제히 교회 쪽을 가리키고 있는 회벽 집뿐이다. 그러나 여기에 딸애의 자취는 전혀 없다. 딸의 이름을 말해보아도 다들 어깨를 으쓱하며 금방이라도 비가 내릴 듯한 하늘을 가리킨다.

리타

MGM사의 영화가 시작할 때마다 나오는 포효하는 사자는 찰스 게이가 채찍과 고기로 훈련시켰다. 그는 자기 사자 농장에서 맹수를 채찍질하고 우리에 가둬 서커스 재주를 넘게 만들고, 큐 사인에 따라 카메라에 대고 으르렁거리게 했다. 찰스는 필름 한 롤을 찍을 때마다 암사자에게 고무줄에 인조털을 붙여 만든 가짜 갈기를 달고 털을 휘날리게 했다. MGM 중역들은 자기들의 사나운 숫사자가 변장한 암사자라는 것도 모를 만큼 바보들이었다.

십 년 후, 찰스는 암사자를 철도 차량 동물원에 팔았지만, 계속 새끼를 낳게 했다. 세 마리 새끼들은 정글 테마파크와 사파리 모자를 꿈꾸면서 그의 팔과 발을 할퀴었다. 그는 살아남았다. 옛일을 절대 잊지 않는 것은 코끼리가 아니라 우리가 배신하고 상처준 사람들이라고 내게 말해준 사람이 바로 그였다. 누대에 걸쳐 기억을 전승하고, 일족에게 자기들의 비통함과 원한을 전하고, 절대 용서하지 않는 종들, 손에 늘 상추를 쥐고 있는 자들. 주소나 의상이 바뀌면 참아주지 못하는 자들. 아이들과 손자들에게 대대손손 내가 그들을 배신한 창녀라고 말하는 자들.

꼬마 메르세드

아빠가 내 침실 창문을 열고 환기를 하려고 정향으로 덮은 커다란 발렌시아 오렌지를 갖다놓았다. 아빠는 내 협탁 위에 박하와 장미 꽃잎을 가득 채운 그릇을 놓아두었다.

나는 오렌지를 코에 갖다 대고 달콤한 감귤 향을 맡으며 사탕과 꽃잎을 씹었다. 나는 아기 노스트라다무스한테서 배운 대로 해보았다. 눈을 감고 검은색 뚫어져라 보면서, 검은 막을 늘이려고 시도해보았다. 그러나 피로와 약침가나를 덮쳤다. ▇▇▇ 치도록 ▇▇▇ 과 박하 ▇▇▇ 문 밖을 넘겨다 보았다. 아빠는 무릎을 꿇고 잔디밭에서 달걀 껍데기를 줍고 행주로 잔디에서 노른자를 문질러 닦고 있었다.

다시 그릇을 손에 꽉 쥐고 입에 갖다 대었다. 천천히 정향에 잰 오렌지의 달콤한 과육을 씹고 빨고 향내를 맡으면서 내 몸에서 풍기는 악취를 지우려고 애썼다. 그러나 아무 소용 없었다. 나한테서는 여전히 썩은 생선 냄새만 났다. 나사로의 냄새가 나를 떠나지 않았다.

아폴로니오

페데리코 데 라 페는 자신과 딸이 단둘이 평화롭게 지내도록 내버려두는 것 외에는 아무것도 원하지 않았다. 꽃마을에서 자기들이 평화롭고 만족스러운 삶을 살도록 내버려두는 것. 토성의 추락이 다가오자, 페데리코 데 라 페는 전투에서 발을 빼고 자기 마당에 남아 딸에게 박하와 방향제를 갖다 주며 돌보았다. 악취가 좀 가라앉는 듯하자, 그는 밖으로 나와 잔디밭을 다듬었다.

그는 잔디가 얼마나 부드러운지 시험해보려고 하루에 두 번씩 깨지기 쉬운 비둘기 알과 물풍선을 굴려보았다. 그런 다음 마지막 시험으로 무릎을 꿇고 자기 바지를 문댔다. 그는 펠론에게 조언을 구하고 마찰과 풀물을 줄일 수 있도록 잔디를 깎고 물을 대는 기술을 곰곰이 연구했다. 메르세드가 참회를 위해 입을 자수 드레스 자락을 문대야 하는 수고를 덜어줄 방법. 무릎으로 기어가는 여행을 더 쉽게 해줄 방법.

흰색이나 섬세한 재질이 아니라 칙칙한 색에 거친 실로 만든 드레스. 아무리 질질 끌고 바닥에 문대어도 올이 풀리지 않는 드레스. 쏟아지는 썩은 야채와 모욕을 당해도 얼룩을 쉽게 뺄 수 있는 드레스.

리틀 오소

나는 종이에 할 얘기를 적었다. 나는 엘몬테 플로레스의 리틀 오소다. 나는 맥슨 가의 회벽 집에서 산다. 손수 페인트칠을 하고 지붕널을 올린 집이다.

그러나 그 이상은 쓸 말이 없었다. 무슨 말을 더 해야 좋을지 모르겠다. 이것이 내 집이고, 우리 마을에는 밭이랑과 카네이션이 있다. 우리 꽃이 어디로 가는지 관심 없다. 왕족들이나 영화 스타들이 가져다 냄새를 맡거나 말거나. 우리 구역 밖에서 무슨 일이 생기든 내 알 바 아니다. 내가 관심 두는 것은 몬테와 몬테의 하늘뿐이다.

카우보이

샌버나도르에게

바르셀로나는 내가 상상했던 그대로야. 검시들과 검거리 예술가들도 넘쳐나. 하지만 상그리아 술과 여행객들은 이제 진물이 나. 여기에는 나랑 같은 아셴트를 쓰는 사람들이 있어. 내 성이랑 이름과 같은 거리도 있고. 모르긴 해도 이들에 한 번씩 떠나. 난 내일 갈 거야. 거기 있다가 네가 이 편지를 받을 즈음이면 모터는 비 보기고 없을 거야.

카투

토성

토성은 기다렸다. 잔디에 물을 주었다. 그녀가 보이지 않자 입에서 가늘어진 못을 마당에 뱉어냈다. 다섯 시간 후에도 여전히 그녀의 모습이 보이지 않자, 그는 잔디밭에 밤을 두 주먹 던졌다. 가시 투성이 껍질이 흙에 박혔다. 이틀이 지나도 그녀가 도착하지 않자, 그는 병 여섯 개를 박살내 유리 파편을 잔디로 쓸어냈다. 주말이 되었을 때 잔디밭은 그야말로 난장판이 되었다. 그는 신발을 신었는데도 발을 베어 양말이 피투성이가 되었다.

나탈리아 & 키노네스

사십 년에 걸친 겨울을 보내고, 우리는 호텔을 팔고 집으로 향했다. 서류가방을 들고 와서 비데를 교체하고 남녀 공용 싱크대와 수건걸이를 설치할 계획을 가진 남자에게 호텔을 팔았다. 그는 각 화장실에서 석탄 보일러를 뜯어내고 자동 온도계로 조절되는 중앙공급식 온수기를 설치할 예정이라고 했다. 또한 손님이 수표책을 내놓는다든가, 소포를 가지러 프런트에 올 때만 신분증을 요구하여, 사랑을 나누기 더 쉽게 만들 계획이었다.

낭만의 시대는 갔다. 그래서 우리는 남쪽으로 가다가 떨어지는 행성을 구경하기 위해, 사랑이 불러온 참사를 보기 위해, 여기에서 발을 멈추었다. 어쩌면 나폴레옹이 처음부터 끝까지 옳았는지도 모른다. 사랑이 하늘을 갈라지게 하고 수평선을 파괴하면서 선善보다 더 많은 피해를 초래하는지도 모른다.

샌드라 부사령관

토성의 종말이 임박했다. 이야기에서 그의 역할은 축소되었다. 한때는 강력한 행성이었으나 이제는 먼지의 궤적을 길게 남기며 해체되어 덩어리를 흩뿌리고 있었다.

"지금까지 내내 납 밑에 숨어서 시간을 허비했어. 자유도 목소리도 없이." 나는 프로기에게 말했다. "처음부터 싸웠어야 했어."

"하지만 그건 데 라 페의 방식이 아니었잖아." 프로기가 대꾸했다.

데 라 페에게 의존했더라면, 우리는 아직도 입을 굳게 다문 채 주름 잡힌 꽃잎 생각이나 하고 돌아다니면서 토성이 제 풀에 지쳐 도망가기만 기다리고 있었을 것이다.

그러나 전략이야 어찌 되었든 페데리코 데 라 페는 처음 우리가 토성과 맞서도록 이끌어준 장본인이었다. 페데리코 데 라 페는 우리가 자유롭지 않으며 노예 신세로 토성을 섬기고 있다는 것을 알려주었다. 해방으로 가는 길은 여러 갈래다. 어떤 길은 다른 길보다 더 소란스럽지만, 조용히 명상하는 수도사들의 방식은 실패했다. 우리는 침묵을 버리고 입을 열어 하고 싶은 말은 죄다 탁 트인 허공에 쏟아놓았다.

이 모든 페이지들이 지나고 토성이 희미해지면서 이야기를 주도하는 것은 우리들의 목소리다. 우리들의 집합체가 토성을 궁지로 몰아넣을지도 모른다.

우리를 앞으로 밀어붙이거나 뒤로 잡아끄는 주인 따위는 없다. 이제 우리는 원치 않는다면 그 누구의 기대에도 따를 의무가 없다. 나는 원한다면 의자에 앉아 아무것도 하지 않아도 된다. 영광이든 대단원이든 다 좋다. 나는 움직일 필요가 없다.

카메룬

나의 토성에게

아프리카의 하늘에는 한 점 아지랑이도 없지만, 여기저기서 연기 냄새가 나. 탕헤르의 천문대에 들렀어. 너를 보고 싶었지만, 천문학자 말로는 이제는 토성이 없대. "고리조차도 안 남았답니다." 카메룬은 아직도 너무 멀리 있어. 거기 닿으면 편지를 쓸게.

항상 너의 것인,
카미

상추 수확꾼들

그녀는 항상 스포트라이트를 받고 싶어 해서, 자기 것도 아닌 이야기에 억지로 끼어든다. 하늘이 무너지는데도 그녀는 평소대로 춤을 추기 시작한다. 그녀는 궐련 물부리를 공중에 던져올렸다 다시 낚아채 입술 사이에 물 것이다.

똑같이 되풀이되는 순서지만 그녀는 매번 박수갈채를 원한다.

"오선이 나한테 이것을 사줬지 뭐예요." 그녀는 이렇게 말하며 팔찌를 풀 것이다. 하지만 할리우드와 백인 뚱보 사내들보다 먼저 그녀의 춤을 본 것은 우리였다. 그녀의 번쩍이는 금박 드레스가 더러워지지 않도록, 신발 바닥이 상하지 않도록 상추로 길을 깔아준 것도 바로 우리들이다.

그녀에게 배신당한 후, 우리는 로메인 상추 잎을 줄기에서 뜯는 일도 집어치웠다. 대신 썩어가는 샐러드를 수레에 실어다 그녀의 팬클럽 본부에 버리고, 그녀의 할리우드 자택 벽에 상추를 던졌다.

상추들은 그녀의 수영장에 철벙철벙 떨어졌다. 아침마다 그녀가 일과인 수영을 하러 가면 집사가 물에 떠서 까딱거리는 상추 꼭지를 치워주어야 했다. 그녀의 영화가 개봉되면 초록색 얼룩이 스크린을 더럽혔다.

줄리에타

나는 쇠락을 뜻하는 이름의 마을, 모든 것이 무너져내리는 곳 엘데라마데로에서 도망쳤다. 나는 병을 뒤로하고 왔다고 생각했다. 그런데 지금 엘몬테에서 하늘이 얇은 조각으로 벗겨져 떨어지고, 꽃밭은 짓뭉개져 꽃잎이 사방에 흩어지고, 스프링클러는 망가지고, 물이 신발 속으로 배어들고 있다.

꼬마 메르세드가 하는 말에서조차 부패의 냄새가 났다. 우리의 지도자인 페데리코 데 라 페는 벌써 며칠째 잔디밭에서 무릎을 꿇고 카네이션 칼끝으로 흙을 파헤치고 잔디에 달걀을 굴리고 있었다.

그러나 프로기는 여전히 용감하고 자신감에 넘치는 모습이었다. "걱정 마, 줄리에타. 다 우리가 이기려고 그러는 거니까." 그는 머리카락에는 하늘 부스러기를 달고, 신발은 진흙투성이가 된 채로 향냄새를 풍기며 말했다.

"그럼 전쟁이 끝난 다음에는? 뭐가 남지?" 내가 물었다.

"재건이지. 거리를 청소하고, 밭에 다시 씨를 뿌리고, 지붕을 수선하는 거야. 우리가 늘 바라던 대로 다시 짓고 사는 거야. 뒷마당에 해먹을 매고, 유리창에는 천으로 커튼을 만들어 달지. 우리와 세상 사이엔 얇은 커튼밖에 없을 거라고."

스마일리

그들은 꽃밭을 짓밟고 앞자락마을 벗어던졌다. 밤이광에는 불빛과 파다도 째거기, 거리에는 담뱃재와 상추 꼭지가 나뒹굴고, 북사람주에는 향 램프에서 피어오른 회색 연기가 맴돌았으나 그들이 지나간 자리에는 로마인 자리만 남았다.

편지, 포장지, 엽서 등 그들이 남긴 쓰레기가 모두 바람을 타고 내 천장 아래 떠다녔다.

나는 집 안에서 화분에 물을 주며 문쪽 유리창이 천천히 파괴되어가는 모습을 구경했다. 토성의 고리부터, 수년 동안 우리를 둘러싸고 우리의 줄기마다 체력을 부여하고 소설의 관습에 복종하게 했던 그 질서로부터 해방되는 모습을. 이제 그 질서로부터 해방되는 모습을. 이제 그 질서는 전복되어 수년간 자유를 엿구해온 무소리들의 내중전 속에서 소실되었다.

옥수수 장사꾼

나는 구경꾼들 사이로 수레를 밀고 지나가면서 버티와 간 치즈를 바른 옥수수를 팔았다. 구경꾼들은 하늘에서 눈을 떼지 않고 토성이 추락하기만 고대했다.

그러나 내가 거기에서 할리우드 신예 여배우들과 백만장자들에게 옥수수를 팔고 있는 동안에는 토성이 추락하지 않았다. 꽃밭에서 뭔가 부당하고 슬라기가 들렸지만, 눈은 비둘기 한 마리가 날개가 꼬여 떨어지는 것뿐이었다. 오후가 저물도록 하늘을 향해 사람들이 여전히 목을 길게 빼고 있을 때, 드디어 토성의 작은 조각이 떨어졌다. 파란 박명이 하늘하늘 떨어져내려 페데리코 데 라 페의 부드러운 잔디밭에 앉았다.

토성

최후의 날에 토성은 피가 흐르는 발을 치료하고 침대에서 욕조까지 찍힌 녹빛 발자국을 지우면서 시간을 보냈다.

아기 노스트라다무스

아폴로니오

페데리코 데 라 페는 검지로 잔디밭에 떨어진 푸른 박편을 집어들어 쓰레기통에 던졌다.

토성이 추락한대서 미친 듯이 기뻐 날뛸 일도 아니었다. 천천히 토성의 껍질이 벗겨졌다. 해질녘이 되어 태양이 지평선을 분홍빛으로 물들이자, 더 많은 박편이 엘몬테 전역에 떨어져 내렸다.

데 라 페가 잔디밭에서 쓸어낸 박편들.

내가 모아 항아리 속에 봉인하고, 내 산테리아 책에 행성 토성의 푸른 재라고 목록을 올린 박편.

랠프와 일라이저 랜딘 재단을 위한 법적 자문

토성(살바도르 플라센시아)이 페데리코 데 라 페와 엘몬테 플로레스(EMF) 갱단과 벌이는 전쟁에 랠프와 일라이저 랜딘 재단이 일부 자금을 지원하지만 재단은 토성의 어떤 행동에 대해서도 책임이 없습니다.

재단과 재단 기금은 『종이로 만든 사람들』에서 전지적 화법에 맞서는 전쟁(슬픔의 상업화에 대항하는 전쟁)으로 인한 피해나 손실이 우발적이든 직접적이든, 징벌과 징계의 의미든, 아니면 특별한 것이든 일체 책임이 없으며, 이 책과 어떤 관련도 없습니다. 여기에는 손가락이든 혀든 종이에 벤 상처도 모두 포함됩니다.

카메룬

샐,

난 잠시 모로코에서 발이 묶였어. 버스 운전사들이 파업 중이야. 운전사들은 댄스홀이 영업 시간을 연장할 때까지 버스를 운전하지 않겠대. "우리는 새벽까지 춤추고 싶단 말이오." 운전사들이 이런다니까. 온종일 앉아서 지내다 보니 밤새 춤추고 싶은가봐. 시장에서 운전사들이 신발 상자에 꿀벌을 담아서 팔아. 걷다보면 꿀벌이 윙윙대는 소리가 들려오지.

낮에는 편지를 쓰고 읽어. 밤에는 문 닫을 때까지 춤을 춰. 버스 운전사들이랑 함께 출 때도 있어.

요즘 체코 작가인 그루샤Jiri Grusa의 『설문지』를 읽고 있어. 너도 읽어봤니? 네가 좋아할 것 같아.

너의
카미

행진하는 프란체스코 수도회 수사들

산안드레아스를 따라가던 어딘가에서 우리 형제를 잃었다. 그는 대열에서 이탈하여 제 갈 길을 갔다. 지네 같은 우리 대열에서 갈라져 나간 한 쌍의 발자국은 바닷바람을 맞으며 서쪽으로 향했다. 꽁꽁 얼어붙은 알래스카 평원에서 돌아오는 길에 새로운 인공 운하를 따라 세워진 기계 수문과 댐에 축복을 내리고자 아메리카 대륙의 지협들로 향하면서, 콘크리트 블록 벽에 우리 형제가 자기 몸에서 나온 잉크로 휘갈겨 쓴 편지를 읽었다. 우리는 그 편지를 사진으로 찍어 그가 사후에 출간한 슬픔과 사랑에 관한 논문 『백열광의 서』 뒷장에 실었다. 나중에 그 사진은 3차 개정판의 공식 에필로그가 되었다. 3차 개정판은 우리 형제의 오식과 오타, 발에 박인 굳은살의 두께를 기록했다가 빗금을 그어 지운 도표까지 모두 다 복원했다.

기계공

파리의 로랑 드 뮈렐이 2절 크기 양피지에 인쇄한 노스트라다무스의 『세기들』 프랑스어 초판의 10부 67번째 4행시에서, 노스트라다무스는 기계 거북이 땅을 파고 들어가 지각판을 압축할 것이라고 예언했다. 그 지각판을 만든 기계공은 한때는 순진했으나, 지금은 기계에 대한 자신의 초자연적인 이해력을 슬퍼하며 수압 응용 기계 청사진과 기어와 토크 설계도를 전부 다 태워버렸다. 이 4행시를 압운을 쓰지 않고 다음과 같이 옮겨보았다.

X.67ᴀ
토성이 떨어질 때, 대지는
금속 파충류에 의하여 압착될 것이다.
인간은 윤활유로 더럽혀지고
체인기어에 잘려 비틀릴 것이다.
마지막으로 남은 기계는 아름다운 아내와
분젠 버너와 함께하는 삶으로 물러가리라.

사토루 '타이거마스크' 사야마

돈 펠리츠는 내게 상금과 종이봉투를 건네주었다. 종이봉투에는 산토스의 은 마스크를 담고 호치키스로 찍은 다음 공증인의 도장을 찍었다. 진한 꽃향기가 봉투에서 풍겨나와 돈 펠리츠의 사무실을 가득 메웠다. 산토스는 돈 펠리츠에게 자신의 비석에 세례명을 써서 남들처럼 맨얼굴로 매장해줄 것과, 나에게 자기 마스크와 편지를 전해줄 것을 유언으로 남겼다.

사토루에게
이 편지가 자네 손에 전해진다면 내가 죽어서 링도 로프도 없는 곳으로 가게 되었기 때문이겠지. 산토스를 내가 가져간들 뭐하겠나. 그러니 이 마스크는 자네에게 주겠네. 자네와 헤어져야 한다니 슬프기 그지없는 일일세, 친구. 세상의 온갖 매트 위를 다 굴러봤지만, 자네와 함께했을 때가 항상 최고였네.
산토스는 죽지 않고 영원하리라는 믿음으로 위안을 삼으려 하네.
자네는 그 이름을 계승하면서 그의 신성은 물려받지 않을 훌륭한 후계자를 찾아내리라 믿네.

살아서나 죽어서나 한결같이,
후안 메차

랠프와 일라이저 랜딘

우리는 우리가 자금을 댄 전쟁을 보러 왔다. 현장 보고서를 읽어보았다. 지형과 위험스러운 사랑의 영역을 표시한 지도에서 손가락으로 토성의 길을 따라갔다.
그러나 그것은 종이 위에 있었다. 우리가 이 소설에서 뭔가 배운 것이 있다면, 종이를 조심해야 한다는 것이다. 종이의 망가지기 쉬운 성질과 날카로운 모서리를 항상 염두에 두어야 하지만, 대개는 그 위에 쓰인 것을 경계해야 한다.

CHAPTER TWENTY-FIVE

● ● ●

마호니 추기경

마호니 추기경은 교회 지붕에서 쓰레받기에 개똥을 퍼 담던 중 처음으로 교황 요한 바오로 2세의 전화를 받았다. 사제관의 강아지 레위기는 두 아이들의 통통한 손을 물어뜯고 나서 교회 지붕으로 쫓겨났다. 지붕 위에서 레위기는 한때는 성인들이었던 깨진 도자기 조각 무더기와 언젠가는 재로 태워 이마에 뿌릴 꼬마 종려나무 여덟 그루를 지켰다.

"마호니 신부님?" 교황이 물었다.

"그렇습니다만." 마호니가 대답했다.

"신부는 추기경에 서품되었소." 교황이 말했다.

이 주 후, 레위기가 지붕에서 뛰어내리는 바람에 충격으로 죽은 바로 그날, 스위스인 바티칸 경비대원이 공작 깃털과 잉크병을 들고 마호니의 문을 두드렸다.

"여기에 서명하십시오." 경비대원은 초콜릿 냄새를 풀풀 풍기며 말했다. 그런 다음 경비대원은 새로 서품된 마호니 추기경에게 '도둑들'이라고 새긴 탁상용 명패를 주었다. 추기경은 로마에 불려갈 때마다 그것을 가지고 가야 했다.

따듯한 봄날, 스위스인 경비대는 마호니 추기경을 카네이션과 장미의 마을 엘몬테에서 사막 깊숙이 있는 그의 새로운 임지인 도둑들의 성모 교회까지 호위했다. 마호니 추기경은 짐을 꾸리지 않았다. 부활절 예복을 걸치고 신발에는 레위기의 핏자국이 튄 모습 그대로 갔다.

이십 년 후 마호니 추기경은 반짝반짝 광을 낸 신발을 신고 소맷부리에는 금실로 바느질을 한 옷을 입고 엘몬테에 돌아왔다. 그는 토성의 추락을 볼 겸, 자기의 충실한 벗이었던 개가 떨어져 으스러졌던 장소에 종려나무 재를 성수에 섞어 뿌리려고 왔다. 마호니 추기경은 전에도 하늘이 무너지는 광경을 본 적이 있었다. 수십 년 전, 그가 아직도 신학을 발견하지 못하고 역사학도로 있던 때의 일이다. 하늘 일부가 그의 등으로 떨어져내려 척추에 타박상을 입히고 들고 가던 달걀 꾸러미를 으스러뜨렸다.

그 당시 그는 추억 때문에 깊은 슬픔에 잠긴 학생들 중 하나였으므로, 맨 처음 무릎을 긁었던 날을 기억하고 있었고(보도에 발이 걸려 넘어져 하나뿐인 정장 바지를 찢었다) 피부가 자갈에 긁히던 느낌까지도 되살릴 수 있었다. 마호니는 항상 과거를 괴로워했다. 아메리카 대륙에 언제 화약이 들어왔는지 생각하다가 울음을 터뜨리기도 하고, 도도새*의 잃어버린 아름다움을 생각하며 며칠을 침대에 드러누워 지내기도 했다.

　마호니는 섬세한 감수성에도 불구하고, 역사책을 뒤적여 대륙에 다가오는 스페인 배의 판화에 서표를 꽂아두었다. 그는 돛대와 부푼 돛을 뚫어져라 바라보다가, 그 배가 부두로 들어와 갑판 아래에서 말과 족쇄 찬 사람들을 끌어내어 신세계에 노예제도와 스페인이 정복한 것을 전하려 한다는 사실을 깨달았다.

　그가 맨 처음 입맞춤을 했던 소녀한테서는 소금 맛이 났다. 그녀는 건조해서 그의 입술이 텄다. 다음 날이 되자 입술이 부풀어오르더니, 그가 입에 설탕 친 옥수수 가루를 떠 넣자 피가 흘렀다. 마호니는 손으로 그녀의 부드럽지도 유연하지도 않은 머리카락을 훑어내렸다. 머리카락은 그의 손가락 사이로 미끄러지기는 했지만 좀 거칠어서 손가락에 걸렸다. 그래도 머리카락이 너무나 아름다워 자꾸 만지다보니 지문과 손금이 닳아 없어져버렸다. 매끈해진 그의 손은 탐정들을 난처하게 만들고 손금 읽는 점쟁이들을 혼란에 빠뜨렸다.

　그녀의 이름은 엘몬테에서 딱 한 번 자란 적이 있는 꽃의 이름을 따서 아이다였다. 그녀는 에스파놀라 섬에서 천연두와 빛나는 투구를 쓴 백인들을 피해 널빤지와 침대보 돛으로 만든 배를 타고 온 남자의 증손녀였다. 카스티야 방언과 아이티인들이 쓰는 프랑스어를 했던 남자는 로망스어로 시를 지었지만, 엉터리 영어로 한 여자에게 구애하는 수밖에 없었다. 그 여자는 노예 시장에서 두 번 팔렸다

＊인도양 모리셔스 섬에 서식하던 새로 무자비한 남획과 환경 파괴로 멸종되었다.

가 높은 실크해트를 쓰고 연애편지와 치과의사 영수증을 가져온 남자 덕에 자유의 몸이 되었다. 그들은 돛으로 커튼을 만들었고, 강 하나가 다섯 번이나 가로지르는 주에 정착했다. 그는 그 강에서 그녀의 옷을 빨고 완벽하게 매끄러운 손을 씻었다. 손을 오므려 물을 뜨면서 손금이 확대되어 보이기를 바랐지만, 도자기처럼 매끄러운 손바닥밖에는 보이지 않았다.

마호니는 아이다의 머리카락에 지문과 손금을 잃는 역사를 되풀이했다. 그래서 노예제와 식민 지배가 불러온 회복할 수 없는 두 가지 피해는, 지문을 잃은 것과 이 두 가지 역사를 물려받은 소녀와 사랑에 빠진 것이었다. 높이 솟은 하늘을 처음으로 무너뜨린 사람도 그녀였다. 마호니가 집으로 걸어가던 중 하늘이 갑자기 그의 등으로 떨어졌다. 달걀노른자가 그의 셔츠를 적시고, 하늘 조각과 깨진 달걀 껍질이 땅 위에 흩어졌다.

아폴로니오

아폴로니오는 어머니가 성처녀의 후광에서 나온 열에 타 죽은 날부터 교회 당국을 경계했다. 그는 교회 마당이라면 사순절 기간이라도 절대 발을 들이지 않았다. 종이 울릴 때마다 매번 귀를 닦아냈다. 헌금 봉투가 문 아래로 미끄러져 들어오면, 지문이 남지 않도록 꼭 라텍스 고무장갑을 끼고 집었다. 아폴로니오는 성자들과 천사들도 마법과 연금술을 행했다는 것을 알고 있었지만, 그는 인가를 받지 않았으므로 로마 교황청의 눈으로 볼 때는 불법을 저지르고 있었다.

사정이 이러했으므로 그는 항상 주의를 늦추지 않고 교회 관계자들이 다닐 만한 길은 무조건 피했다.

그러나 토성의 파편이 떨어질 때에는 아폴로니오도 다른 엘몬테 사람들처럼 하늘에 온 정신을 팔았다. 그가 팔에 아기 노스트라다무스를 안고 하늘을 올려다보고 있을 때, 복사 두 명이 그의 가게로 들어와 사진을 찍고 메모를 했다. 복사들은 밑창을 댄 구두 덕분에 그의 마루를 들키지 않고 마음껏 돌아다녔다. 문이 쾅 닫히는 소리에 고개를 돌리지 않았더라면, 아폴로니오는 그들이 조용히 도망쳐 과달루페 교회로 사라지는 모습을 놓쳤을 것이다. 그들은 빨리 자기들이 할 일로 되돌아가, 제단을 넘어 성체 밑에 접시를 받치고, 침대 밑에 신부가 숨겨놓은 와인을 조용히 도로 가져왔다.

카메룬

카메룬은 자기 이름과 같은 이름의 공화국에 끝내 가지 못했다. 그녀는 탕헤르에 머물면서 모로코 박하차를 마시고 살갗에 벌침을 눌렀다. 버스 파업이 끝난 지 이틀 후, 사람들은 벌침으로 온통 얼룩덜룩해지고 독이 잔뜩 차오른 그녀의 시체를 발견했다. 버스 기사들은 꿀에 적셔 향내 나는 시트로 그녀를 감싼 다음 아실라의 푸른 절벽으로 가는 퍼거슨 버스 좌석에 실었다. 리넨 여행 모자를 쓴 냉혈한 운전사 네 명이 그녀를 들어 바다로 던졌다. 시트 사이로 퍼져 나온 꿀에 이끌려 모여든 물고기들이 눈 깜짝할 새 시트와 카미를 먹어치웠다. 그녀의 잔해와 헝겊 조각은 주위를 맴돌던 청소부 물고기들이 해치웠다.

이튿날 아침, 해변에는 상어 떼와 물고기 떼가 모래 위에 우글우글 모여 독과 꿀을 게워냈다.

마호니 추기경

아이다는 하루 종일 뙤약볕 아래 있었다.

마호니는 고작 한 시간 있었지만, 정작 화상으로 피부가 벗겨지고 피부가 붉게 달아올라 부끄러워한 쪽은 그였다.

"아이다, 너한테 할 얘기가 있어." 그는 어깨와 팔을 알로에로 문지르며 말했다.

"무슨 얘긴데?"

"네가 처음이야…… 키스해본 여자는 네가 처음이야."

"네 말은, 흑인 여자랑 키스해본 건 내가 처음이라는 거지?"

"첫 번째 여자라고."

그녀는 얼굴을 붉히고 미소를 지으며 자기에겐 그가 열한 번째였지만, 혀를 써본 건 두 번째라고 고백했다.

"그럼 첫 번째는 누구였어?"

그녀는 어깨를 으쓱했다. 무심하게 어깨가 한 번 올라갔다 내려갔다. 첫 번째 균열을 야기한 어깻짓, 결국은 하늘을 무너뜨리게 될 조그만 바늘구멍이었다.

마호니는 종교로부터 멀어진 지 벌써 여러 해였다. 평생에 걸쳐 계속될 저염 식단을 시작했지만, 여전히 아이다에게 맛있는 요리와 선물을 갖다 주었다. 선물은 항상 짝을 맞춘 막대사탕 과자, 아기 예수를 안은 마리아 상, 밀크초콜릿 바 세 개, 대천사 미카엘의 홀로그램, 레몬 사탕, 마호가니 십자가 등이었다.

마호니가 아이다에게 마지막으로 준 선물은 베들레헴의 점토로 만든 성인들 한 상자였는데, 뚜껑에는 안에 든 박하를 축복하는 성 마르티노 데 포레스의 그림이 그려져 있었다. 그는 선물을 그녀의 창 너머 책상 위, 다윈의 책과 환멸을 느낀 에라스무스가 말년에 쓴 편지들 사이에 놓아두었다. 그는 아이다가 그의 선물을 발견하는 바로 그 순간을 눈앞에서 본 듯 상상했다. 그는 5마일 떨어진 집에 돌아와 역사책에 코를 박고서 포장지 푸는 소리와 함께 아이다가 손에 사탕을 꺼내든 다음 그가 준 액자를 걸거나 어떤 직업 또는 취미의 수호성인일까 궁리해보는 모습을 그려보았다.

그러나 그가 달걀 꾸러미를 안고 꽃밭을 가로질러 간 날, 포장지 바스락거리는 소리 따위는 난 적도 없었다는 것을 알았다. 아이다는 상자를 책상 위에서 집어 바깥 창턱에 내놓고, 아직 뜯지도 않은 채 고스란히 되돌려보냈다. 성인들의 점토 상자가 창턱에 놓인 바로 그 순간, 하늘이 무너져 마호니 위로 떨어져 내렸다. 그는 등짝에 하늘을 얹은 채 그 자리에 누워 배를 적시는 달걀노른자와 흰자를 느꼈지만, 셔츠를 적시는 것이 피라고 생각했다.

아폴로니오

교회 직원들은 해가 지기 전에 스위스인 바티칸 경비대원들을 대동하고 왔다. 경비대 중에는 창을 든 사람들도 있었고 작은 손수레를 밀고 온 사람들도 있었지만, 모두 잔뜩 경계 태세를 취하고 있었다. 추기경은 아이다의 머리카락으로 매끈하게 닳은 손으로 가게 문을 두드렸다. 아폴로니오는 날카로운 창을 치켜세운 병사들에게 문을 열어주었다.

그들은 가게 안을 샅샅이 뒤져 성인 상들과 약재와 약물로 가득찬 찬장을 실어냈다. 아폴로니오는 마리아 막달레나 상이 있던 자리에 서 있었다. 할리우드 여배우들의 수호성인은 담요로 포장되어 카고 트럭에 실렸다. 아폴로니오는 아기 노스트라다무스를 안고 젖니용 쿠키를 먹이면서 아기가 스위스 경비대의 날카로운 창날을 보지 못하도록 눈을 가렸다.

아침이 되었을 무렵 가게는 텅 비었고, 아폴로니오는 공식 고발되었다. 이단 죄목 삼백 가지, 신성모독 죄목 예순네 가지, 낡은 분젠 버너를 쓴 죄로 화재 법규 위반 죄목 두 가지였다. 압수된 물품중에서도 가장 괘씸한 것은 건막류에서 성혼까지 모든 증상에 대한 치료법을 담은 납판으로 묶은 양피지 문서였다.

재판 한 번 열리지 않았다. 아폴로니오는 그 자리에서 파문되었다. 그는 몇 년 동안이나 자발적으로 교회와의 접촉을 피해왔으나, 이제 공식적으로 교회에 발을 들이지 못하도록 금지당했고, 성호를 긋는 일조차도 하지 못하게 되었다.

그가 받은 벌 중 마지막 조항은 그의 혀끝 세 군데를 조금씩 째는 것이었다. 그의 입에 표식을 남겨두어 그 입에서 흘러나온 기도는 어떤 것이든 기도가 절대 들리지 않을 지옥으로 곧장 떨어지도록 하기 위해서였다.

교회 직원들은 나무 상자와 성인 상들 뒤에서 오랫동안 잊혀진 낡은 연과 계산대만 남겨놓고 죄다 가져가버렸다. 그 연은 종이와 깎은 잔가지로 만들어졌는데, 휴지와 풀로 쉽게 수선할 수 있는 것이었다.

아폴로니오는 매듭을 묶고 종이 돛을 팽팽히 당기고 실꾸리를 달아 연을 수선했다. 토성의 잔해가 떨어질 때, 아기 노스트라다무스와 아폴로니오는 연을 바람에 띄워 하늘로 높이 더 높이 올려 보냈다.

카메룬

카메룬이 물고기 밥이 되었다는 소식을 접하고 객실 담당 여종업원들이 들어왔다. 그들은 그녀의 호텔 방에서 다음과 같은 것을 발견했다.

옷이 든 여행가방 한 개.
실연에 관한 전설적인 책 『백열광의 서』도 포함된 책 한 무더기.
신발 상자 네 개. 그중 하나에만 보내지 않은 엽서와 편지가 들어 있고 나머지는 죽은 벌로 가득 차 있었다.

카메룬이 스페인 해변에서 부치려고 했던 한 편지는 열 장에 걸쳐 이어졌는데 모든 문장마다 가위표가 쳐 있었다. 얼마나 분노에 차서 편지를 휘갈겨 썼던지 종이가 다 뚫어졌고, 편지를 집어 올리면 조각조각 찢어질 지경이었다. 편지는 토성 앞으로 되어 있었으나, 살바도르, 샐, 차바, 그밖에도 거칠지만 그럴 만한 다른 이름들을 비롯해 여러 가지 이름으로 그를 불렀다. 편지는 이렇게 시작되었다.

여러 사람들을 우연히 마주쳤는데, 그 사람들이 너를 안다고 하더라. 나도 알고 있다는 거야. 그이들 말로는 153페이지에서부터 나를 알게 되었대. 그들한테 난 꿀벌이고 네가 추울 때 잠자리 해주는 상대더라. 또 자포자기에 빠져 비데 위에 걸터앉은 찐드기 같은 여자고. 우리가 섹스를 한 방식이며 체위까지 다 알더라고. 아직 나를 만져본 적도 없으면서 내 거기 감촉까지 안다는 거야. 네가 나랑 잔 것으로 충분치 않아서 남들한테 떠벌린 모양이지. 네 허구와 상상의 세계에서는 넌 원하는 상대라면 누구하고든 잘 수 있어. 자위를 해도 좋고. 하지만 난 종이로 만들어지지 않았어. 이건 예의가 아니야, 샐. 자고 나서 그 얘기를 할 수도 있지. 하지만 그 일을 글로 쓰는 건…… 이야기가 결코 끝나지 않고 이어지게 한다면…….

마지막 장은 이러했다.

나랑 마주친 사람들은 나에 대해선 알고 있지만, 네가 얼마나 무식하고 어리석고 막가는 애인지는 전혀 모르더라. 물건이 항상 포피에 싸인 채로 섹스한다는 것이며 내가 살갗을 끌어내려 너한테 보여주기 전까지는 자기 페니스를 제대로 본 적도 없다는 것도 모르던데. 너의 가톨릭교도답고 정숙한 정상위도 말이야. 섹스하는 방법은 다른 것도 있는데, 셀. 내가 너한테 그걸 보여줬어야 했어. 그 얘기도 쓰렴. 네 잘난 미국 소설에 넣으란 말이야. 네가 불이 슬픔을 사라지게 해줄 거라 믿고 네 몸을 지진 날 얘기도 써야지. 내가 너를 깨끗이 닦고 거즈를 붙여주었잖아. "넌 정말 착하고 친절해." 그때 네가 나한테 그랬지. "나랑 결혼해야 할 상대는 너인지도 몰라." 됐다고 말해야 할 사람은 나였어.

마호니 추기경

마호니는 등에 하늘의 무게를 다 지고 자기 몸 아래에서 썩어가는 달걀 냄새를 맡으면서 누워 있었다. 등이 아파서 실연 쪽으로는 전혀 생각이 미치지 않았다.

그는 꿈꾸기 시작했다. 무거운 조각 위에 살포시 내려앉을 부드러운 구름을, 흑인 소녀들이 그에게 상처를 줄 수 없는 곳의 인종 차별 정책을, 그리고 하늘을 고칠 수 있는 직업을.

아폴로니오

가게도 잃고 양피지 문서도 교회에 몰수당한 처지가 되어, 아폴로니오는 종이 연을 날리고 아기 노스트라다무스와 놀아주는 데 시간을 다 바쳤다. 비행기들이 그의 연줄에 얽혀 들판에 추락하자, 아폴로니오는 농약 살포 항공사에 항의했다.

"당신네 비행기 때문에 내 연이 못 날잖아요."

회사는 사과를 하고 신속히 그에게 보상을 해주는 한편, 농약 살포용 비행기의 항로를 변경하겠다고 약속했다.

카메룬

『종이로 만든 사람들』이 인쇄 출간되었으나, 곧 절판되어 헌책방에서 헐값으로 팔렸다. 카메룬은 헌책방에서 누렇게 변한 종이 냄새를 맡으며 마구잡이로 쌓인 추리물과 로맨스물 사이에서 그 소설 책장을 열고 자기가 상어 떼에게 잡아먹힌 부분을 찾아냈다. 그녀가 책을 읽을 동안 길들인 꿀벌 떼가 위에서 붕붕거리며 그녀를 진정시켜주었고, 날개를 펴고 내려앉아 책등과 표지, 페이지 위를 기어 다녔다. 챕터 속으로 기어들어가 문단 사이를 헤집고 다니다가 바로 이 문장까지 기어와 이 글자를 가리더니, 글자 사이 여백에 꿀을 묻혔다.

그녀는 꿀이 묻어 끈적이는 책장들과 책 한 권 값 2달러, 아직도 침을 달고 있는 꿀벌 시체 몇 개를 뒤로하고 서점을 나섰다. 책 표지 사이에 끼인 벌들은 문장들의 웅덩이에 갇혀 선반과 종이 사이에서 죽은 척 머무르는 수밖에 없었다. 카메룬은 머리 위에 벌 떼를 이끌고 걸어가면서 소설에서는 뭐든 가능한데도 불구하고 어째서 그녀의 운명은 그리도 멋없게 그렸을까 의아해했다. 그러나 그녀는 이유를 알고 있었다. 그것이 너무 많은 것을 알고 있는 여자들, 토성의 자존심을 망쳐놓을 수 있는 여자들의 운명이었다. 뭐라고 해도 역시 토성은 자기가 원하는 방향으로 이야기를 끌고 갈 수 있는 폭군이기 때문이다. 바로 그 때문에 그들이 그에게 맞서 싸우고, 납 밑에 숨어서 그를 책 가장자리로 몰아붙이려는 것이다. 그러나 카메룬은 무리도 군대도 아니고 달랑 홀몸이었다. 언제라도 간단히 아프리카 절벽에서 내던져질 수 있는 존재였다.

마호니 추기경

마호니 추기경은 어떤 기억도 원치 않았으므로 역사를 버렸다. 수도사들은 신학교에서 하늘 파편을 치우고, 다친 곳을 치료해주고, 그에게 그 무엇보다 신을 사랑하는 법을 가르쳤다. 그들은 와인과 성찬용 빵을 들고 안뜰에 앉아 기도를 드렸다. 마호니도 일단 치유되자 그들과 함께했다. 그는 자기의 신앙심을 보여주기 위해 하도 부드럽고 매끄러워서 어떠한 흔적이나 자국도 남기지 않는 손을 꽉 맞잡았다. 그는 소금을 치지 않은 감자와 푸성귀로만 식단을 짰고, 신학교 운동장을 무릎걸음으로 열다섯 바퀴씩 돌면서 다시는 아이다나 하늘을 기워 붙이기 전의 나날들이나 아이다의 입술의 감촉 따위는 생각하지 않았다.

CHAPTER TWENTY-SIX

●

조너선 미드

카메룬,

사람들 말로는 너를 찾으려거든 과일나무가 꽃을 활짝 피우고 곤충들이 꽃가루를 옮기는 곳으로 가야 한다더구나. 그래서 과수원에 앉아 벌집으로 돌아가는 일벌마다 일일이 다 따라가보았지만, 어느 놈도 네가 있는 곳으로 인도해주지는 않더구나.

스물세 해 전 우리가 너를 집으로 데려왔을 때는 나뭇잎이 전부 다 진 뒤였단다. 우리는 거기가 잔디밭인지 거리인지도 모르면서 차를 세웠지. 내려서 죽은 나뭇잎들을 이리저리 뒤섞었지. 내가 앞으로 걸어가 문을 열었고, 네 엄마는 너를 안고 갔지. 너는 포대기에 둘둘 싸여 있었지만 공기를 느끼고 가을 하늘을 볼 수 있도록 얼굴은 밖으로 내놓았단다. 우리가 집을 비워둔 건 고작 이틀이었어. 이틀 동안 네 엄마의 손을 꼭 잡고 긴장 풀고 다시 힘주라고 말해주었지. 마침내 네가 나오자 엄마는 간호사들이 와서 너를 데려갈 때까지 한참 동안 잠들지 않고 너를 안고 있었어. 아침이 되어 너를 아기 침대에서 안아 올려 처음으로 목욕을 시켰단다. 그런 다음 네 손목에 파란 잉크로 '카메룬'이라고 쓴 이름표 팔찌를 둘러주었지.

그렇게 새들이 브이자 형으로 줄지어 날아가고 낙엽이 떨어질 때 너를 집으로 데려온 거야. 지붕 처마 바로 밑에서는 말벌들이 주둥이에 진흙을 묻히고 날아다니며 오르간으로 이루어진 지하 납골당처럼 복잡한 벌집을 짓고 있어서, 너를 빨리 안으로 데리고 들어갔지. 나는 밖으로 나와 연기를 피워 말벌을 쫓은 다음, 대롱대롱 매달린 벌집을 벽에서 뜯어내 산산조각으로 부쉈단다. 그 일을 마치고 갓 태어난 내 딸, 너를 보러 안으로 들어왔지.

말벌이 내 소맷자락이나 옷깃 속 어딘가에 숨어 있었던가 봐. 어떻게 된 일인지는 모르겠지만, 하여튼 말벌이 있었단다. 날개를 접고 턱을 잔뜩 벼리고 있었지 뭐냐. 그놈이 침대 위를 기어가 깃털 이불을 가로질러 네 다리로 올라갔어. 태어난 지 채 하루도 안 되었는데 벌써 벌레한테 당하다니. 너는 그 벌침에 쏘이고 말았지. 내가 조금만 더 주의했더라면.

나는 손으로 훑어 그놈을 잡아 눌러 죽였단다. 하지만 이미 내 손바닥을 쏘인 뒤여서, 손가락이 시뻘겋게 잔뜩 부풀어 올랐지. 화끈거리는 느낌은 천천히 가셨지만, 며칠 밤을 고열에 시달리며 벌 떼 꿈을 꾸어야 했단다. 그때 떠났어야 했는데. 하지만 너를 사랑했고 진짜 아버지가 되고 싶었어. 그래서 노력해보았지만, 벌침을 또 맞고 싶은 욕망을 누를 수가 없었어.

난 호주머니에 말벌을 넣고 너를 공원으로 데리고 갔단다. 차를 세우고 너는 잔디밭과 놀이용 모래상자 사이에서 뛰어놀게 했지. 세 시간 후 넌 차 뒷좌석에서 기절해 있는 아빠를 발견했지. 넌 햇볕에 타고 머리는 온통 모래투성이가 되어 입가에까지 모래를 묻히고 있었어. 넌 내가 벌침을 맞을 동안 흙을 주워먹었지. 그때 정말 내가 떠나야 한다는 것을 깨달았단다.

하지만 말벌 때문에 너를 떠난 건 아니야. 내가 너를 위험에 빠뜨렸다고 생각하면 너를 볼 낯이 없었단다. 나는 이렇게 추한데 차마 네 아름다운 모습을 보기가 부끄러웠어. 애비 말을 믿지 않겠지만 너를 다치게 하고 싶지 않았기 때문에 떠난 거야. 내가 네 곁에 머무느니 떠나는 편이 더 이로울 테니까.

좋든 싫든 우리의 이야기는 가루받이하는 곤충들과 철새의 비행과 떼어놓을 수 없어. 네 엄마를 맨 처음 만났던 날 새들이 지저귀고 벌들이 윙윙댔지만, 우리 사이에 애정이라곤 손톱만큼도 없었어. 난 오로지 너 때문에 머물렀던 거란다. 너를 사랑하기 때문이야, 카미. 이제 더 이상 벌은 없어. 내가 벌집을 다 부수고 마당 구석구석 살충제를 뿌렸거든. 꽃이 피면 벌들이 모일까 봐 과일나무들까지 다 베어버렸단다. 벌 구경 못한 지도 벌써 오 년이 되었지만, 요즘 들어서야 내가 다시 너를 만나도 되지 않을까 하는 생각이 들었단다. 이젠 너에게 용서를 구해도 되지 않을까 하고 말이다.

철새들이 평소 같은 모양이 아니라 카메룬 모양으로 열을 지어 남쪽으로 날아가는 것이 신호였단다. 네 이름을 따온 나라, 아담을 만든 진흙과 이브의 갈비뼈를 비롯해 만물이 솟아난 땅, 침이 달린 곤충들이 처음으로 이름을 받고 나서 추방된 곳. 카메룬, 내겐 너뿐이란다. 난 추방당했지만 돌아가고 싶구나. 네가 나를 돌아갈 수 있게 해주면 좋겠구나.

사랑을 담아,
애비 조녀선 미드가
XOXO

CHAPTER TWENTY-SEVEN ▌▌▌

토성

삼손의 이야기에서 삼손을 버텨준 것은 기둥이었다. 움푹했던 눈이 낫고 빡빡 밀었던 머리가 다시 자라났다. 그가 그 기둥에 기대어 마음을 가라앉히자, 힘이 천천히 되돌아왔다.

프로기

우리는 토성의 힘을 약화시키고 천천히 압박을 가하며 앞으로 돌격하여 수적 우세로 그를 제압했다. 우리가 주도권을 쥐었고, 원한다면 언제 어디서나 우리 자신의 의지로 말할 수 있게 되었다. 신의 의지 따위는 내 알 바 아니고, 독실한 신자였던 적도 없다. 주일을 지키지도 않았고, 성찬식 때 외에도 술을 먹었으며, 교회 당국에 칼을 들이댄 적도 있다. 또 불경한 체위를 취하기도 했다. 그러나 모든 행성 중에서도 가장 전제적인 행성이 휘두르는 폭정에 맞서 일어선 이 전쟁에서는 신도 우리 편이다.

주님은 우리에게 가서 자유의 몸이 되어 악을 행하든 선을 행하든 뜻대로 하라고 말씀하셨다. 우리는 처음부터 의인으로 태어난 것이 아니라, 선택을 하게 되어 있다. 우리에게 제약을 가하고, 우리를 엄격하게 줄 맞춰 세우고, 하나의 이야기 안에서만 움직이게 하고 독재자의 명령에 복종하게 만든다면 신에 대한 모독이다. 우리는 하늘에 계신 하느님에게는 유순하게 굴겠지만, 먼지와 가스로 이루어져 하늘을 떠다니는 행성한테 굴종하지는 않을 것이다.

마호니 추기경

하늘을 파괴한 것은 핵무기도 유성도 아니다. 언제나 그들이다. 우리로 하여금 위에 있는 것에 싫증나게 만들어 금욕하는 직업을 택하게 몰아가는 이들. 손을 오므려 떨어지는 하늘 부스러기를 받을 때 우리 기억에 떠오르는 이들. 우리는 상자에 조각을 모아 그녀에게 보낸다. 무슨 짓을 했는지 한번 보라고.

나는 이 깊은 화를 다스리고자 여러 해를 독서와 기도에 정진하고, 신을 우러르며 영혼에서 우러난 행동만 하려고 노력했다. 아이다와 내 등 위에 떨어진 파편의 고통을 잊을 수 있도록. 나는 신심을 다지며 성스러운 법에 순종했고, 사순절 단식 기간을 사십 일 이상 늘려 열 달 동안 회개했다. 붉은 고기를 멀리하고, 사소한 안락조차도 포기했다. 손가락으로 이를 닦고, 폭신한 화장지 대신 신문지를 직접 네모나게 잘라 변기통 위에 놓고 썼다. 매사를 성서에 나온 대로 했지만 아직도 그녀로부터 벗어날 길이 없다. 나는 요한 바오로 2세와 대화를 나누면서 성직자로서의 규약도 깨뜨리고 신의 왕국이 아니라 아이다의 머릿결과 튼 입술에 대해 논했다.

리타

삼손의 이야기에서 삼손이 사랑한 여자는 필리스타이족이다.

자기 출신을 절대 잊지 않는 여자였다. 그녀는 항상 코끼리 코처럼 덜렁덜렁 늘어진 포피에 페니스가 덮여 있는 남자를 결코 잊지 않았다.

그래서 삼손에 대한 사랑보다 자기 민족과 은 한 자루를 택하여, 빌려온 면도칼로 그의 머리카락을 자르고 그를 적의 손에 넘겨주었다. 삼손은 전능하신 하느님으로부터 축성을 받았으나 연약한 여성에게 패배당했다.

꼬마 메르세드

프로기는 우리가 토성을 궁지에 몰아넣었고, 토성이 곧 몬테 위로 떨어질 것이라고 말했다. 내가 아빠에게 그 말을 전하자 아빠는 고개를 끄덕였다.

"네가 숨이 멎었을 때 네 엄마한테 편지를 썼단다. 엄마는 아직 답장을 보내오지 않았지만, 엄마를 위해 잔디밭을 다듬어놓았지."

아빠는 저마다 다르게 생긴 풀잎을 두께와 모양에 따라 분류한 잔디 이름들을 나열하며 잔디밭 이야기를 해주었다.

그다음에는 비료 얘기로 넘어갔다. 소나 염소 똥보다는 토끼 똥이 직물에 얼룩이 덜 남아서 좋다고 했다. 아빠는 흙과 뿌리 깊이에만 집착했고, 마치 아직도 토성을 피해 진짜 속마음을 감추려는 듯이 사소하기 짝이 없는 것들에 대한 생각으로 온통 머릿속이 꽉 차 있었다.

라몬 바레토

며칠 동안 식당의 디스펜서에서 냅킨을 뽑았다. 주먹으로 냅킨을 구기면서 그녀의 손을 쥐고 있다고 상상했다. 일요일에는 매트리스 위에 일요판 신문을 펼쳐놓고, 번쩍거리는 광고지는 베개 위에 깔았다. 침대 발치까지 신문지를 온통 깔아놓았다. 벤 상처는 완전히 다 나아서 혀끝에 얇은 흉터 자국만 남았다. 더는 설탕 맛을 볼 수 없지만, 쓴맛도 전혀 못 느낀다.

나는 그녀가 살로 이루어지지 않았다고 그녀를 밀쳐냈다. 압축 펄프와 어떻게 평생을 함께할 수 있겠는가? 나는 한 번에 몇 시간씩 거실 소파에 앉아 그녀가 몸의 종이를 벗겨내는 것을 돕고, 다 쓴 종이 뭉치를 쓰레기통에 갖다 버리러 일어나곤 했다.

키노네스

나폴레옹 보나파르트는 제국 군대의 정복을 기념하고자 개선문을 주문했다. 석조 기념비 꼭대기(비둘기가 앉아 서로의 깃털에 부리를 묻으며 구애하는)에는 서른 개의 방패가 새겨졌는데, 하나하나가 아우스터리츠, 보로디노 등 나폴레옹이 거둔 중요한 승리를 축하한다는 의미였다. 그러나 그 화려한 방패들 가운데에는 프랑스 관광청이 파리의 모든 기담집奇談集에서 삭제한 특별한 조각이 하나 있다. 그 조각은 호의 남동쪽 끝에 자리 잡은 마리 루이즈의 방패다. 금 간 거북 껍질 아랫부분에 그녀의 이름이 깔끔하게 새겨져 있다. 이것은 겨울에 제일 잘 보인다. 여행객들이 빛의 도시에 모여드는 여름이면 관리인들이 마리 루이즈에서 비둘기 똥을 긁어내기는 해도 의도적으로 새 둥우리 잔해와 배설물이 거북 껍질의 홈을 메우게 내버려두어 실패한 사랑에 바치는 나폴레옹의 조각을 잘 안 보이게 해놓기 때문이다.

아폴로니오

그들은 내 양피지, 도자기 성인 상, 약재 서랍과 항아리를 비롯해 가게와 집에 있는 종이 한 장까지 전부 다 쓸어가버렸다. 심지어는 베갯잇과 부엌살림, 칫솔모, 욕조의 비누 받침 등 큐란데로 일과 아무 관계가 없는 것까지 갖고 갔다. 그들이 말한 것은 허가를 받지 않은 항목 리스트에 나와 있었다.

그러나 항목에 들어 있고 성스러움에 접근할 수 있는 한계를 벗어날지도 모른다는 이유로 금지되어 있는 연은 남겨두고 갔다. 나는 몇 군데 좀 손을 보아 토성까지 닿을 만큼 줄을 길게 늘여 하늘에 띄웠다. 그러나 떨어지는 하늘의 박편이 자꾸 위에 쌓이는 통에 연이 가라앉았다.

토성

"주여, 제 눈을 도려내고 제 머리카락을 밀어버린 그녀를 용서하소서." 삼손은 보이지 않는 눈으로 하늘을 향해 얼굴을 쳐들고 이렇게 말했다. 사람들은 하인 한 명에게 그의 손을 잡고 그를 신전 중앙으로 데려가도록 했다.

"기둥을 만질 수 있는 곳에 앉혀주시오." 삼손은 하인에게 말했다.

푹신한 의자에 앉은 필리스티아 지도자들과 관람석에 앉은 백성들은 모두 패배한 나사렛 사람을 쳐다보며 푹 파인 눈을 비웃었다. 그들은 벌꿀을 섞은 포도주 컵을 들어올리며 자기들의 손에 적을 넘겨준 신께 감사드렸다.

삼손은 그들의 웃음소리와 조롱을 듣고 있다가, 기둥에 몸을 기대었다. 돌과 시멘트 이음새가 갈라지고 기둥이 흔들거리더니 신전 지붕이 그의 등 위로 무너져 내렸다.

마을 전체가 붕괴한 잔해 밑에 장사 삼손도 있었다.

프로기

하늘 파편이 도랑에도 있고, 사람들 머리카락 사이에도 끼어 있고, 밭이랑에도 잔뜩 널렸다. 와이퍼가 앞 유리창을 닦으면 박편이 벤트와 공기 정화 필터에 끼었다. 줄리에타가 밖으로 나와 현관에서 부스러기를 치울 동안에도 하늘은 방수천과 밭에 내놓은 꽃바구니에 쌓였다.

나는 온종일 딴 꽃 무게로 무거워진 방수천을 저울로 끌고 갔지만, 바늘은 0에서 꿈쩍도 하지 않았다.

조각을 입에 넣어보았다. 성찬식의 전병 같은 맛이 났다. 순식간에 녹아들어 무無로 화하는 부드러움.

양봉가

어느 해인지는 기억나지 않지만, 비가 안개처럼 뿌리고 과수원에 흰 꽃이 만발한 따듯한 봄날이었다.

나는 훈연 상자에 잔가지와 나뭇잎들을 꾸려 넣었다. 압축 실이나 주름식 펌프가 없는 구형이었다. 가장자리에 나무 손잡이를 달고 못으로 구멍을 뚫은 양철통에 불과했다. 나뭇잎에 불을 붙이고 연기가 모이기를 기다렸다. 그런 다음 벌통으로 걸어갔지만, 근처에서 붕붕거리거나 날아다니는 벌은 한 마리도 없었다. 벌통을 열고 맨 위 판을 밀어냈다. 안에 든 벌집은 밀랍과 꿀로 묵직했다. 벌집 여섯 개를 잘라 끈적이는 꿀을 양동이에 받았다.

벌집 속을 기어다니거나 벌통 위를 날아다니는 일벌이 한 마리도 없었다. 긴 겨울이 끝나고 날씨가 맑을 때면 가끔씩 벌 떼가 청소 비행에 나서서, 거대한 벌 떼 구름이 벌통 속에서 쏟아져 나가는 일이 있다. 벌들은 날개를 세차게 퍼덕이며 날아가 해질녘이 되어서야 서늘한 산들바람에 상쾌해진 몸으로 돌아오곤 했다. 그러나 해가 졌어도 벌들은 한 마리도 돌아오지 않았다. 다시 벌통을 조사해보았다. 자물쇠와 틀을 떼어내자, 마침내 여왕벌의 보금자리가 나왔다. 철망은 길게 찢어져 있고, 안에는 여왕벌이 없었다.

나는 불이 꺼진 훈연 상자와 벌집 양동이를 들고 집으로 돌아갔다. 문을 여니 그녀가 꿀벌로 온몸을 뒤덮고 긴 의자에 앉아 있었다. 나는 죽은 벌을 쓸어냈다. 그녀는 탱크톱과 팬티 바람이었고, 온몸이 벌침에 찔린 자국투성이였다. 얼굴도 온통 반점투성이가 되어 숨도 제대로 쉬지 못했다. 양손을 꼭 잡고 있었는데, 그녀를 안아 올리려 할 때도 손을 풀지 않았다. 카미의 손바닥 안에는 여왕벌이 갇힌 채 손바닥의 생명선을 가로질러 배를 질질 끌며 기어가고 있었다. 여왕벌의 벌 떼 전부가 여왕을 보호하려고 죽은 것이다.

아폴로니오

연이 올라갔다가 박편 무게를 이기지 못하고 떨어지더니, 껍데기를 털어내고 다시 올라갔다. 연은 떨어지리라 예상했던 고도에서 갑자기 솟아올랐다. 삼각형의 연은 점으로 사라졌다.

하늘이 조각조각 흩날리고 있었지만, EMF는 아직 승리를 축하할 분위기가 아니었다. 토성이 회복되고 있었다. 고리의 빛이 밝아지고 축이 더 빨리 돌았다. 그러나 EMF는 토성을 제압했다고 생각하고 토성이 굴러 떨어지기만 기다렸다. 그들은 EMF가 보이저 2호와 연합 해방군과 같은 페이지에 나란히 실리는 불후의 존재가 되어 점성학과 전쟁사에 발자취를 길이 남기게 될 것이라고 생각하며, 엘몬테의 꽃밭에 토성이 추락하기를 기다렸다. 고리가 달린 행성 주위를 돌았던 최초의 우주선과 유럽에서 가장 사악한 독재자를 몰아낸 군대처럼, EMF도 토성을 끌어내리고 부당한 법을 뒤집어엎고 있었다.

샌드라 부사령관

하늘이 너덜거리면서 천천히 떨어졌다. 하늘은 마른 비처럼 우리 신발과 소매 주름 속으로 스며들었고, 엉겨 붙어 우리 어깨 위에 쌓였다. 꾸준히 퍼붓던 호우는 마침내 흩날리는 소나기로 바뀌더니 드문드문해지다가 결국 아무것도 떨어지지 않게 되었다.

우리는 토성이 떨어졌다고, 이제 끝났다고 생각했다. 토성은 푸른 하늘 밑에 묻혔다.

카메룬

벌 말고 다른 생물, 내가 그리워하지 않는 생물도 있다. 너의 다리 사이에 있는 수줍은 달팽이 ―꿀도 못 만들고 끈적이는 비단실 자국만 남기는 것.

꼬마 메르세드

장미 꽃잎과 박하 잎이 효과를 내기 시작했으나, 아직도 좀체 사라지지 않는 악취 때문에 오래 정신을 집중할 수가 없었다. 내 실력은 무디어졌다. 어쩌다가 아기 노스트라다무스가 가르쳐준 대로 할 수 있다 해도, 잠깐 동안 작은 양산을 펼치는 정도였다. 방패는 모서리도 사라지고 두루뭉수리했고, 히어

리타

진짜 영웅은 그 짐승 같은 남자를 꺾은 데릴라다. 그가 죽인 수천 명의 목숨에 복수한 여자. 필리스티아 사람들과 그들의 페니스를 덮은 부드러운 피부를 위해 일어선 여자.

스마일리

하늘이 깨지면서 조각이 나뭇잎처럼 내 천창 위로 쌓였다.

"먼저 하늘이 무너지고 그다음에 토성이 추락할 거야." 프로기가 말했다.

그러나 박편만 엘몬테를 푹 덮은 파란 막처럼 모든 것을 덮고 있을 뿐, 토성은 어디에도 없었다.

토성

토성은 그 슬픈 시절을 기억하고 있었다. 빵과 우유를 구하러 눈 속을 헤치고 2마일을 터덜터덜 걸어갔다가 코트와 부츠는 검댕투성이가 된 채 꽁꽁 언 발로 되돌아와보면, 집은 꿀벌로 난장판이 되어 있었다.

카메론이 옆방에 앉아 후춧가루 통과 소금으로 새를 사로잡는 법에 관한 말도 안 되는 책을 읽고 있을 동안, 그는 욕조에서 발가락을 녹이면서 전화를 걸었다. 그 이름이 더 이상 헌사에 오르지 않는 여자는 전화를 받기만 하면 곧 끊어버리기 일쑤였다.

그녀가 전화를 받지 않으면, 토성은 자동응답기에 대고 말했다. "나야, 샐. 나라고. Te estraño mucho(네가 너무 그리워)." 그녀가 알아듣도록, 그리고 옆방의 그녀는 엿듣지 못하도록. 카메론이 문을 두드릴 때도 있었다. 그가 열어주지 않으면, 카메론은 문 밑으로 글을 휘갈겨 쓴 냅킨을 밀어 넣었다. "나 오줌 누고 싶어." "네 종이들을 눈 속에 집어던질 거야." "펠리컨을 잡으려면 꼬리에 소금 세 숟가락을 치면 된대."

이 주 후, 전기 가스 수도 요금 청구서 세 장, 눈삽과 부츠 카탈로그, 현직 시장이 보낸 인쇄 편지가 우편함에 들어 있었다. 토성은 전화요금 고지서를 열어 보았다.

9:15 뉴욕 시라큐스 캘리포니아 로스앤젤레스 238-5329
9:17 뉴욕 시라큐스 캘리포니아 로스앤젤레스 238-5329
9:21 뉴욕 시라큐스 캘리포니아 로스앤젤레스 238-5329
9:27 뉴욕 시라큐스 캘리포니아 로스앤젤레스 238-5329
9:30 뉴욕 시라큐스 캘리포니아 로스앤젤레스 238-5329

새벽에 세 시간 쉬고 다시 전화를 계속한 기록이 몇 페이지에 걸쳐 나와 있었다.

대륙을 가로질러 통신을 취하려다 실패한 시도는 모두 구멍 뚫린 종이에 깔끔하게 항목별로 정리되어 있었다. 토성은 고지서를 구기지 않았다. 지불을 위해 보관할 부분을 조심스레 뜯어내고 은행 잔고로 수표를 끊었다. 입속의 침이 바짝 말랐지만, 이제 쓴맛은 나지 않았다. 그는 혀로 우표를 핥아 붙인 다음 미리 주소를 써둔 봉투를 들고 우체국으로 갔다.

기계공

해체할 기계 거북이 하나 더 남았다. 그놈을 해체하고 나면 완전히 멸종되는 것이다. 나는 라케마도라에서 주간州間 고속도로를 타고 북쪽을 향해 엘몬테까지 죽 갔다. 금속 탐지기는 작업장에 놓아두고 대신 거북이가 발가락과 발톱을 끌며 지나간 자취를 찾아 땅을 샅샅이 뒤졌다.

드디어 자취를 찾았다. 거북이 아스팔트와 흙을 꼬리로 파면서 꽃밭 깊이 몸을 끌고 들어간 자국을 따라갔다. 이윽고 거북이 앞발을 내밀고 발톱을 땅에 박는 모습이 보였다. 거북의 움직임은 물 흐르듯 자연스럽고 유연했다. 내가 해결하지 못한 스프링의 흔들림도 어느 정도 스스로 바로잡았다.

거북은 그다음에는 뒷발을 단단히 버티고 밭으로 꼬리를 끌고 들어갔다. 갑작스럽지만 가벼운 충격이 아주 미약하게 땅을 울리며 흙 몇 밀리미터를 돌멩이처럼 누르고, 대륙 지표 두께를 드러나지 않을 만큼 약간 감소시켰다.

행진하는 프란체스코 수도회 수사들

우리가 진흙을 살과 갈비뼈로 바꾸었던 공장은 잊혀졌고, 다시는 세인들의 입에 오르내리지 않았다. 그러나 아메리카 대륙을 가로질러 행진하다보면 우리 손으로 만든 작품들이 눈에 띄는 날이 있다. 끓인 물을 넣은 통과 삶은 옥수수를 담은 수레를 밀고 가는 노인네들과 긴 목도리로 추위를 피해 입을 가린 할머니들. 그때 비로소 공장이 기억난다. 하지만 말없이 행진을 계속한다.

마호니 추기경

몇 년 후, 아이다는 모르고 내 고해실로 들어왔
다. 그녀의 숨결에서 소금과 아침으로 먹은 타피
오카 푸딩 냄새가 풍겼다.

나는 그녀가 이렇게 말할 줄 알았다. "옛날에 제
가 어떤 남자애 위로 하늘이 무너지게 한 적이 있
어요."

나는 용서하도록 배웠으니, 가벼운 보속을 주어
야겠다고 마음먹었다. 예배 참석 한 번 정도, 묵
주기도 열 번이나 주기도문 열두 번쯤이면 될 것
이다.

그러나 그녀는 하늘에 대해서는 일언반구도 없
었다.

대신 자기가 사귀었던 남자 얘기를 했다. 그를
사랑했지만, 그는 물에 손끝 하나 대지 않으려
했다는 것이다. "저는 그이한테 함께 욕조에 들
어가자고 통사정을 했지만, 그이는 항상 거절했
어요." 그러던 어느 날, 그에게 진짜로 자기를 사
랑하느냐고 추궁하여 욕조에 들어오지 않고는
못 배기게 만들었다.

그는 그녀를 따라 들어와 그녀의 위로 올라왔다
가 몸을 뒤집어 그녀를 위로 올렸다. 바로 그때
그의 몸이 무거워지고 흐늘거리더니 형체를 잃
어갔다. 그는 녹기 시작했다. 그녀가 그를 끄집
어내려고 손을 넣었으나 젖은 펄프만 잡혔다.

그녀는 그를 손으로 쥐어 퍼냈다. 젖은 종이 뭉
치가 수채에 쌓였다. 그녀는 그 더미를 사랑했던
남자의 형태로 되돌리려고 필사적으로 애썼다.

이틀 후 청소부들이 아직도 물이 뚝뚝 떨어지는
묵직한 펄프를 치웠다. 욕실에는 젖은 욕조 깔개
와 물 얼룩만 남았다.

리타

두 부류의 무리가 있었다. 하나는 표백제에서 꺼
낸 썩은 상추 꼭지를 던지고, 침을 뱉고 욕설을
퍼부으며 손가락 사이로 혀를 내미는 무뢰배들
이다. 또 한 무리는 썻은 적상추 다발을 보내오
는 국립 상추 박물관의 기품 있는 대표들이다.

"상추 수확꾼들이라고 다 똑같지는 않아요. 우
리 중에는 당신을 사랑하는 사람들도 있답니다.
줄곧 그랬지요. 당신이 백인들의 몸뚱이 밑에서
자든, 당신의 자두나무 열매가 달지 않든 우리는
신경 안 씁니다."

줄리에타

프로기는 우리가 토성을 이길 거라는 확신에 차
있었다.

"우리가 토성을 제압했어. 그는 아무리 해도 다
시 돌아오지 못해."

나는 프로기를 믿고 싶었다. 전쟁이 끝나기를,
도표와 계획이 판치는 생활이 지나가기만 바랐
다. 그러나 토성의 힘이나 위치를 알 방법도, 가
늠할 길도 없었다. 토성은 어쩌면 그저 몸을 웅
크리고 인력을 모으며 공세를 취할 준비를 하고
있을지도 몰랐다.

토성

토성은 그녀의 아파트 수영장에 썩은 상추 두 트럭분을 부려놓고 국립 상추 박물관에 편지를 썼다.

"그들에게 편지를 써서 너를 절대 들여놓지 말라고 말해줬어. 넌 그들을 배신할 거라고." 토성이 그녀에게 말했다.

"내가 그렇게 끔찍한 여자라면 나를 좀 혼자 내버려두지 그래?"

토성은 아무 대꾸도 하지 않았다.

넌 그런 여자가 아니니까. 아직도 네가 부엌 조리대 위에 놓고 간 라임 반쪽의 시큼한 맛을 기억하고 있으니까. "이를 닦으렴." 넌 벌써 이가 썩기 시작하자 구연산의 위험을 알고 이렇게 말했지.

우리기 침대도 없이 이파트 마룻바닥에서 빛바랜 담요와 얻어온 시트로 잠자리를 만들고 보낸 날들. 차 라디에이터가 과열되었지만 그래도 네가 원하는 곳이면 어디든 드라이브를 하러 갔던 무더운 오후. 너와 내가 아직 그 아래 있었을 때, 아직도 하늘이 탄력 있고 견고했던 시절 엘몬테의 하늘 빛.

그날 네가 고백했지. "난 종이로 만들어졌어." 하지만 난 내내 알고 있었어. 항상 절대 포피를 뒤집지 않도록, 오럴섹스를 해주되 절대 너무 오래 하지는 않도록 조심했지.

대신 그는 이렇게 말했다.

"너한테서 벗어날 수가 없으니까 그렇지. 사 년간 전쟁을 치른 것은 오로지 네가 나를 보게 만들기 위해서였어. 전부 너를 위한 전쟁이었단 말이야. 나도 식민지 개척자가 될 수 있고, 나도 그런 쪽으로 만만치 않다는 것을 보여주기 위해서였어. 난 까치발을 들고 서 있을 수 있고, 혀를 굴려 완벽한 본토 발음으로 영어를 할 수 있어. 모든 문화랑 허구의 꽃 농사꾼 마을도 전부 다 지워버릴 수 있어. 그렇게 할 수 있다고."

그러나 토성은 코르테스가 아니었다. 그는 대지를 가로질러 흙 속에 깃발을 꽂고 벽과 참나무에 왕가의 문장을 못으로 박고 싶지 않았다. 토성은 그것이 자신의 파멸을 의미한다 하더라도 전쟁을 끝내고 싶었고, 기둥을 전부 무너뜨리고 싶었다.

그는 전쟁으로 점철된 삶, 실연으로 시작된 전쟁에 싫증이 났다. 토성은 행성들 중에서 가장 거대한 존재였다. 하지만 동시에 부엌 맨 위 찬장을 열려면 받침대를 놓고 올라서야 하는 키 작은 남자이기도 했다. 상자 위에 서서 그녀에게 키스하는 상상을 하는 남자. 그러나 전쟁 사령관들은 다 그랬다. 실연의 상처로 가슴앓이하는 키 작은 남자들이었다.

스마일리

처음에 영향을 받은 것은 화분의 꽃들뿐이었다. 토성과의 거리가 너무 가까워져 꽃잎이 타버렸다.

토성은 프로기의 예언대로 추락하지 않았다. 토성의 부피는 점점 커지고 늘어났다. 고리의 빛과 열 때문에 꽃의 성장이 빨라졌다. 씨를 뿌려 꽃이 피기까지 채 일주일이 안 걸렸다. 그러나 꽃들이 봉오리를 피워도, 축 늘어지고 탄 꽃잎이 줄기에서 떨어져 모래밭에 부서지곤 했다.

나는 재가 된 상태를 관찰해 토성과의 거리를 가늠해보았다. 삼 분마다 꽃을 쳐들고 꽃잎이 검은 잿가루로 변하게 만들었다. 그런 다음 타고 남은 꽃잎 각각을 비교했다. 재는 점점 더 고와졌다. 토성이 다가오는 것이 확실했지만, 중력에 끌려 떨어지고 있는 것은 아니었다. 토성은 자체의 힘으로 움직이고 있었다.

기계 거북

0001010010010101010101010101
0110011010101001001100010101
0101010101000101010100100101
1111001001010101010101010101
0100101010100101010101010110
0101101001101000100001000100
0111110101001110101010010

기계공

나는 쇠지레를 꺼내 어깨 위로 쳐들었다. 기계 거북의 머리를 겨냥하여 쇠지레를 휘둘렀다. 입을 정통으로 후려친 다음, 다시 정수리를 내리쳤다. 거북이 머리와 꼬리를 집어넣기 전에 두 차례 호된 타격을 가한 것이다. 나는 막대를 껍질 앞쪽 구멍에 쑤셔넣고 체중을 한껏 가해 눌러 머리를 튀어나오게 만들었다. 지렛대를 꽂아둔 채 도구 상자에 갖고 다니는 나무토막을 구멍에 끼워 머리를 움직이지 못하게 고정시켰다. 그놈은 내 기계 거북 중 제일 강했다. 마침내 작업을 다 마치고 나니 온몸이 쑤셨다. 쇠지레 손잡이는 휘었고, 톱날은 다 닳아버렸다.

이로써 대★ 노스트라다무스가 예언했던 대로, 내가 젊은 혈기에 저질렀던 실수를 마침내 바로잡았다.

꼬마 메르세드

그곳에는 난생 처음 보는 낯선 사람이 있었다. 나는 아빠가 나를 번쩍 안아 올려 은색의 장식용 금속█████████자를 보여준 기억이 나█████████ 매우 미남이지만█████████라는 것을 알 수█████████경기를 구경했다.█████████한 봉지 사주었다. 나█████████임도 사달라고 했다.

아빠는 잔디밭에 등을 대고 드러누워 하늘을 올려다보고 있었다.

더 이상 아무것도 떨어지지 않았다. 오악사카 새들은 열을 지어 하늘을 날았고, 농약 살포용 비행기는 아폴로니오의 연 주위를 선회했다.

마호니 추기경

나는 그녀에게 의미심장한 보속을 주었다. 삼종 기도 한 번과 묵주기도 세 번.

"그는 종이였을 뿐이오." 나는 그녀를 위로하려고 애썼다. 우리는 살로 이루어졌으며, 우리야말로 정말로 중요한 존재들이다. 그러나 그녀에게 그렇게 말하지는 않았다.

그녀가 고해실을 나서자, 나는 그 뒤를 바짝 따라갔다. 그러나 차마 두려워서 그녀를 잡을 수가 없었다. 그날도 하늘이 부서질 듯 약해 보였고, 내 지문과 생명선이 마침내 다시 나타났던 것이다.

아폴로니오

별 중에는 초신성으로 알려진 것이 있는데, 부피가 계속 팽창하다가 갑자기 붕괴해버린다. 행성에서 이는 자연스러운 성장 과정이며, 행성이 강하고 안정된 궤도를 유지하고 있다는 표시이다. 무게를 늘려 태양계에 안착하려는 것이다. 성장이 안정되고 행성이 그대로 유지되는 경우도 종종 있다. 그러지 않으면 폭발해서 궤도를 따라 우주 먼지의 자취만 남는다.

랠프와 일라이저 랜딘

유감스럽지만 우리는 전쟁에 대한 지원을 철회하기로 하였음을 알립니다.

우리는 몇 가지 사실에 주목했습니다.

위조된 결혼 증명서와 벌집은 소스 재단이 장려하고자 하는 행위가 아닙니다. 우리가 격려하려는 인물에게는 적합지 않은 행동입니다.

아이다

그대 펄프에서 왔으니 펄프로 돌아갈지어다.

토성은 힘을 되찾기 시작하면서 하루가 다르게 강해졌다. 그녀에게
보내는 편지에 잔디밭이 여전히 못과 깨진 유리 조각으로 뒤덮여 있
다고 썼다.

그는 그녀의 피부가 워낙 거칠어서 그 사이를 기어가더라도 갓 뽑은
새끼 오리 깃털 속을 지나는 정도의 느낌밖에 안 들 거라고 말했다.
그녀는 딱 한 번 전화를 받았다. "난 그런 대접을 받을 짓 하지 않았
어. 난 스스로를 용서했다고. 내가 너한테 그리 못할 짓을 하지는 않
았어. 어쩌다보니 그렇게 된 거지."

토성은 고개를 끄덕이고 수화기를 내려놓은 다음, 협탁의 먼지를 닦
고 재떨이를 비웠다. 쓰레기통에 성냥개비를 던져 넣고, 다 쓴 라이
터와 불에 그슬린 버터나이프를 바닥에 놓았다. 토성은 거미줄과 벌
집이 매달린 천장 구석에서 빗자루로 벌집을 두드려 떨어뜨렸다. 유
충들이 밀랍으로 된 방 속에 몸을 돌돌 말고 있었지만, 더 이상 벌은
한 마리도 집 주변을 날아다니지 않았다.

카메룬은 사라진 지 오래였다. 그녀는 식품 저장실 콩 통조림 캔 밑
에 식료품 바구니와 구겨진 알루미늄 캔을 쌓아둔 더미 옆에 눈 장화
를 두고 갔다. 그녀는 눈이 내리지 않는 곳, 보도에서 미끄러질 일도
없고 찬바람에 코가 빨갛게 얼지도 않을 곳으로 갈 거라고 했다. 그
녀의 침대 속으로 미끄러져 들어와 그녀의 것이 아닌 이름으로 그녀
를 부르는 절망에 빠진 남자도 없는 곳으로.

토성은 부엌으로 들어갔다. 구석에서 받침대를 끌어내 한 단만 올라
가서 맨 꼭대기 찬장으로 손을 뻗었다. 그는 잠시 멈추어 전쟁 생각
을 하느라고 전기냄비를 내리려던 것도 잊어버렸다. 대신 모든 위대
한 사령관들을 생각했다. 그들 모두 가슴을 앞으로 쑥 내밀고, 신문
지를 2인치씩 장화에 깔고, 호주머니에는 보내지 못한 연애편지를
잔뜩 쑤셔넣고 있었다. 정말로 그들은 모두 작은 남자들이었다.

그러나 그들도 가끔은 받침대에서 내려와 작은 키를 넘어서서 우뚝
서기도 했다. 그들은 불화를 조장하는 국가와 민족에 대한 충성의 의
무를 잊고, 사소한 반목과 타인의 불법 침해 행위도 용서했다. 그들
은 조끼 안에서 손을 뺐다. 그녀가 한 짓으로 아직도 옷깃 밑 그 자리
가 아프지만, 이제 그 고통은 따스하기조차 하다. 기분 좋은 신열은
그의 일부가 되었다. 그는 걸어가면서 망토의 단추를 풀고 황제의 모
자도 벗는다. 자신의 파멸조차 의식하지 않는 초연한 자세로 오로지
무너지는 하늘을 구하고 전쟁 이전의 평온을 회복시키기만을 바라
며 앞으로 나아간다.

아폴로니오

그것은 아기 노스트라다무스의 전쟁이 아니었다. 그러나 아직도 아기는 반격하려 애썼고, EMF가 세력을 재규합할 동안 페이지 일부라도 보호하려 했다. 그러나 하루가 저물 무렵, 아기 노스트라다무스는 녹초가 되어 더는 토성을 밀어낼 힘이 없었다. 아기는 내 손바닥을 건드렸다. "이 전쟁의 승자는 토성이야."

아기 노스트라다무스가 내게 한 말은 그것이 처음이자 유일했다. 아기는 종종 손을 들어 내 얼굴을 매만지고 내 머리를 쓰다듬었지만, 다시는 다가올 일에 대해 경고해주지 않았다.

양봉가

위대한 로마의 시인 베르길리우스는 벌통을 두 개 갖고 있었다. 그는 벌을 뮤즈의 새라고 불렀다. "벌에게 아기의 입술을 만지게 하라. 그러면 아기는 시를 읊을 것이다."

황금빛 벌은 주님의 피를 받았던 성배를 장식했다. 성스러운 왕들은 자기들의 궤에 꿀을 채우고, 무덤에는 벌을 산더미처럼 쌓아 채우라고 명령했다.

나폴레옹 보나파르트는 벌집과 벌을 수놓은 망토를 입고 있는 동안에는 왕좌에서 세계의 반을 지배했다. 케네디 가는 취임식 초대장을 봉할 때 천연 밀랍만을 썼다.

벌은 수치스러운 곤충이 아니라 고귀한 혈통을 타고난 곤충이다. 로마에서 아메리카 캐멀롯*까지 왕족들의 초상화를 자세히 살펴보면 벌에 쏘인 자국을 적어도 하나, 많으면 세 개까지도 찾아낼 수 있을 것이다. 소매를 걷고 있다면 별무리처럼 많은 반점이 있을 수도 있다.

카메룬

토성은 호텔 침대 위에 종이를 펼쳐놓았다. 나는 보도에서 눈을 퍼서 엘리베이터를 타고 올라와 그의 머리 위에서 눈덩이를 부수었다. "눈보라네." 그가 말했다. 우리는 깔깔 웃으며 수수께끼 책에 사진과 도표로 실린 자세로 몸을 뒤섞었다. 그 수수께끼는 맥아더 기금이 두 번이나 수여된 후에야 풀렸지만, 사랑의 신비를 없앨까 두려워 해답은 절대 일반에 공개되지 않았다.

우리는 공업용 전분으로 빳빳해진 시트 위에 누워 서로의 얼굴을 어루만졌다. 그가 내 입술 사이에 손가락을 넣었다.

"카미, 우리가 내일 다시는 이걸 못하게 된다 해도 상관없어." 그는 이렇게 말하고 나에게 키스했다. 그러나 그가 내 이름을 제대로 불러준 것은 상어 떼가 나오기 전, 양봉가들이 돌아오기 전이었다.

마호니 추기경

수도원에서 가장 중요한 가르침은 우리 손이 깨끗해질 수 있으며, 기도와 명상을 통해 우리가 하늘에 닿을 수 있다는 것이었다.

그러나 훨씬 더 빠른 방법이 있었다. 하늘을 만지는 더 쉬운 방법, 하늘의 무게와 뾰족뾰족한 테두리를 느끼는 법, 그리고 교회 성인들의 손과 헛갈릴 정도로 깨끗한 손을 얻을 수 있는 방법이 있었다.

그래서 신학생들이 오자 그들에게 비행기 얘기를 해주고, 그다음에는 한 소녀의 엉킨 머리카락을 만지다가 발견한 가장 위대한 신성함에 대한 얘기를 들려주었다.

---

*케네디 대통령이 재임한 시대.

토성

아기 노스트라다무스조차도 그를 막지 못했다. 아직도 슬픔이 토성의 몸속을 돌면서 모세혈관을 막고 림프절에 염증을 일으키고 있었다. 그의 간은 깊은 애수를 도저히 걸러낼 수가 없었지만, 몸이 적응해갔다. 가끔씩 그녀 생각으로 기운이 빠지기도 했지만, 아직도 기둥을 밀 힘을 끌어낼 수 있었다. 토성은 체중을 실어 건물을 밀었다. 처음에는 기둥 아래쪽에 금이 한 개 갔을 뿐이었다. 그는 그녀를 생각하고, 그녀의 부정을 생각하고, 이야기 처음부터 끝까지 나오는 사람들, 데릴라, 메르세드, 아이다를 생각했다. 한 개의 금은 그물처럼 퍼져나가 건물을 산산이 무너뜨렸다. 일단 지지대 하나가 무너지자 나머지도 쉽게 쓰러져 모든 기둥이 붕괴했다. 토성은 이야기를 마음대로 휘두를 힘을 손에 넣었다.

토성은 다시 마음 내키는 대로 돌아다닐 수 있게 되자, 집 안에 있는 샌드라를 보았다. 문을 닫고 커튼을 내렸지만, 그래도 토성은 그녀가 침대에서 욥기에 처음 기록된 자세로 몸을 구부리고 있는 모습을 볼 수 있었다. 프로기와 사랑을 나누던 일을 추억하며 흘린 눈물로 눈이 퉁퉁 부어 있었다.

프로기는 세 블록 떨어진 곳에서 시들어 재로 변한 꽃밭을 가로질러 자기 회벽 집으로 돌아가는 길이었다. 그는 꽃잎을 씹은 분홍색 젖은 찌꺼기가 아니라 모래를 뱉어내느라고 입이 바짝 말랐다. 더 이상 숨을 거북 껍질도 없었고, 그 역시 너무 지쳐서 생각이 아닌 것들을 생각하기도 힘들었다. 그의 마음속으로 들어간 토성은 공격 계획을 잘못 짰다고 자책하는 전쟁 사령관의 낙담한 심리 상태를 발견했다. 토성이 처음에 물러섰을 때, 그가 너무 슬퍼서 리즈 생각에서 헤어나지 못했을 때, 더 빨리 공격하지 않았다는 후회로 프로기의 속은 시커멓게 타 들어갔다. 그의 슬픔이 분노가 되기 전에, 납이 물과 공기 속으로 새어나오기 전에 공격했어야 했는데.

줄리에타는 벽에 납 껍질을 경첩으로 연결했던 구멍을 회반죽으로 막은 부엌에 앉아 있었다. 그녀는 프로기를 기다렸다. 그가 고개를 푹 숙인 채 들어왔다. 줄리에타는 그의 입가에서 재를 닦아주고 머리카락에서 하늘 박편을 털어냈다.

"프로기, 넌 여전히 나의 사령관이야." 그녀는 전쟁에서 졌다는 것을 알고 이렇게 말했다.

프로기는 토성이 지켜보고 있는 줄 뻔히 알면서도 타일을 깐 마루 위에서 줄리에타에게 키스를 하고 그녀의 원피스를 걷어올렸다. 팬티를 끌어내린 다음 그녀를 돌려세워 욥이 부스럼으로 온몸이 만신창이가 되어 아내에게 버림받기 전에 아내에게 했던 식으로 그녀의 몸 안으로 들어갔다.

"네놈이 원하는 게 이런 거지." 프로기는 줄리에타한테는 들리지 않도록 나지막이 중얼거렸다. "내가 사랑을 나누고, 잠자고, 화장실에 앉아 있을 때 내 모습을 지켜보는 것 말이야. 그런 걸 원하는 거지……." 프로기는 계속해서 혼잣말을 중얼거렸다.

스마일리는 벌거벗은 채 천창을 통해 토성이 빠른 속도로 자기 위를 지나가는 모습을 보고 있었다. 토성의 시선은 하늘에 걸린 연에 꽂혔다가, 줄을 따라 그 줄을 쥔 손까지 내려갔다. 줄을 당기고 푸느라고 아폴로니오는 손이 다 벗겨져 화끈거렸고 페데리코 데 라 페가 불 속에서 찾곤 했던 쾌감을 느꼈다. 농약 살포용 비행기들이 맴돌자 아폴로니오는 연의 고도를 낮추었다가, 비행기들이 땅에 내려앉자 다시 한 번 높이 띄웠다. 아기 노스트라다무스는 기둥이 무너지지 않게 버티느라고 애쓴 탓에 기력을 다 소진하고 아폴로니오의 등에 착 업혀 있었다. 아기는 너무 기운이 빠져 검은 방패를 펴지도 못하고 잠 속으로 까무룩 빠져들어갔다. 그 바람에 토성은 유일하게 딱 한 번 아기 노스트라다무스의 의식 속으로 침투할 수 있었다.

아기 노스트라다무스는 너무 지쳐서 토성을 쫓아낼 수가 없었다. 토성은 점점 더 강해져서 목성의 힘을 누를 정도였다. 『현대 천문학』에 행성들 중에서도 가장 화를 잘 내고 용서할 줄 모르며 작은 명왕성 다음으로 슬픔에 빠진 행성으로 기록되었다. 잡지는 토성이 태양계에서 추방될 운명이라고 잘못 추측했다.

그러나 토성은 아기 노스트라다무스를 통해 자신의 미래를 보고 자기가 쫓겨나지 않으리라는 것을 알았다. 토성은 궤도를 그대로 유지할 것이고 위성까지 얻을 것이다. 늙은 프로기가 은하수를 향해 망원경을 돌리고, 조소를 머금은 채 파인더를 들여다보며 토성의 상을 모눈종이에 주의 깊게 기록하고 있었다.

그의 EMF 문신은 희미해져 약한 멍자국처럼 보였다. 한때 칠흑같이 새까맣던 머리카락은 은회색으로 변했다. 줄리에타는 그의 곁에 있었다. 그러나 모든 것을 부식시키는 그녀의 병이 다시 돌아와서 어금니가 썩고 무릎의 연골도 닳았다. 그러나 그녀는 여전히 정원에 무릎을 꿇고 잡초를 뽑고 꽃에 물을 주며 밭을 돌보았다. 꽃 농장은 시들었고 밭이랑도 오래전에 무너졌다. 줄리에타의 정원만 남았다. 농약 살포용 비행기들은 여객기 편대가 되어 전쟁과 실연, 날카로운 카네이션 칼날로 여기저기 부서지고 깨진 곳을 기운 하늘 아래를 날았다.

비행기들이 한때는 꽃과 스프링클러가 있던 곳에 깐 임시 활주로에 착륙했다. 무게 계량소가 있던 바로 그 자리에 세워진 관제탑에서는 레이더 스크린에서 나는 작은 신호음이 교통 관리자들을 혼란에 빠뜨렸다. 다음 주에는 미국 연방항공청에서 모든 연과 금속성 풍선을 하늘에 띄우는 일을 금지했다. 법령이 발표되자, 아폴로니오는 연을 감아 몸통에 구멍을 두 개 뚫고 꼬리를 잘랐다. 아기 노스트라다무스는 여전히 그의 등에 업혀 있었지만, 이제는 꽤 자랐다. 아기가 예언자의 발을 뻗을 때, 미래의 자국을 남길 때가 되자, 아기 노스트라다무스가 아폴로니오를 데리고 다녔다. 아기는 걸음이 서툴러서 자꾸 아폴로니오의 몸 위로 넘어져 그를 옴짝달싹 못하게 만들곤 했다. 아기 노스트라다무스가 넘어지면서 머리를 너무 심하게 부딪치는 바람에 미래의 일들이 엉망진창이 되고 연대기가 뒤섞였다. 아기는 이미 오래전부터 사용중인 발명품을 예언한다거나, 시대를 뒤죽박죽으로 섞어 말했다. 중세 암흑시대에 전기 가로등이 있다든지, 헬레니즘 시대에 매사추세츠의 케네디 가가 통치를 한다든지 하는 식이었다. ▮▮▮

아폴로니오와 아기 노스트라다무스를 도와 일으켜주어야 할 샌드라는 그 자리에 없었다. 그녀는 이미 옛날에 엘몬테를 떠났다. 진짜 구릉지대가 있지만 흙이 검은 쇳가루 같은 마을로 ▮▮▮ 몰고 갔다. 그녀는 프로기를 생각하면서 계곡 사이로 사라져 두 번 다시 모습을 보이지 않았다.

그러나 해마다 봄이면 그녀의 소식이 들려왔다. 그녀의 새 마을에서 꽃이 활짝 필 즈음이면 납으로 도금하고 금속성 잉크로 쓴 봉투가 엘몬테 우체국으로 배달되어 왔다. 우체부가 조용히 프로기에게 도착을 알리면, 프로기는 줄리에타에게 비료를 사러 나갔다 오겠노라 둘러대고 우체국으로 가서 편지를 받았다.

해마다 샌드라의 필체는 자꾸만 작아졌다. 최근 편지에서는 'i'자가 거의 보이지 않을 지경이었으나, 문장은 점점 길어져 페이지 끝까지 꽉 찼다. 프로기는 뒷주머니에 편지를 접어 넣고 납 봉투를 뜯느라 무뎌진 카네이션 칼을 갖고 빈손으로 돌아왔다. 그러나 편지의 내용은 절대 입 밖에 내지 않았다. 사소하지만 토성을 이겨보려는 그 나름의 방책이었다.

캘리포니아가 최대 강수량을 기록했던 어느 해 봄, 편지가 오지 않았다. 프로기는 애도의 뜻으로 목의 문자에 타르를 바르고 정원의 꽃을 모조리 씹었다.

그리고 그 이름이 한때 헌사에 올랐고, 그녀가 아닌 여자들의 귀에 수없이 그 이름이 불렸던 여자가 있었다. 그녀는 엘몬테에서 북서쪽으로 5마일 떨어진 장미의 도시라고 주장하는 곳에서 살았다. 그녀는 페인트 칠한 현관 앞에 ■ 과 함께 앉아 있었다. 그는 살로 만들어졌고, 그의 눈가와 이마에는 주름이 잡혀 있었다. 그러나 그녀는 여전히 이렇게 말했다.

" ■ , 오랜 세월이 지났지만 변함없이 당신을 사랑해요."

그녀는 종이 손으로 그의 얼굴을 어루만졌다.

그들의 다정한 순간을 손자들이 잔디밭으로 달려와 훼방놓았다. 제일 어린 여덟 살짜리 손녀가 발을 헛디뎌 넘어졌지만, 잔디에 원피스가 더러워지지는 않았다. 손녀는 일어나서 계단을 올라가 할머니와 할아버지 사이에 끼어 앉았다. 손녀의 이름은 할머니와 같은 엘리자베스였다. 손녀는 은하수의 삽화가 든 책을 가져왔다. 손녀는 태양계가 두 페이지에 걸쳐 펼쳐진 장을 폈다. 토성이 고리를 두른 채 빛나고 있었다. 리즈는 책장을 짚으며 손녀에게 각 행성의 이름을 말해 주었다.

"이건 수성이란다. 그리고 이건 금성이고······."

마침내 토성을 짚었을 때, 토성은 페이지 내내 느껴보지 못했던 행복감을 느꼈다.

"그리고 이건 토성이야."

토성은 그녀의 손가락을 응시하며 미래에 정신을 집중했다. 그것이 고리 두른 행성 위에 손가락을 가장 오래 머물게 할 방법이었다. 그러다가 그녀의 얼굴을 보며 다시 그녀의 집시 머리카락을 만져보고, 그녀의 침대에서 잠을 깨어 그녀의 종이 입술을 맛보고, 그녀가 잠들어 있는 동안 종이 피부 위에 그래프와 도표로 완성한 연애편지를 쓴다면 어떨까 생각해보았다. 그러면 그녀는 깨어나 이렇게 물을 것이다. "날 위해 이걸 다 썼어?" 그러면 토성은 그저 고개만 끄덕일 것이다.

그는 그녀에게 커피를 끓여주고, 책장을 만들어주고, 보푸라기 거름망과 아침 텔레비전 프로그램을 놓고 투닥거리는 상상을 했다.

토성이 이런 생각에 잠겨 그의 힘이 아무리 세어도 결코 오지 않을 미래에 정신이 팔려 있을 동안, 꼬마 메르세드는 페데리코 데 라 페를 도와 펜들턴 셔츠의 단추를 채우고 가방을 꾸렸다. 그들은 함께 회벽 집에서 세상의 모든 잔디밭 중에서 가장 부드러운 잔디밭으로 걸어나왔다. 꼬마 메르세드는 아직도 죽은 생선의 악취를 풍기면서 양산을 들고 자기와 아버지를 가렸다. 그들은 남쪽을 향해 토성이 쫓을 수 있는 발자국을 전혀 남기지 않은 채 페이지 밖으로 걸어나갔다. 그리고 그 슬픔에는 어떤 속편도 없을 것이다.

감사의 말

La Familia가족들 Mama y Papa엄마와 아빠, 두 분의 희생과 노고가 있었기에 모든 일이 가능했다. 오빠보다 나은 귀염둥이 여동생 베티. 이야기를 시작한 로스 아부엘로스 데 라 토르투가와 후치틀란. 이야기가 계속 굴러가게 해준 라스 티아스와 티오스.

내 고향 마을과 엘몬테 사람들에게도 빚을 졌다. 다들 고맙지만, 그중에서도 특히 더피 고등학교 동창들. '짐승' 세르지오 카브레라, 토니 비알로보스, 마리오 오르티즈, 형제나 다름없던 혜를림 리. 물론 프랭크 라이터도. 프레디 사모라, 피터 '부Boo' 갈라르도, 민디 웅.

약간 남쪽으로 가서 휘티어 동쪽으로 마이클 개러비디언, 새러 틸먼, 매튜 스튜어트. 셋 다 그들로서는 상상도 못할 방식으로 없어서는 안 되는 존재들이었다.

동쪽의 추운 곳으로 크리스천 테보르도, 애덤 레빈. 나에게 아름다운 문장 이상의 것을 가르쳐준 빅 시스터 셰릴 스트레이드. 그리고 크리스토퍼 바우처, 크리스 케네디.

다채로운 지형의 로스마에스트로스 산티아고 씨, 팀 오루크, 리 하워드, 데이비드 패디, 아서 플라워스, 조지 손더스, 메리 카포네그로.

화창한 하늘과 야자나무 아래에서 내가 플라토닉한 연정을 느꼈던 두 사람, 마리아 세티닉과 브리지트 호이다. 그리고 6번가와 메인에서, 알리 마자레이와 앨런 메이슨.

만灣에서 엘리 호로비츠의 날카로운 통찰력과 여백에 휘갈겨 써준 낙서 덕분에 이 뒤죽박죽 소설이 더 빛나게 되었다.

폴 앤드 데이지 소로스 재단의 관대한 후원에도 많은 감사를 드린다. 재단은 절대 지원을 철회하지 않았으며, 재단의 친절한 도움이 없었다면 이 책이 완성될 수 없었으리라는 사실을 분명히 해두는 바이다.

그리고 일일이 다 이름을 적지 못한 사람들에게도.

옮긴이_ 송은주

이화여대 영문학과를 졸업하고 같은 학교 대학원 박사학위를 받았다. 현재 전문 번역가로 활동하고 있으며, 『공포의 헬멧』『엄청나게 시끄럽고 믿을 수 없게 가까운』『이성과 감성』『미들섹스』『광대 샬리마르』외 여러 책을 우리말로 옮겼다.

종이로 만든 사람들

초판 인쇄 | 2012년 3월 20일
초판 발행 | 2012년 3월 30일

지은이 | 살바도르 플라센시아
옮긴이 | 송은주
펴낸이 | 강병선
편집인 | 이수은
책임편집 | 박혜미, 이수은
디자인 | 최윤미
마케팅 | 방미연 정유선
온라인 마케팅 | 이상혁 장선아
제작 | 안정숙 서동관 김애진
제작처 | 영신사

펴낸곳 | (주)문학동네
출판등록 | 1993년 10월 22일 제406-2003-00045호
임프린트 | 톨

주소 | 413-756 경기도 파주시 교하읍 문발리 파주출판도시 513-8
문의 | 031-955-2690(편집부) | 031-955-2660(마케팅) | 031-955-8855(팩스)
전자우편 | toll@munhak.com

ISBN 978-89-546-1737-6 (03840)

www.munhak.com